Dietrich Weichold

Schönbuchrauschen

Dietrich Weichold

Schönbuchrauschen

Ein Baden-Württemberg-Krimi

Silberburg-Verlag

Dietrich Weichold, geboren 1944, studierte in Tübingen Germanistik und Anglistik. Bis zu seiner Pensionierung 2008 unterrichtete er Deutsch, Englisch und Spanisch an verschiedenen Gymnasien in Tübingen, Madrid und Rottenburg. Neben kleineren Veröffentlichungen für den Schulgebrauch sind bisher auch einige Kriminalromane von ihm erschienen. Er lebt mit seiner Frau in Ammerbuch-Entringen.

1. Auflage 2013

Lektorat: Michael Raffel, Tübingen.
Umschlaggestaltung: Christoph Wöhler, Tübingen.
Coverfoto: © Benbatt – iStockphoto.
Druck: CPI books, Leck.
Printed in Germany.

ISBN 978-3-8425-1279-5

Besuchen Sie uns im Internet
und entdecken Sie die Vielfalt unseres Verlagsprogramms:
www.silberburg.de

Erster Teil

1

Reifenquietschen, ein ohrenbetäubender Knall, Poltern und Klappern vieler Kisten und Flaschen, die auf der Straße aufschlagen, Klirren, Zischen – alles begleitet von den kreischenden Bremsgeräuschen des Bierlasters. Er kommt in der ansteigenden Rechtskurve zum Stehen. Hinter ihm und vor ihm auf der Gegenfahrbahn das jähe Abbremsen der Pkws. Ein Kleinwagen schafft es nicht mehr und rammt den Lieferwagen vor sich. Motoren werden abgestellt. Ein Moment Stille. Dann schnelle Schritte von allen Seiten.

Glasscherben knirschen unter Schuhsohlen, zerbrochene Flaschen werden auf die Seite geschoben. Bierdunst steigt vom Asphalt auf. Um den schwarzen Golf GTI, der unter dem Laster eingeklemmt ist, bildet sich eine Menschentraube. Handys werden gezückt, 110 und 112 wird gewählt.

»Er ist viel zu schnell in die Kurve gefahren.«

»Dort hat es ihn hinausgetragen, und dann hat er zu stark gegengelenkt.«

»An die kommt man nicht ran. Ohne Schneid- und Spreizgerät nichts zu machen.«

»Leben die noch?«

»Schwer zu sagen.«

Eine Frau wendet sich ab und übergibt sich am Straßenrand.

Die Polizei ist zuerst da. Zwei Polizeiautos. Der Verkehr wird umgeleitet. Zeugenaussagen werden notiert. Der Fahrer des Bierlasters steht unter Schock und wird im Polizeiwagen betreut. Feuerwehr, Rettungssanitäter und Notarztwagen kommen kurz hintereinander an die Unfallstelle.

Scheinwerfer werden aufgestellt. Während die Feuerwehrmänner die Verletzten freischneiden, bereiten die beiden Rettungssanitäter den Abtransport vor und informieren die Klinik: zwei Schwerverletzte, bewusstlos, großer Blutverlust, OP vorbereiten.

»Meinst du, die kommen durch?«

»Der Beifahrer vielleicht. Ob's der Fahrer noch lange macht? Ich weiß nicht.«

Nach weniger als einer halben Stunde werden die Verletzten in die Klinik eingeliefert.

2

Er wusste, wo der Schlüssel lag. Das ließ ihm keine Ruhe. Es war schon gegen elf, als er hundemüde vom letzten Einsatz nach Hause kam. Er hängte seine Sanitäterjacke an den Haken, streifte die Schuhe ab und nahm eine Flasche Bier aus dem Kühlschrank. Er setzte den Flaschenöffner an, dann verharrte er und schaute versonnen vor sich hin. Dann stellte er das Bier wieder zurück. Nein, heute lieber keinen Alkohol, sondern Kaffee. Er machte auf seinem Gaskocher Wasser heiß und goss sich einen großen Becher Pulverkaffee auf. Dann lehnte er sich auf dem Sofa zurück, legte die Füße auf den Tisch und pustete mit geschlossenen Augen über die Tasse. Mehrmals nippte er hastig an dem heißen Getränk und spürte, wie sich wohlige Wärme in seinem Körper ausbreitete, vom Rücken abwärts über die Oberschenkel, die Knie, bis in die Füße hinein. Nach einer Weile schlug er die Augen auf und setzte sich aufrecht hin. Er schaute sich um, als wäre er gerade in einem fremden Zimmer aufgewacht, und seine Behausung kam ihm erbärmlich vor. Das abgewetzte Sofa mit der undefinierbaren Farbe, das er sich vom Sperrmüll geholt hatte, die alten Stühle noch aus Großmutters Zeiten, dazu der billige Tisch, das ganze Gerümpel, dem man auf den ersten Blick ansah, wie mühsam er es zusammengetragen hatte. Manchmal schaffte er es, sich seine

Wohnung schönzureden, wie überhaupt sein Leben. Aber wenn er so erschöpft war wie jetzt und die Bilder der Unfallopfer nicht loswurde, sah er alles nur noch grau in grau.

Plötzlich setzte er mit einer energischen Bewegung den Kaffeepott ab, so dass etwas über den Rand schwappte, und stand auf. Er bereitete sich ein Abendessen zu aus Schwarzbrot, Fleischwurst und billigem Streichkäse, das er hastig verzehrte. Er machte große Bisse und spülte sie mit dem restlichen Kaffee und einem Glas Leitungswasser hinunter. Seine Gedanken waren nicht bei seiner Mahlzeit, und er war überrascht, als plötzlich nichts mehr auf dem Teller war. Er stand auf und ging zwei Schritte in Richtung Kühlschrank. Dann zögerte er. Er legte die rechte Hand auf den Magen und schaute auf die Armbanduhr: halb zwölf. Er holte den Wecker und stellte ihn auf ein Uhr. So lange wollte er noch warten. In voller Montur machte er sich auf dem Sofa lang und löschte das Licht.

Er schloss die Augen, legte die Hände über der Brust zusammen und versuchte, langsam, tief und gleichmäßig zu atmen. Jetzt wollte er nur an seine Atemzüge denken, nur durchatmen und entspannen, vielleicht sogar ein wenig wegdämmern. Aber dann hätte er den Kaffee nicht trinken dürfen. Sein Puls war zu schnell. Über neunzig Schläge in der Minute. Er begann, seine Atemzüge zu zählen, wie er es oft tat, wenn er nach einem Einsatz nicht einschlafen konnte, weil er die Bilder nicht loswurde. Anfangs hatte er gedacht, dass er mit der Zeit nicht mehr so viel mit heimnehmen würde, wie man bei ihnen sagte, aber da hatte er sich getäuscht. Von einem schlimmen Verkehrsunfall nahm er immer etwas mit heim, das ihn bis in den Schlaf und oft auch darüber hinaus verfolgen konnte. Und der Griff zur Flasche, den er sich heute nicht erlaubte, verwischte die Bilder allenfalls etwas, konnte sie aber nicht ganz auslöschen.

Heute war er noch nicht einmal aus dem Rettungswagen gestiegen, da wusste er schon, wer das Unfallopfer war. Er kannte die Autonummer: BB-FL 1976. Kein Zweifel, es war der GTI von Flipp.

Flipp war zu schnell gefahren. Er musste die Rotenwaldstraße in den Stuttgarter Westen wild hinuntergerast sein. Allem Anschein nach war sein Golf am Scheitelpunkt der letzten scharfen Linkskurve nach rechts ausgebrochen, worauf er zu stark gegenlenkte und auf der linken Spur schräg unter einen Lastwagen fuhr. Der Aufprall war so heftig gewesen, dass auch die Airbags ihn nicht hatten schützen können. Die Masse des Lkws hatte die Karosserie wie eine Nussschale geknackt, und Flipps Oberkörper war wie ein Käfer zerquetscht worden. Er gab ihm eigentlich keine Chance mehr. Seinen Beifahrer, ohnmächtig und schwer verletzt, hatten sie ebenfalls in die Notaufnahme des Marienhospitals gebracht. Wenn einer von beiden durchkommen würde, dann er.

Ob er nun die Augen öffnete oder schloss, immer sah er das völlig demolierte Auto mit den blutüberströmten Unfallopfern vor sich. Die Bilder quälten ihn.

Als der Wecker klingelte, fuhr er hoch. Obwohl es ihm war, als hätte er sich die letzte Stunde nur von einer Seite auf die andere gewälzt, musste er doch etwas geschlafen haben. Er stand auf und ging ins Bad. Er spülte seinen Mund aus und spritzte sich kaltes Wasser ins Gesicht.

Dann schaute er aus dem Fenster. Es war noch nebliger geworden, ungewöhnlich neblig für die Jahreszeit. Er zog seinen Anorak an und setzte sich eine wollene Dockermütze auf, die knapp über seinen Augenbrauen saß und die ganze Stirn bedeckte. Darüber schnallte er seinen Fahrradhelm und griff nach seinem Rucksack. Als er schon an seiner Wohnungstür war, kehrte er noch einmal um. Aus dem Regal hinter der Küchentür, wo alles Mögliche durcheinanderlag, nahm er ein kleines Werkzeugset und steckte es in seinen Rucksack.

Leise schloss er die Tür hinter sich. Er blieb stehen und lauschte. Es war so still, als wäre er allein auf der Welt. Wie auf Katzenpfoten schlich er die Treppen hinunter, öffnete im Zeitlupentempo die Haustür und trat hinaus. Weiter als hundert Meter konnte man nicht sehen. Umso besser. Lautlos schloss er sein Fahrradschloss auf und zog das Rad aus dem

Ständer, dann trat er in die Pedale. An der Ecke schaute er noch einmal zurück. Der schwache Schein der Straßenlaterne drang kaum durch den Nebel. Er konnte sein Wohnzimmerfenster fast nicht mehr erkennen. Es war genauso dunkel wie alle anderen Fenster des Hochhauses.

Er fuhr schnell, so dass ihm warm wurde. Den kalten Fahrtwind spürte er nur in den Augen.

Als er vom Postplatz in die Gegend unterhalb des Krankenhauses hinauffuhr, schaltete er auf den kleinsten Gang herunter und ließ sich Zeit. Er wollte nicht schwitzen und nicht außer Atem kommen. In einer kleinen Seitenstraße, wo ein paar Büsche ihre Äste über den Zaun hinweg auf den Gehweg streckten, stieg er ab, schloss sein Fahrrad an der dunkelsten Stelle an einen Gartenzaun und ging zu Fuß weiter. Es begegnete ihm niemand.

Er dachte an seine zufällige Begegnung mit Flipp. Neulich erst war es gewesen, in den letzten Augusttagen beim Stuttgarter Weindorf. Nach einer Frühschicht hatte es ihn an diesem schönen Tag nicht gleich nach Hause gezogen. Er wollte das schöne Wetter genießen und fuhr von Degerloch in die Stadt hinunter. Im Weindorf brodelte das Leben. Zwischen der Alten Kanzlei und dem Rathaus drängten sich gutgelaunte Menschen um die Stände, prosteten einander zu und amüsierten sich. Allein kam er sich etwas verloren vor. Seine Kollegen hatten Dienst oder waren im Moment nicht erreichbar, und bis zu Lauras Feierabend waren es noch Stunden. Ziellos schob er sich durch die Menge, ohne sich zu irgendetwas entschließen zu können.

Er hätte Flipp an dem Tisch an der Ecke des Rathauses glatt übersehen, wenn der ihm nicht nachgerufen hätte.

»Theo! Theo!«

»Hallo Flipp! Dich habe ich ja ewig nicht gesehen.«

Flipp war in Begleitung eines Kollegenpaars.

»Was für ein Glück, dass ich dich jetzt gerade treffe. Die beiden wollen nämlich schon heimgehen, und ich habe absolut keine Lust, hier allein herumzustehen. Und nach meiner Wohnung ist mir's jetzt noch nicht.«

Theo fand Flipps unerwartete Herzlichkeit etwas überraschend, was er sich aber nicht anmerken ließ.

»Okay, ich kann dir gerne ein bisschen Gesellschaft leisten.«

»Theo Krumm oder der krumme Theo«, stellte ihn Flipp seinen Bekannten vor. »Wir haben einmal kurze Zeit miteinander studiert, ehe Theo plötzlich meinte, Pfarrer werden zu müssen.«

Theo konnte dazu nur säuerlich lächeln.

»Theo hat Theologie studiert?«, fragte die junge Frau amüsiert. »Sie sind Pfarrer?«

»Nein, daraus wurde nichts. Ich bin Rettungssanitäter und bin gespannt, was sonst noch aus mir wird.«

»Interessant. Eine offene Zukunft. Aufregend, oder?«

»Ab und zu mal«, tat Theo das Thema ab und machte eine resignierte Handbewegung.

Das Paar verabschiedete sich.

»Setz dich hierher, ich hole uns was«, sagte Flipp, verschwand für einen Moment und kam mit zwei Gläsern Rotwein zurück.

»Lass stecken. Ich gebe einen aus«, sagte er, als Theo nach seinem Geldbeutel griff.

»Also gut, danke. Aber dann zahle ich …«

»Kommt gar nicht in Frage. Heute will ich mir einen gönnen; mir ist's einfach danach. Lass dich halt einladen.«

Schon beim ersten Glas erzählte er, dass sein Vater im letzten Jahr gestorben war und seine Mutter in einem Pflegeheim gut untergebracht sei.

»Weit weg«, fügte er hinzu, als Theo ein betretenes Gesicht machte. »Ich muss sie nicht jedes Jahr besuchen. Wahrscheinlich kennt sie mich ohnehin nicht mehr.«

Theo wusste nicht, was er dazu sagen sollte, und betrachtete schweigend sein Henkelglas.

»Guck nicht so, als ob das dein Problem wäre«, lachte Flipp und boxte ihm leicht auf den Bizeps, »das ist ja nicht mal meins.«

»Aber du hast doch eine Menge Verwaltungskram an der Backe.«

»Ich? Wieso denn? Das läuft alles irgendwie von allein. Ich konzentrier mich ganz auf meinen Facharzt.«

»Und dann steigst du voll ein. Wann denn?«

»Das steht noch lange nicht fest. Ehrlich gesagt, weiß ich noch nicht einmal, ob ich das wirklich will. Wahrscheinlich ist es angenehmer, noch ein paar Jährchen in aller Ruhe Wissenschaft zu machen und nicht gleich Praxischef zu spielen. Meine jetzige Situation lässt sich gut aushalten.«

Theo konnte sich nicht so recht in ihn hineindenken, was Flipp schnell bemerkte.

»Aber das muss ich dir jetzt auch nicht alles erzählen. Und wie geht es dir ganz privat, sozusagen im Intimbereich?«

»So lala. Das willst du sicher nicht hören. Wie läuft's bei dir?«

»Na ja, wie das halt so ist, wenn die Partnerin sich mit einem Stipendium für ein Jahr oder länger nach Massachusetts zurückgezogen hat. Da bist du froh, wenn du zwischendurch mal eine Krankenschwester ins Bett kriegst.«

Theos Brauen zuckten zusammen, aber ehe Flipp ihn recht ansah, hatten sich seine Züge wieder entspannt.

Dann bestellte Flipp Rostbraten für beide und dazu noch einen Rotwein, aber diesmal vom besseren, wie er betonte. Er schwärmte von den Weingütern Württembergs, die sich inzwischen sogar einen internationalen Namen gemacht hatten, redete von Stettener Pulvermächer, Fellbacher Lämmler, Untertürkheimer Gips, Rotenberger Schlossberg und anderen Lagen, von denen Theo noch nie gehört hatte. Und es sei auch ganz phantastisch, erzählte er begeistert, dass sich in den letzten Jahren auch eine entsprechende Gastronomie entwickelt habe, die »auf diese neuen Spitzenweine genau zukoche«, wie er sich ausdrückte. Da bestellte man sich nicht mehr den Wein zum Essen, sondern das Essen zum Wein. Das sei geradezu ein kulinarischer Paradigmenwechsel.

Dann hatten sie von gemeinsamen Bekannten geredet, Erinnerungen ausgegraben und waren, leicht angeheitert, einander fast so nahe gekommen wie damals, als sie sich gemeinsam auf das Vorphysikum vorbereitet hatten.

Als sie gegessen hatten, meinte Flipp, jetzt sollten sie nicht mehr länger hier in dem Gewusel sitzen bleiben.

»Ich kaufe noch was Anständiges zu trinken, dann fahren wir zu mir. Da bist du ja auch schon beinahe daheim.«

Theo stimmte zu. Der Tag war ohnehin gelaufen, und er hatte nichts Besseres zu tun. Mit zwei Flaschen Spätburgunder Spätlese vom Großheppacher Kopf fuhren sie nach Böblingen und verbrachten den Rest des Tages bei Flipp.

Sie saßen in Liegestühlen auf Flipps kleiner Terrasse und schauten über die Stadt hin.

»Du lebst hier wie Gott in Frankreich«, hatte Theo gesagt, nachdem er das letzte Glas geleert hatte und sich auf den Heimweg machte.

Er fand den Weg, als wäre er erst gestern hier gewesen. Vorsichtig öffnete er das Gartentor, das in den niederen Jägerzaun eingelassen war, lehnte es hinter sich wieder an und betrachtete das Haus. Still und dunkel lag es vor ihm, nichts regte sich. Er schlich über die Steinplatten auf den Eingang der Parterrewohnung zu. Er kniete nieder und drückte mit der Hand vorsichtig auf die Steinplatten, die an die Hauswand grenzten, und fand die lose Platte sofort.

»Schau mal weg«, hatte Flipp damals spaßhaft gesagt und ihm die Rotweinflaschen in den Arm gedrückt. Und Theo hatte sich umgedreht, als wollte er den Blick auf die Stadt genießen. Dabei hatte er aber zurückgeschaut und beobachtet, wie Flipp mit der Fußspitze auf eine der roten Sandsteinplatten trat, die direkt an der Hauswand lagen. Die Platte kippelte und hob sich an der einen Seite. Flipp zog einen Schlüssel darunter hervor und sagte: »So einen großen Schlüssel kann man nicht immer mit sich herumschleifen. Ich will schon lange ein anderes Schloss einbauen lassen, aber glaubst du, ich komme dazu? Wenn ich daran denke, habe ich keine Zeit, und wenn ich Zeit habe, denke ich nicht daran. Daher das Versteck.«

»Sehr geheim«, hatte Theo lachend gesagt, »ich habe nichts gesehen.« Dabei hielt er sich die gespreizten Finger vors Gesicht und kicherte albern.

»Nein, du hast rein gar nichts gesehen. Aber wenn irgendwer in nächster Zeit meine Bude ausräumen sollte, dann hätte ich schon eine Ahnung, wer dahinterstecken könnte.«

»Da wärst du aber im Irrtum. Dazu hätte ich viel zu viel Schiss. Und so was täte ich im Leben nie.«

»Im Leben nie«, sagte er vor sich hin. In wessen Leben, war die Frage. Sein Leben oder Flipps Leben, für das er keinen Pfifferling mehr gab? Und er wollte die Bude schließlich auch nicht ausräumen.

Er hielt den Atem an. Unendlich langsam und sachte ließ er die Sandsteinplatte kippen und griff darunter. Aber als er den Schlüssel in seinen Fingern fühlte, zog er wie erschrocken seine Hand zurück. Er holte ein Paar Latexhandschuhe aus der Brusttasche seines Anoraks und streifte sie sich über. Er ließ die Platte noch einmal kippen, holte sich den Schlüssel und brachte sie wieder in ihre vorherige Position. Dann stand er auf und atmete leise durch.

Erst als er den Schlüssel ins Schloss stecken wollte, bemerkte er, wie stark seine Hand zitterte. Er musste mit seiner Linken seine Rechte festhalten, damit er den Schlüssel geräuschlos ins Schloss stecken konnte, und führte mit der einen Hand die andere beim Aufschließen.

Er atmete erst auf, als er im Wohnzimmer stand. Kurz mussten sich seine Augen an die Dunkelheit gewöhnen. Dann tastete er sich in kleinsten Schritten zu den Fenstern hinüber und zog im Zeitlupentempo die Gardinen zu. Nun konnte er den Lichtschein seiner Stablampe durch den Raum schweifen lassen.

Der Lichtkegel huschte über das Musikregal. Es reichte vom Boden bis zur Decke, nahm eine ganze Wand ein und bot Raum für ein paar tausend CDs, Jazz und Klassik, alles nur vom Besten, auch ein bisschen Popmusik. Flipp musste Tausende in diese Sammlung investiert haben. Als Theo das erste Mal hier gewesen war, hatte er staunend davorgestanden. So viel Musik konnte man doch im Leben nicht hören.

»Ich habe auch noch längst nicht alles gehört. Aber es ist schön, diese Aufnahmen zur Hand zu haben, wenn man sie hören will. Nur komme ich in letzter Zeit gar nicht mehr dazu. Einfach zu wenig Zeit! Trotzdem ist es schön, sein Geld für so etwas auszugeben«, hatte Flipp gesagt.

»Und ich bin schon froh, wenn ich mir ab und zu das leisten kann, was ich momentan unbedingt hören möchte«, hatte Theo trocken geantwortet.

»Ja, ich bin schon in einer beneidenswerten Lage«, schloss Flipp das Thema ab. Er hatte wohl gemerkt, dass seine letzte Bemerkung nicht sehr glücklich gewesen war.

Theo hatte gestaunt, wie wohlgeordnet die Sammlung war. Flipp war ja schon immer ein ordentlicher Mensch gewesen. Alles musste bei ihm seine systematische Ordnung haben, schon allein, weil er ja nicht alles im Kopf haben konnte, wie er stark übertreibend gesagt hatte.

»Ich schreibe mir alles auf, aber auch alles«, hatte er erklärt.

»Das würde mir nichts nützen. Ich würde meine Zettel nur verlieren oder könnte mich nicht daran erinnern, wo ich was aufgeschrieben habe.«

»Aber das ist doch sehr einfach«, hatte Flipp ihn zu belehren versucht. »Du nimmst dir ein Notizbuch mit einem guten Register, das kannst du an jeder Ecke kaufen, und der Rest ist Gewohnheit. Was du dir merken musst, trägst du ein. Glaub bloß nicht, dass ich meine ganzen Codes und Passwörter im Kopf hätte. Im PC natürlich erst recht nicht, du weißt ja nicht, wer dich da ausspionieren kann. Nein, auf gutem altem Papier, schwarz auf weiß, und du bist auf der sicheren Seite.«

»Und wenn du dein Papiergedächtnis verlierst?«

»Das verlier ich nicht. Das kommt mir nicht aus dem Haus.«

Wo war es also, das Papiergedächtnis? Wie sah es aus? Ehe er nach den Ordnern in dem niederen Regal neben dem Schreibtisch griff, setzte er sich hin und zog die Schublade auf. Voilà: ein dickes rotes Notizbuch mit Register. Er machte Stichproben. Einträge zu Amazon, Ebay, Facebook, Homebanking – alles vollständig. Er lachte vor sich hin. Es war ja alles so leicht, kinderleicht!

Im schmalen Lichtkegel seiner Stablampe glitzerte Schweiß auf seiner Hand. Jetzt erst merkte er, wie warm es in dem Zimmer war. Er war nass unter den Armen und spürte ein Bächlein sein Rückgrat entlangrinnen. War es nur die Wärme oder auch die Anspannung? Er lockerte seinen Schal und nahm den Fahrradhelm und die Dockermütze ab. Dann griff er nach dem Ordner mit der Aufschrift »Finanzen«.

Wie sollte er jetzt all diese Dokumente lesen? Dazu hatte er weder die Zeit noch die Nerven. Er schickte den Lichtstrahl auf die Suche und entdeckte unterm Schreibtisch den Drucker, der auf einem Rollwägelchen stand, eines dieser neueren Modelle mit integriertem Scanner und Kopierer. Er zog ihn hervor, schaltete ihn ein und kopierte Blatt um Blatt, was dieser Finanzordner enthielt.

Er hatte sich bis zur Registerkarte »Homebanking« vorgearbeitet und lächelte genüsslich wie einer, der endlich sein Weinglas füllen konnte, nachdem er sich heftig mit dem Entkorken der Flasche hatte abmühen müssen. Homebanking – das war es doch. Keine Überweisung handschriftlich ausfüllen zu müssen, völlig ohne Unterschrift auszukommen, das war die Einladung, auf die er gewartet hatte. Doch da fiel sein Blick auf ein Schreiben der Bank, das einen neuen TAN-Generator betraf. Die lange Liste unbenutzter Transaktionsnummern, die er eben hatte kopieren wollen, nützte ihm gar nichts mehr. Stattdessen, so stand es in dem Schreiben, musste für jeden Vorgang mit diesem kleinen Gerät eine neue Nummer generiert werden. Das würde die Sicherheit erhöhen. Er spürte einen Kloß im Hals und musste erst einmal schlucken. Da er bei seinen beschränkten Verhältnissen bisher auf Homebanking verzichtet hatte, hatte er von einem solchen TAN-Generator noch nie gehört und wusste auch nicht, wie so ein Ding aussah. Aber die Bank verwies auf ihre Homepage. Dort könne man sich informieren. Und das tat er auch. Im Notizbuch fand er das Passwort des PCs und fuhr ihn hoch.

Das Video auf der Homepage der Bank zeigte ihm, wie der TAN-Generator aussah. Jetzt sah er ihn. Das Apparätchen lag direkt vor seiner Nase neben Flipps Schreibzeug. Er hatte es nur nicht erkannt. Selbstironisch grinsend griff er danach und wollte es in die Tasche stecken. Da zog er die Stirn kraus. So etwas hatte er eigentlich nicht mitnehmen wollen. Doch ohne diesen TAN-Generator würde es nicht gehen. Aber wenn der verschwand, mussten auch alle Hinweise auf Homebanking verschwinden. Er nahm alles, was Homebanking betraf, samt der Registerkarte aus dem Ordner und legte es zu den Kopien. Dann kopierte er den Rest.

Diese gleichmäßige Tätigkeit beruhigte ihn. Aber es war inzwischen gegen drei. Und wie immer, wenn er um diese Zeit wach war, bekam er Hunger. Er musste schnell etwas essen. Er fand den Weg in die kleine Küche. Im Kühlschrank stand eine angebrochene Flasche Chablis und eine Packung Räucherlachs, auch diese schon geöffnet. Er streifte die Handschuhe ab, griff nach der Packung und schob sich die Lachsscheiben zusammengedrückt in den Mund. Mit dem Handrücken wischte er sich das Fett von den Lippen. Dann setzte er die Weinflasche an den Hals und nahm einen langen Zug.

Als er die Kühlschranktür schloss, wurde er auf seine Fettfinger aufmerksam. Mit dem Ärmel seines Anoraks versuchte er, ihre Spuren zu verwischen, ehe er ins Bad ging, um sich die Hände zu waschen. Eben wollte er den Wasserhahn aufdrehen, als die Toilettenspülung im Stockwerk über ihm ging. Er hielt inne und rührte sich nicht, bis er meinte gehört zu haben, wie eine Tür geschlossen wurde. Dann drehte er den Hahn nur ein klein wenig auf, wusch sich die Hände, streifte ein neues Paar Latexhandschuhe über und ging an den Schreibtisch zurück. Das gebrauchte verwahrte er in seiner Hosentasche. Jetzt erst, als er sich das zweite Mal an Flipps Schreibtisch setzte, fiel ihm der kleine Silberrahmen mit dem Foto auf, der unmittelbar hinter dem Monitor an der Wand hing: das glamourös gestaltete Schwarzweißporträt einer jungen Frau. Über ihre bloße Schulter lächelte sie dem Betrachter mit einem verführerischen Augenaufschlag zu. Ein ovales Gesicht mit einem energischen Kinn, über den vollen Lippen eine gerade Nase mit zarten Nasenflügeln, weit gestellte Augen, deren Größe mit Wimperntusche und Lidschatten betont war. Ihr dunkelblondes Haar war kurz geschnitten, so dass man ihre großen Ohrringe sah. Nur eine kleine freche Strähne fiel in die Mitte ihrer Stirn. Theo erkannte sie sofort, obwohl sie sich sehr verändert hatte: Judith Schwenk. Aus dem langhaarigen Schulmädchen im Schlamperlook, das nie einen Friseursalon von innen gesehen hatte, war eine höchst attraktive, gepflegte Frau geworden. Theo war unangenehm überrascht, hier ihr Foto zu finden, und fühlte bittere Eifersucht in sich aufsteigen. Länger, als er wollte, blieben seine Augen an dem Foto hängen. Er ärgerte sich über diese Ablenkung, nahm in einer plötzlichen Anwandlung den Rahmen von der Wand und warf ihn in den Papierkorb. Dann kopierte er weiter.

Als er mit den Dokumenten aus dem Finanzordner fertig war, kroch er unter den Schreibtisch zum Telefonanschluss und zog den Stecker heraus. Dann stellte er den PC auf den Schreibtisch, schraubte das Gehäuse auf, entfernte die Festplatte, die er in seinem Rucksack verschwinden ließ, und gab dem PC sein vorheriges Aussehen zurück. Er stellte ihn genau in seine alte Position zurück.

Er rollte das Bündel Kopien zusammen, machte einen Klebstreifen darum – auf diesem Schreibtisch fehlte es wirklich an nichts – und steckte die Rolle unter seinen Anorak. Dann saß er einen Moment still, ehe er nach dem Ordner »Versicherungen« griff. Auch dort wurde er fündig: Es gab einen Durchschlag eines Versicherungsantrags mit Flipps Unterschrift. Jetzt musste er nur noch den Montblanc mit der Goldfeder einstecken, der parallel zur Schreibunterlage lag, wie er lächelnd bemerkte, und war gerüstet.

In aller Ruhe trat er den Rückzug an. Mit sicherer Hand schloss er die Wohnung ab und legte den Schlüssel unter die Sandsteinplatte zurück. Nur traute er sich nicht, direkt zum Gartentor zurückzugehen, denn er konnte die Fenster der Obergeschosse von seiner Position aus nicht sehen. Wie sollte er wissen, ob nicht jemand oben am Fenster stand, vielleicht eben die Person, die kurz zuvor auf der Toilette gewesen war? Schrittchen für Schrittchen drückte er sich an der Breitseite des Hauses entlang bis zu der Ecke, die dem Zaun am nächsten war. Dort bot ihm eine ausladende Eibe Sichtschutz. Er stieg über den niederen Jägerzaun. Ohne jemandem zu begegnen, gelangte er zu seinem Fahrrad zurück.

Es war schon gegen halb vier, als er vor seiner Wohnung ankam. Irgendein Nachtwandler im zweiten Stock hatte Licht gemacht. Er hoffte, ihm nicht im Treppenhaus zu begegnen, zog die Schuhe aus und lief, immer gleich zwei Stufen nehmend, fast geräuschlos zu seiner Wohnungstür hinauf. Er keuchte, als er die Tür hinter sich geschlossen hatte. Seinen Anorak mit den Kopien und dem Notizbuch warf er auf das Sofa, ließ seine Kleider fallen, wo er gerade stand, und holte sich das Bier aus dem Kühlschrank. Er öffnete die Flasche und trank sie auf einen Zug halb aus. Dann legte er sich ins Bett. Bleierne Müdigkeit überkam ihn. Er konnte gerade noch den Wecker stellen, dann sank er in Tiefschlaf.

Gegen zehn Uhr rief er bei seiner Dienststelle an.

»Es geht mir nicht gut. Ich habe mich heute Nacht immer wieder übergeben müssen. Ich weiß nicht, womit ich mir den Magen verdorben habe … Morgen vielleicht auch nicht. Lieber nicht … Ja, dann bis übermorgen. Da bin ich wohl wieder fit.«

Dann zog er die Bettdecke über die Ohren und schlief aus. Erst am frühen Nachmittag kroch er aus den Federn und machte sich etwas zu essen. Schon während seiner einsamen Mahlzeit begann er mit dem Studium von Flipps Finanzen, indem er jedes Dokument genau durchlas und sich ein paar Notizen machte.

Den Rest des Tages lag er auf seinem Sofa, hörte Musik, träumte und ruhte aus, was er nach den Anstrengungen des Vortags und der Nacht wirklich verdient zu haben meinte.

Nur am frühen Abend strengte er sich für eine halbe Stunde richtig an. Er versuchte, sich mit Flipps Montblanc vertraut zu machen, indem er die Unterschrift auf dem Versicherungsantrag immer wieder kopierte: F. Lipp. *F* und *Li* nachzumachen, schien ihm auf den ersten Blick nicht so schwer zu sein. Anders die letzten beiden Buchstaben. Flipp hatte sie so verkümmern lassen, dass man auch *Fliyy* oder *Fligg* hätte lesen können. Und dann musste natürlich der Druck stimmen. Flipp hatte sein *F* mit solcher Energie hingesetzt, dass sich die Feder leicht gespreizt hatte, und bis zum zweiten *p* hatte der Druck immer stetig abgenommen. Das würde noch ein paar Trainingsstunden kosten, aber egal. Er musste es auch nicht heute schon schaffen. Und mit dem beachtlichen Fortschritt, den die ersten hundert Versuche zeigten, konnte er schon zufrieden sein.

Am nächsten Morgen war er bereits um sechs Uhr auf. Er duschte, wusch seine Haare, rasierte sich sauber und glatt und schlüpfte in seinen einzigen Anzug. Er schlackerte etwas an ihm herum. In letzter Zeit war er etwas mager geworden und hatte den Anzug schon lange nicht mehr getragen, geschweige denn eine Krawatte. Aber heute musste es wohl sein. Mit skeptischem Missfallen betrachtete er die paar Schlipse, die immer noch an der Innenseite der Schranktür hingen. Sie waren völlig aus der Mode gekommen.

»Furchtbare Lappen«, sagte er vor sich hin.

Mit denen würde er keine gute Figur machen. Er würde sich unterwegs einen kaufen.

Noch ehe es ganz hell war, saß er in seinem alten Polo und fuhr auf der A 81 nach Süden.

»Im Leben nie«, sagte er so laut, als säße ein Gesprächspartner neben ihm. Lachend schüttelte er den Kopf und schnalzte leise mit der Zunge, als hätte ihm jemand eben eine unglaubliche Geschichte erzählt. Dann schaltete er das Radio ein und sang mit, wenn er irgendwie konnte. Er kam ganz gut voran. Nur die Baustelle auf der Neckartalbrücke verlangsamte den Verkehrsfluss, dann aber ging es flott weiter.

Als er bei Engen in den Hegau hinunterfuhr, war klare Sicht. In zartem Orange leuchteten die Spitzen der Alpen. Die Schweiz, das Land der schönen Berge und Banken, wo er sich eine schicke Krawatte und ein Nummernkonto aneignen würde, grüßte freundlich herüber.

Zweiter Teil

1

OW war auf Probefahrt. Er hatte sich von seinem Freund Siggi Kupfer dessen neues Fahrrad geliehen, weil er daran dachte, sich ebenfalls eines zu kaufen, und zwar eines, das er fahren könnte, bis er achtzig würde. Aber ein E-Bike sollte es nicht sein. Es ging ihm nicht darum, per Rad von A nach B zu kommen – er hatte schließlich ein Auto –, sondern um die Anschaffung eines Trainingsgeräts, das ihn nicht überfordern würde.

»So eins wie meins: mit ultratiefem Einstieg, Siebengangschaltung und vor allem mit Rücktritt, halt ein Citybike«, hatte Kupfer gesagt.

»Was soll ich in der City?«

»Du musst damit nicht in die City. Das hat dicke Reifen. Mit dem kannst du auch bequem durch den Wald fahren.«

Genau das tat OW.

Es war Anfang November, aber trocken und mild. Die Laubfärbung war immer noch prächtig, und nach ein paar grauen Hochnebeltagen war heute schon am Morgen die Sonne durchgebrochen, so dass es OW nicht zu Hause hielt.

»Heute probier ich endlich Siggis Rad aus.«

»Aber ohne mich«, sagte Emma. »Ich mag mich nicht schinden.«

»Ich schinde mich nicht. Ich fahre gemächlich durch den Wald«, sagte OW bestimmt.

»Durch den Wald?« Emma war skeptisch. »Bis du im Schönbuch oben bist, hast du keine trockene Faser mehr am Leib.«

»Ich kann auch schieben.«

»Und wo willst du dann hinfahren?«

»Durchs Goldersbachtal nach Bebenhausen, über Lustnau nach Tübingen und dann mit der Ammertalbahn zurück.«

Emma runzelte die Stirn.

»Na hoffentlich bist du wieder da, bevor es Nacht wird.«

»Keine Frage. So lange brauche ich nicht. Vom Steighäusle aus ist es nur eben oder geht sogar bergab.«

»Pass auf, dass dich der Sattel nicht bis zum Nabel durchsägt.«

»Jetzt hör doch auf zu unken.«

Er machte sich ein Vesperbrot, kaufte auf dem Weg durch die Stadt zwei Dosen Bier und fuhr die Hildrizhauser Straße hinaus. Er saß aufrechter, als er gedacht hatte, und fand den Sattel sehr bequem. Auf den ersten fünfzig Metern der Steige, ungefähr bis zum Ortsschild, testete er den kleinsten Gang, dachte dann aber doch an die trockenen Fasern, die er bis Tübingen am Leib haben wollte, und stieg ab. Lieber zwei Kilometer schieben als nassgeschwitzt sein.

Nach einer halben Stunde war er oben am Herrenberger Waldfriedhof, und nun begann der genussvolle Teil der Tour. Auf etwas mehr als fünf Kilometern ging es hundert Höhenmeter ins Goldersbachtal hinab. Rechts und links goldener Buchenwald. Es war eine Freude. Es störte ihn nur etwas, dass er auf dem Schottersträßchen immer wieder einhändig fahren musste, weil ihm die rechte Hand einschlief. Trotzdem pfiff und sang er vor sich hin, machte seinen Anorak auf, ließ ihn im Fahrtwind flattern und fühlte sich mindestens fünfzehn Jahre jünger als während der halbe Stunde, die er das Rad bergauf geschoben hatte. Als der Schotterweg kurz vor der Neuen Brücke ebener wurde und er etwas mehr in die Pedale treten musste, wenn er nicht langsamer werden wollte, spürte er, dass es jetzt doch bald Zeit wäre, einen Schluck zu trinken. Das wollte er am nächsten Grillplatz tun. Und keine fünf Minuten später sah er zwischen den Bäumen die Grillstelle mit dem überdachten Sitzplatz. Die kam gerade recht.

Auf seiner Abfahrt war er keiner Menschenseele begegnet, und so stutzte er, als er auf einer der überdachten Bänke einen

Mann sitzen sah – an einem Novemberspätvormittag mitten in der Woche. Er selbst testete ja ein Fahrrad. Aber was wollte der da? Und wie war er jetzt schon hierhergekommen? Ein Fahrrad war nirgends zu sehen.

OW stieg ab, nahm seine Vespertüte und eine Bierdose aus dem Einkaufskorb und ging auf die Schutzhütte zu. Die schrägen Sonnenstrahlen, in denen die Mücken tanzten, tauchten die Bänke in ein warmes Licht. Man hätte meinen können, es wäre noch Oktober. Hier in aller Gemütsruhe sein Vesperbrot mit einem Bier hinunterzuspülen, war ein verlockender Gedanke.

Als OW sein Fahrrad hinter sich ließ und auf den Sitzplatz zuging, konnte er den Mann zunächst nur von den Schultern aufwärts sehen. Er hatte den Kopf zur Seite geneigt und schien zu schlafen. OW blieb stehen. Vielleicht sollte er ihn schlafen lassen, war sein erster Gedanke. Aber wenn er gar nicht schlief? Er trat zögernd näher. Eine dicke Fliege krabbelte dem Mann über die Lippen, ohne dass er auch nur zuckte. Er schlief nicht. Er war tot.

Der Appetit war OW schlagartig vergangen. Er stand mit der Vespertüte und der Bierdose in der Hand unbeholfen mitten unter diesem Dach und konnte die Augen nicht von dem Toten abwenden. Es war ein junger Mann zwischen dreißig und vierzig. Er trug leichte Wanderstiefel und Jeans, dazu einen teuren Markenanorak in grün. Er hatte braunes, leicht gewelltes Haar, das von seinem Mittelscheitel fast bis auf die Schultern herunterfiel. Sein schmales Gesicht war glatt rasiert. Er hatte die Augen geschlossen und den Kopf zur Seite geneigt. Seine Hände ruhten leicht nach oben geöffnet auf der Bank.

Eigentlich saß er ganz friedlich da, aber er war tot. OW wurde es unheimlich. Er sah sich um. Weit und breit war niemand zu sehen. Er trat an den jungen Mann heran und befühlte seinen Hals. Er war starr und kalt.

»So eine Scheiße«, entfuhr es OW. Dann zog er sein Handy aus der Tasche und wählte Siggi Kupfers Nummer. Aber er war im Funkloch und bekam kein Netz.

Was sollte er tun? Sollte er jetzt weglaufen und den Toten allein lassen? Oder lieber warten, bis vielleicht ein Waldarbeiter oder ein Förster vorbeikommen würde? Das könnte lange dauern und wäre sehr ungemütlich. Die paar Meter zu seinem Fahrrad zurück rannte er. Er warf seine Bierdose und das Vesperbrot in den Einkaufskorb, stieg auf, trat wie wild in die Pedale und fuhr ein kleines Stück talabwärts bis dahin, wo sich das Gelände etwas weiter öffnete. Dort stieg er keuchend ab und drückte auf Wahlwiederholung. Aber auch hier bekam er keine Verbindung.

Immer noch keuchend, stieg OW auf und fuhr zurück zu dem Toten. Er stieg vom Rad und blieb unentschlossen stehen. Die Situation war ihm zu kompliziert. Einfach warten kam nicht in Frage, das hätte er nicht ausgehalten. Aber wenn er jetzt weiter wegginge, um eine Stelle zu suchen, von wo aus er telefonieren konnte, dann müsste ja ein anderer, der gerade dann zufällig vorbeikäme, auch wieder losziehen, um einen Netzanschluss zu suchen. Die Polizei würde dann vielleicht sogar zweimal kommen, ehe er selbst zurück wäre. Eine umständliche Fragerei ergäbe das, die ihm unangenehm wäre. Er stand da und überlegte, und kühl wurde ihm auch noch. Sapperlot! Er ärgerte sich über seine Unentschlossenheit. Aber dann hatte er die Lösung. Ein Zettel! Ein Zettel würde die Lage klären. Er hatte ja immer etwas zum Schreiben dabei.

»12:55 Uhr. Habe den Toten bereits so gefunden, wie er dasitzt. Wir sind hier im Funkloch. Habe mich entfernt, um Netzanschluss zu bekommen. Die Polizei wird also bereits benachrichtigt.

Otto Wolf (aus Herrenberg)«

Er legte den Zettel neben den Toten, beschwerte ihn mit einem Stein und wollte sich auf den Weg machen.

Aber seine Hin- und Herfahrerei hatte ihm den Elan genommen. Die Strecke nach Bebenhausen erschien ihm auf einmal viel zu lang. Der kürzeste Weg aus dem Wald war der nach Breitenholz, das war ihm klar, nur war das auch mit Abstand der steilste. Aber an dieser Steigung führte kein Weg vorbei.

OW fasste sich ein Herz und ging die siebzig Höhenmeter an. Auf dem ersten halben Kilometer, solange die Straße fast parallel zum Bach verlief, nahm OW den leichten Anstieg mit viel Schwung. Aber dann führte eine lange Rechtskurve in den Wald hinein, und das Sträßchen wurde immer steiler. Er stieg ab und schob, bis er eine etwas flachere Gerade vor sich sah. Dann trat er wieder in die Pedale und versuchte, Schwung zu holen, als er den nächsten steilen Buckel vor sich sah. Aber es nützte nichts. Nach fünfzig Metern hing ihm fast die Zunge heraus und er verlegte sich aufs Schieben. Bis er auf die Uhr sah. Erschrocken stellte er fest, dass er schon zwölf Minuten unterwegs war. Dafür war er noch nicht weit genug gekommen. Also strampelte er sich auf dem kurvenreichen steilen Schottersträßchen, das er in früheren Zeiten locker hochgefahren war, bis zur Erschöpfung ab. Noch einmal im Leben wollte er es sich zeigen. Der Schweiß lief ihm über die Stirn und biss in den Augen, sein Atem fauchte und pfiff, und die Muskeln seiner Oberschenkel wurden mit jeder Kurve noch etwas härter. Völlig nassgeschwitzt erreichte er am Ende der Steige das Gatter und fuhr noch zweihundert Meter weiter, bis er den höchsten Punkt erreicht hatte. Von dort aus ging es nur noch bergab nach Breitenholz hinunter. Er war so fertig, dass er das Rad einfach umfallen ließ. Noch völlig außer Atem griff er nach seinem Handy. Wahlwiederholung. Es funktionierte.

»Hallo Siggi. Hier ist OW. Ich rufe … von … ich rufe … aus dem Goldersbachtal an.«

»Hallo! Wo bist du? Im Schönbuch? Da wäre ich jetzt auch recht gern.«

»Du musst auch kommen, sofort. Hier sitzt ein Toter an der Grillstelle.«

»Ich dachte schon, mein Fahrrad sei kaputtgegangen.«

»Nein. Siggi, keine Witze, jetzt glaub mir doch, auch wenn es unglaublich klingt: Ich habe eben zum zweiten Mal einen Toten entdeckt, ehrlich.«

An so viel Zufall wollte Kupfer nicht glauben. Er war seit Jahrzehnten Kriminalbeamter und war immer zu den Toten gerufen worden, selbst gefunden hatte er noch nie einen. Anders sein Freund OW, der pensionierte Gymnasiallehrer. Er hatte vor ein paar Jahren frühmorgens nach dem Schwimmen die Leiche eines ermordeten Bankers und Finanzmaklers in einer Umkleidekabine des Herrenberger Hallenbads entdeckt. Und nun sollte OW zum zweiten Mal zufällig eine Leiche gefunden haben? Und wieder bei einer sportlichen Betätigung? Das war doch ein Witz! Erst vor ein paar Tagen, als OW das Fahrrad bei ihm abholte, hatte er noch darauf angespielt, indem er zu ihm gesagt hatte, er solle aber vorsichtig damit umgehen und nicht über irgendwelche von Wilderern hingemeuchelten Förster wegfahren. Sonst bekäme er, trotz aller Stabilität des Citybikes, einen Achter ins Vorderrad.

»Das gibt's doch nicht. Keine Zeit für Scherze«, sagte er deswegen etwas unfreundlich. »Ich muss gleich zu einer Besprechung.«

»Es ist ernst, Siggi, todernst. Hier sitzt wirklich ein Toter an einem dieser überdachten Sitzplätze, Alter zwischen dreißig und vierzig, würde ich sagen. Kein Blut, keine Kampfspuren. Ich dachte erst, er schläft, so friedlich sieht er aus; aber er ist mausetot.«

»Wo genau bist du?« Kupfer klang nun ganz professionell.

»Ganz oben an der Breitenholzer Steige.«

»Wieso? Du hast doch eben gesagt, du wärst im Goldersbachtal.«

»Ja, klar, dort ist der Tote.«

»Wie jetzt? Wo bist du?«

»Ich habe dort unten keinen Netzanschluss bekommen und musste erst den Berg hochfahren. Aber ich habe einen Zettel dort gelassen.«

»Was denn für einen Zettel?«

»Dass ich ihn gefunden habe und es der Polizei melde. Damit ihr nicht doppelt kommt. Und dann bin ich hier hochgefahren. Ich bin völlig fertig.«

»Man merkt's.«

»Und, kommst du jetzt?«

»Kommt auf den Ort an.« Kupfers Stimme klang abweisend. »Wo genau ist der Tote?«

»Am Grillplatz an der Neuen Brücke.«

»Das ist Staatsforst, nicht unser Gebiet«, sagte Kupfer trocken. »Ich leite das nach Stuttgart weiter und gebe dabei deine Handynummer an. Lass das Ding eingeschaltet und bleib dort. Die Staatsanwaltschaft …«

»Ich bin nicht mehr dort!«

»Ach so, klar. Die Staatsanwaltschaft oder die Stuttgarter Kollegen werden sich gleich bei dir melden. Ich muss jetzt Schluss machen. Ruf mich bitte heute Abend an. Es interessiert mich natürlich, wie der Fall weitergeht.«

Kupfer hängte auf.

Es war klar, dass OW zunächst auf den Anruf warten musste. Aber sollte er dann wirklich wieder ins Tal hinunterfahren, um dann auf dem Heimweg noch einmal eine lange Steigung überwinden zu müssen? Seine Knie waren jetzt schon weich geworden. Dazu hatte er absolut keine Lust mehr. Er würde zum Entringer Bahnhof hinunterfahren und von dort aus die Ammertalbahn nehmen.

Aber zuerst setzte er sich an den Wegrand, öffnete endlich eine Bierdose und tat einen langen Zug. Er biss in sein Vesperbrot, und gerade als er den Mund richtig voll hatte, kam der Anruf. Seinen Namen brachte er heraus, und dann brauchte er glücklicherweise nicht mehr viel zu sagen. Die Tübinger Polizei war alarmiert worden und nahm sich der Sache an. Er solle ruhig nach Hause fahren. Morgen würde ihn ein Polizeibeamter aufsuchen und seine Aussagen zu Protokoll nehmen.

OW fühlte sich erleichtert, als er den Wald hinter sich lassen konnte und die Steige hinunterfuhr. Es war gut so. Die Strecke über Bebenhausen nach Tübingen wäre doch zu lang gewesen. Aber die Tatsache, dass er zum zweiten Mal einen Toten entdeckt hatte, einfach so aus purem Zufall, brachte ihn ins Grübeln. Den meisten Menschen passiert das nie, warum mir dann gleich zweimal, fragte er sich und fand keine Antwort.

2

Als die Tübinger Kriminalpolizei das Tal heraufgefahren kam, stand die Sonne schon ziemlich schräg. Über die Wiesen an der Neuen Brücke, die Grillstelle und den überdachten Sitzplatz breiteten sich zusehends lange Schatten aus. Die Luft war kühl und klar. Schon von weitem sah Hauptkommissar Schnaidt den Suzuki-Jeep des Revierförsters etwas abseits von dem Grillplatz stehen.

»Gut, dass von der Forstverwaltung auch schon einer da ist«, sagte er zu seinem Kollegen Merz.

»Hoffen wir bloß, dass die Spusi auch bald kommt. Wann wird es heute dunkel?«

»So gegen fünf, würde ich sagen.«

»Dann kann man nur hoffen, dass sie nicht zu lange auf sich warten lassen.«

Als die beiden Polizisten ausstiegen, kam ihnen der Revierförster ein paar Schritte entgegen, begrüßte sie und stellte sich vor.

»Gerd Schroeder, ich bin der Revierförster hier.«

Schnaidt und Merz grüßten zurück und stellten sich vor.

»Schön, dass Sie schon da sind. Dann können wir Sie gleich einiges fragen. Wie lange sind Sie schon hier?«, begann Schnaidt sofort die Befragung.

»Seit kurz nach eins. Ich habe den Toten aber auch schon um elf dasitzen sehen. Nur bin ich da einfach vorbeigefahren. Als er dann zwei Stunden später immer noch so dasaß, dachte ich beim Weiterfahren: ›Hoppla, da stimmt irgendwas nicht.‹ Ich habe angehalten und meinen Hund herausgelassen. Der ist sofort hingelaufen und hat gebellt, wie ich ihn noch nie habe bellen hören. Ein Stück Wild verbellt er ganz anders. Da habe ich gleich gewusst, was los ist.«

Schroeder hatte seinen schwarzgrauen Großen Münsterländer bei der Grillstelle an einen Baum gebunden. Dort stand er, kläffte und winselte aufgeregt. Schroeder strich ihm im

Vorbeigehen über den Kopf, aber der Hund beruhigte sich nicht.

»Schauen Sie sich einmal den Zettel an. Der ist von dem Mann, der Sie alarmiert hat.«

Schroeder deutete auf OWs Zettel, der immer noch an derselben Stelle lag. Schnaidt las ihn und grinste. Er schien sich zu amüsieren.

»Was lachen Sie? Das ist doch völlig korrekt. Was hätte er denn sonst machen sollen?«

»Habe den Toten bereits so gefunden, wie er dasitzt«, las Schnaidt vor. »Klingt gut. Aber woher wissen wir denn, ob ihn nicht inzwischen jemand anders hingesetzt hat?«

»Das kann ich Ihnen sagen. Ich war kurz nach eins hier, um genau zu sein, 13.10 Uhr, und habe ja bloß angehalten, weil mir auffiel, dass er nach zwei Stunden noch so dasaß wie vorher. Dieser Otto Wolf war ein bisschen ungeduldig. Wenn er nur eine Viertelstunde gewartet hätte, dann hätte er den Zettel nicht schreiben müssen.«

»Stimmt. Und vor allem hätte er nicht den Stich nach Breitenholz hochfahren müssen, der Arme. Er hat von dort oben aus unsere Böblinger Kollegen angerufen und war völlig fertig. Zu langen Beschreibungen hat er keine Zeit gehabt. Den befragen wir morgen.«

Inzwischen war Merz an den Toten herangetreten und hatte versucht, seinen Arm zu bewegen.

»Totenstarre«, konstatierte er. »Ich würde annehmen, dass er schon länger hier sitzt, vielleicht sogar seit gestern. Was meinen Sie, wie kalt es heute Nacht war?«

»Schwer zu sagen. Gestern war es ja relativ warm, aber heute früh gab es Reif. Von sechs bis gegen elf hatte es wahrscheinlich knapp unter null Grad. Ich kann mich aber auch täuschen. Und da der Tote an einer geschützten Stelle sitzt, war es vielleicht ein bisschen wärmer um ihn herum.«

»Waren Sie gestern hier?«

»Nein. Das muss drei Tage her sein, dass ich das letzte Mal hier vorbeigekommen bin. Wir haben zurzeit einen anderen

Absender (bitte gut lesbar schreiben):

Name

Straße

PLZ Ort

E-Mail

Beruf Alter

Für Silberburg-Bücher interessiert sich auch:

Bitte als
Postkarte
frankieren

Deutsche Post
ANTWORT

Silberburg-Verlag GmbH
Schönbuchstraße 48
D-72074 Tübingen

Distrikt in Arbeit. Aber zwischendurch sind sicher ein paar von unseren Waldarbeitern vorbeigekommen, die ihn hätten sehen können. Dass er schon tagelang hier sitzt, glaube ich eigentlich nicht.«

»So sieht er auch nicht aus«, meinte Schnaidt. »Man könnte ja fast meinen, dass er schläft. So friedlich sieht er aus.«

»Deswegen bin ich auch das erste Mal vorbeigefahren, ohne irgendwas zu merken.«

Schnaidt nickte nachdenklich mit dem Kopf.

»Und was meinen Sie?«, fragte der Förster.

»Erst mal gar nichts. Natürlicher Tod, Selbstmord, Mord – das kann alles sein. Mal abwarten, was die Spurensicherung findet und die Rechtmedizin sagt. Sie sehen ja, für Gewaltanwendung gibt es auf den ersten Blick keinerlei Hinweis.«

Merz holte die Kamera aus dem Auto.

»Ich mach schon mal die Aufnahmen, ehe die Spusi kommt.«

»Und Ihnen ist auch gestern niemand begegnet? Es muss nicht gerade hier gewesen sein«, forschte Schnaidt nach.

»Wenn Sie mich so fragen, doch. Und das fand ich sogar merkwürdig. Das war im Lindachtal, einen starken Kilometer von hier in Richtung Hildrizhausen. Ich musste gestern Nachmittag kurz vor Feierabend noch überprüfen, ob unser Forstgehilfe die richtigen Bäume angezeichnet hatte.«

»Und wann ist Feierabend?«

»Um fünf. Das muss also um halb fünf gewesen sein. Ich kam wie heute von Hildrizhausen herunter. Und da marschierte mir eine schlanke Frau entgegen, nicht sehr groß, aber eine sportliche Figur in Wanderkleidung, langes Haar und, deswegen erinnere ich mich überhaupt an sie, sie trug eine Sonnenbrille, obwohl kein Sonnenstrahl mehr zu sehen war. ›Für wen will die so schick sein?‹, dachte ich noch. Ich habe dann ein paar hundert Meter weiter meine Inspektion gemacht, das ging sehr schnell, und bin wieder zurückgefahren. Und da war sie weg. Eigentlich hätte ich sie noch einmal sehen müssen. Das ist schon komisch. Denn so schnell kann die Frau gar nicht gelaufen sein, obwohl sie ganz sportlich unterwegs war.«

»Zweigt da nicht ein Weg ab?«

»Ein kleiner Holzweg. Aber kein Weg, den man gehen würde, wenn man gegen Abend aus dem Wald herauswill. Das Nächstliegende ist doch, dass die Frau zum Wanderparkplatz wollte. Und von dort war sie noch mehr als einen Kilometer entfernt. Normalerweise hätte ich sie auf meiner Rückfahrt überholen müssen.«

»Fiel Ihnen auf dem Wanderparkplatz irgendein Auto auf?«

»Nein, an dem komme ich auch nicht direkt vorbei.«

»Jetzt setzen wir uns in mein Auto und machen ein Protokoll, und dann würde ich gerne Ihre Arbeiter befragen. Die kommen doch sicher hier vorbei«, sagte Schnaidt.

»Regelmäßig nur einer, der von Kayh herunterkommt. Der müsste gestern Abend und heute früh hier vorbeigekommen sein.«

Während Schnaidt die Aussagen des Försters zu Protokoll nahm, kam die Spurensicherung an.

»Heute haben wir zur Abwechslung mal einen schönen Arbeitsplatz«, bemerkte ein junger Polizist beim Aussteigen.

»Ja. Schöne frische Luft im tollen Naherholungsgebiet. Sehr nette Abwechslung«, antwortete sein Kollege etwas sarkastisch. »Ich war schon lang nicht mehr im Wald. Es wäre aber noch schöner, wenn es nicht bereits so schattig wäre.«

»Jetzt sei bloß zufrieden. Es könnte ja auch gießen.«

Kommissar Merz wies sie ein.

»Den ganzen Bereich von diesem Sitzplatz und dann die paar Schritte bis zu dem Sträßchen hinüber.«

Die beiden machten sich an die Arbeit. Da es lange nicht geregnet hatte, war der Boden hart und trocken. Es gab keine neueren Fußspuren. Überall lag trockenes Laub, sogar unter der Bank, auf der der Tote saß.

»Da schau her, ein schönes langes Frauenhaar«, sagte der eine Polizist und hielt mit seiner Pinzette ein etwa dreißig Zentimeter langes Haar gegen das Licht.

»Eine langhaarige Brünette war hier. Fragt sich bloß, wann.«

»Guter Fund, sehr interessant«, sagte Merz. »Der Förster ist gestern so einem langhaarigen Wesen begegnet. Vielleicht ist es von ihr.«

Die beiden suchten weiter, betrachteten alle überdachten Sitzbänke samt Lehnen mit der Lupe, drehten jedes welke Blatt um den Toten herum um und inspizierten den Boden, ohne aber noch etwas zu finden, was sie als Hinweis hätten bewerten können.

»Textilfasern haben wir um den Toten herum gefunden, leider von lauter verschiedenen Kleidungsstücken. Das war ja bei der Schönwetterperiode in letzter Zeit nicht anders zu erwarten. Am Wochenende muss es hier ja rundgegangen sein.«

Dabei zeigte er auf einen Abfallbehälter, der von Müll überquoll.

»Das sieht ja saumäßig aus. Dass die Leute ihren Dreck nicht wieder mitnehmen können! So schwer kann das doch nicht sein. Aber diesen ganzen Abfall müssen wir nicht …«

»Doch. Den leider auch«, fiel ihm Merz ins Wort.

»Und wenn er einfach so gestorben ist?«

»Dann finden wir vielleicht ein Beweisstück in diesem Müll.«

Der junge Beamte verzog etwas das Gesicht, griff nach einem großen Plastiksack und verpackte den ganzen Abfall.

»Solche Dreckschweine«, schimpfte er vor sich hin.

Sein Kollege arbeitete sich den Trampelpfad entlang bis zum Straßenrand vor.

»Nichts Auffälliges, gar nichts«, stellte er fest. »Ein paar kleine Fetzchen von Vespertüten und Schokoladenpapier. Dass das was bringt, glaube ich absolut nicht.«

An den glatten Pfosten der Überdachung waren Fingerabdrücke zu finden, aber gleich wieder so viele, dass der Erfolg einer Auswertung zu bezweifeln war.

»Wenn ich hier jemanden umbringen würde, würde ich da sowieso nicht mit bloßer Hand hinfassen.«

»Und ich würde hier keinen Müll zurücklassen«, sagte der andere mit einem schiefen Blick auf Kommissar Merz.

»Wenn er überhaupt umgebracht wurde, dann vielleicht gar nicht hier«, fügte er noch hinzu.

»Das sehe ich anders«, widersprach ihm Merz. »Bis zum nächsten Parkplatz sind es fast drei Kilometer, so weit hat den niemand hergeschleppt. Und ich halte es für absolut unmöglich, dass man den Toten mit dem Auto hergebracht hat. Das Risiko wäre auf diesen gesperrten Sträßchen viel zu groß.«

»Dann hoffen wir mal, dass uns die Rechtsmediziner sagen, dass er einfach gestorben ist oder wenigstens selbst Schluss gemacht hat. Dann sind wir ihn los.«

»Das würde Ihnen so passen«, sagte Merz gereizt, der eigentlich auch nicht erwartete, dass sich aus diesem Müll ein Hinweis ergeben würde. Doch er hatte für Gründlichkeit zu sorgen. Und das hieß eben auch, ekelhafte Objekte zu sichern, auch wenn man ihnen zunächst gar keine Bedeutung beimaß.

»Ich bringe Sie zu den Waldarbeitern. Steigen Sie bei mir ein«, sagte Schroeder zu Schnaidt und ging auf seinen Jeep zu. Sein Hund, der immer noch angebunden war, fing laut an zu bellen.

»Oh, den hätte ich jetzt fast vergessen. Das ist mir ja noch nie passiert.«

Der Hund wedelte aufgeregt mit dem Schwanz und sprang an ihm hoch. Schroeder schnallte ihn los.

»Geh zum Auto. Platz!«

Der Hund lief geradewegs zu Schroeders Jeep, setzte sich und schaute seinem Herrn erwartungsvoll entgegen.

»Den haben Sie gut abgerichtet«, sagte Schnaidt anerkennend.

»Er ist nicht immer so folgsam. Aber wenn er merkt, dass er im Auto mitfahren darf, dann hört er aufs Wort. Er ist noch jung und sehr verspielt.«

Schroeder hatte seinen Sitz noch nicht vorgeklappt, da versuchte der Hund schon, sich zwischen der Rückenlehne und dem Türholm durchzudrängeln.

»Ruhig, Arno«, sagte Schroeder und machte ihm den Weg frei. Der Hund setzte sich auf den Rücksitz. Kaum hatte Schnaidt sich auf den Beifahrersitz gesetzt, spürte er die nasse Hundeschnauze in seinem Genick. In einem Reflex zog er den Hals ein, und die Hundezunge feuchtete seinen Haaransatz an.

»Arno, Platz«, sagte Schroeder scharf, der diese Annäherung aus dem Augenwinkel beobachtet hatte. Der Hund legte sich und winselte.

Als Schroeder anfuhr, schaute Schnaidt aus dem Fenster und überlegte.

»Ich fände das schon absolut dreist, jemand gerade hier unten umzubringen. Da kann doch jederzeit einer vorbeikommen. Vielleicht ist es doch kein Mord.«

»Ich halte das nicht für unmöglich«, meinte Schroeder. »In dieser Jahreszeit kommt hier in der Woche so gut wie niemand vorbei. Außer meinen Arbeitern sehe ich manchmal tagelang keinen Menschen hier unten. Samstags und sonntags ist das natürlich anders. Da kommen die Rentnerscharen mit ihren Stöcken. Aber zurzeit ist es sehr ruhig hier.«

»Und wer weiß das?«

»Gute Frage. Da muss jemand die Gegend gut kennen.«

»Stimmt. Und das wäre schon einmal ein Anhaltspunkt: Wir suchen jemanden, der eine konkrete Vorstellung davon hat, wie einsam es an Novemberwochentagen im Goldersbachtal ist.«

Der Hund setzte sich wieder auf und streckte seinen Kopf zwischen Schnaidt und Schroeder nach vorne. Schroeder gab ihm einen kleinen Klaps.

»Platz, Arno. Platz.«

Der Hund protestierte winselnd, drehte sich einmal um seine eigene Achse und legte sich wieder hin. Als der Jeep anhielt und Schroeder ausstieg, kam er sofort hoch, drängelte sich zwischen den beiden Rückenlehnen durch und sprang ins Freie.

Vor ihnen lag ein weiter Kahlschlag, der zum Mischwald aufgeforstet wurde. Ein paar Arbeiter waren damit beschäftigt, junge Bäume gegen Wildverbiss zu schützen, indem sie jeder einzelnen Pflanze eine Hose aus Maschendraht anzogen.

»Wo ist der Kehgreiß Heiner?«, fragte Schroeder einen jungen Azubi.

»Weiter oben, wo sein Auto steht.«

Sie brauchten nicht lange zu gehen. Der Gesuchte hatte offensichtlich in seinem Abschnitt die Arbeit erledigt und kam ihnen entgegengefahren. Er hielt an und öffnete das Fenster.

»Ist was?«

»An der Neuen Brücke wurde ein Toter gefunden. Das ist Kommissar Schnaidt aus Tübingen. Der hätte ein paar Fragen an dich.«

Kehgreiß stieg aus und reichte Schnaidt die Hand.

»Wenn ich helfen kann, gern.«

»Herr Schroeder sagte mir, dass Sie jeden Tag an der Neuen Brücke vorbeifahren. Ist Ihnen da gestern etwas aufgefallen?«

Über Kehgreiß' Gesicht breitete sich ein Grinsen aus.

»Das kann man wohl sagen. Da sind zwei an dem überdachten Sitzplatz gesessen, die waren aber quietschfidel, die hatten was miteinander. Die Frau war ganz wild.«

»Können Sie genau beschreiben, was Sie gesehen haben?«

»Ja, was soll ich sagen? Die Frau ist halt auf dem geritten. Er ist auf der Bank gesessen und hat sich zurückgelehnt, und sie war oben.«

»Können Sie genau beschreiben, was Sie gesehen haben? Von Ihrem Auto aus sehen Sie doch bloß die Köpfe, höchstens noch die Schultern.«

»Klar, halt das, was über der Lehne herausguckt. Also, die hat seinen Kopf in beiden Händen gehabt und hat ihn abgeknutscht, und was sie unten getan hat, das hat man ihrem Kopf angesehen, so wie der rauf- und runtergegangen ist. Die zwei waren quietschfidel, das sag ich Ihnen. Ich habe gehupt«, sagte er lachend, »aber das hat denen nichts ausgemacht.«

Schnaidt notierte kommentarlos die Aussage des Waldarbeiters.

»Können Sie die Frau beschreiben?«

Kehgreiß zuckte mit den Achseln.

»Ich habe ja nichts gesehen außer ihren langen Haaren.«

»Haarfarbe?«

»Hellbraun – oder dunkelblond.«

»Und der Mann? Erinnern Sie sich an seine Haarfarbe?«

»So arg viel von dem hat man nicht sehen können. Aber seine Haare waren dunkler als ihre, das schon.«

»Um welche Zeit haben Sie das Pärchen gesehen?«

Kehgreiß dachte kurz nach.

»Auf meinem Heimweg halt, das muss so zwischen fünf und halb sechs gewesen sein«, sagte er etwas zögernd.

»Und heute früh? Haben Sie da was gesehen?«

»Nein. Der Nebel war so dick. Da habe ich auf den Weg aufgepasst und gar nicht zum Sitzplatz hinübergeschaut.«

»Danke. Das war's schon.«

Der Revierförster fuhr den Kommissar zur Neuen Brücke zurück. Schnaidt überflog seine Notizen.

»Das kann nicht sein«, sagte er dann. »Hören Sie, wenn ich davon ausgehe, dass Sie und Kehgreiß dieselbe Frau gesehen haben, dann stimmt hier etwas nicht«, sagte er nach einer Weile.

»Nämlich?«

»Die Zeit. Kehgreiß gibt an, die Frau nach fünf Uhr gesehen zu haben. Das ist sehr unwahrscheinlich, wenn sie Ihnen eine starke halbe Stunde vorher mehr als einen Kilometer von der Neuen Brücke entfernt begegnet ist und zum Parkplatz hin unterwegs war. Das müssten dann schon zwei Frauen gewesen sein, und das glaube ich nicht.«

Schroeder bremste ab und griff ins Handschuhfach.

»Das haben wir gleich. Schauen wir mal im Einsatzplan nach.«

Er blätterte in seinem Heft, zog die Brauen hoch und schüttelte den Kopf.

»Ich glaube, der gute Kehgreiß hat uns angeschwindelt. Sehen Sie: Gestern war er als Einziger in dem Waldstück eingesetzt, wo wir gerade waren. Alle anderen arbeiteten mehr Hildrizhausen zu. Und da hat er sich wieder einmal einen früheren Feierabend gegönnt.«

»Macht er das öfters?«

»Wenn er meint, dass er alles geschafft hat, und keiner dabei ist, schon. Aber ich drücke dann ein Auge zu, weil er oft auch länger arbeitet, wenn Not am Mann ist. Manchmal will man ja noch was fertig machen, damit man am nächsten Tag nicht wegen einer Kleinigkeit wieder hinmuss, und das macht er dann, ohne mit der Wimper zu zucken.«

»Dann hätte er ja nicht zu schwindeln brauchen.«

»Das sagen Sie. Wissen Sie, Heiner Kehgreiß ist einer von denen, die heute noch eine Hacke über die Schulter nehmen, wenn sie sonntags spazieren gehen. So einer gibt nicht zu, dass er früher Feierabend gemacht hat. Aber sonst ist der schon in Ordnung.«

Als sie wieder an der Neuen Brücke waren, war es schon halb fünf vorbei. Schnaidt stieg aus dem Jeep, blieb am Straßenrand stehen und schaute zum überdachten Sitzplatz hinüber. Der Tote war inzwischen weggebracht worden. Die Kollegen waren noch vor Ort.

»Merz«, rief Schnaidt, »kannst du dich bitte einmal dort hinsetzen, wo der Tote gesessen ist?«

»Warum?«

»Sag ich dir nachher. Jetzt mach's halt.«

Schroeder stand neben Schnaidt und sah ihn fragend an. Als Merz sich in die gewünschte Position gebracht hatte, fragte Schnaidt: »Können Sie von hier aus erkennen, was der Kollege Merz für eine Haarfarbe hat?«

»Nein, es ist schon zu dunkel.«

»Merz ist blond. Also sehen Sie, Kehgreiß muss eine Stunde früher dran gewesen sein, als es noch heller war, wenn er die Haarfarbe der beiden noch unterscheiden konnte.«

3

»Mit dem wart ihr aber schnell fertig«, sagte Schnaidt zu Dr. Seifert von der Rechtsmedizin.

»Ganz so schnell auch wieder nicht, obwohl nicht sehr viel zu machen war. Ihr Kunde hat kurz vor seinem Tode noch guten Appetit gehabt. Er hat ein Brot mit Leberwurst und eins mit Käse gegessen, dazu einen Apfel. Das wäre sehr gesund gewesen, wenn er nicht ziemlich viel Bier dazu getrunken hätte. 1,1 Promille am hellen Nachmittag. Wenn das seiner normalen Lebensweise entsprach, wäre er ohnehin nicht sehr alt geworden.«

»Hat man ihm was ins Bier gekippt?«

»Ja, das wohl auch. Aber er starb an einem heftigen Insulinschock. Er hatte eine unglaubliche Menge Insulin im Blut, viel mehr, als sich ein Diabetiker je spritzen würde, und das hat uns hellhörig gemacht. Diese Dosis kann er sich nicht selbst verabreicht haben, es sei denn, er hätte sich umbringen wollen. Aber Selbstmord durch Insulinüberdosis kommt selten vor. Andererseits weist sein Körper keinerlei Zeichen von Gewaltanwendung auf, so dass wir uns fragen mussten, was den Toten denn so willenlos gemacht hat, dass man ihm eine Injektion verabreichen konnte. Da haben wir uns das Bier noch einmal genauer vorgenommen und GHB nachgewiesen, Gamma-Hydroxy-Buttersäure, gemeinhin als K.-o.-Tropfen oder Liquid Ecstasy bekannt.«

»Wie schnell wirkt das?«

»Es dauert eine Weile, bis einem schwindelig wird, und dann wird man schnell ohnmächtig. Und als der junge Mann sich nicht mehr wehren konnte, hat man seinen rechten Ärmel etwas hochgeschoben und ihm eine Insulinspritze in den Arm gerammt, eine richtig starke Dosis, so dass es zum Insulinschock kam. Man kann mit fast absoluter Sicherheit sagen, dass er schon an dem Insulin gestorben wäre.«

Dr. Seifert machte eine Kunstpause.

»Jetzt machen Sie es doch nicht so spannend«, drängte Schnaidt.

»Ich mache es nicht spannend. Ich möchte nur, dass Sie sich das genau vorstellen. Erst kippt ihm der Täter die Tropfen ins Bier, dann verpasst er ihm die Spritze, und dann, und das finde ich interessant, muss er dem Ohnmächtigen Mund und Nase zugehalten haben, so dass er erstickt ist. Den chemischen Befunden nach war das eine Sache von nicht einmal einer halben Stunde. Schon allein wegen der Kombination aus Alkohol und K.-o.-Tropfen hatte er sich nicht mehr wehren können, die Insulindosis war letal, da hätte es diese Handgreiflichkeit zum Schluss gar nicht mehr gebraucht. Das ist doch aufschlussreich, nicht?«

»Klar«, stimmte Schnaidt zu und nickte nachdenklich. »Der Täter war unsicher. Er wusste nicht, ob die Insulindosis ausreicht, und hat deshalb nachgeholfen. Der Erstickungstod ist sicher?«

»Ganz sicher. Die Werte von Blutsauerstoff und Kohlendioxyd waren recht eindeutig.«

»Schließt dieser Befund nicht einen Täter aus den Bereichen Medizin und Pharmazie aus?«, fragte Schnaidt.

»Es könnte sein, dass hier reichlich Halbwissen im Spiel war. Wer wirklich routiniert mit Insulin umgeht, weiß nämlich, dass er sich auf so eine große Dosis verlassen kann. Dieser Fall ist doch wirklich kurios. Eine so seltsame Kombination ist mir bislang noch nie untergekommen. Ich will mir jetzt keine kriminologischen Kenntnisse anmaßen, aber möchte doch sagen, dass ich mir in dem Fall keinen Täter, sondern eine Täterin vorstelle. Es sieht ganz danach aus, dass der Mörder vor der physischen Überlegenheit seines Opfers große Angst hatte, was eine Täterin wahrscheinlicher macht.«

»Das meine ich auch, schon weil es zu meinen Vorstellungen nicht passt, dass zwei Männer im Schönbuch wandern gehen und der eine den andern auf diese Weise umbringt. Männer morden anders, würde ich sagen.«

»Aus Angst, rein rational gesprochen aus Sicherheitsgründen, hat die Täterin ihr Opfer mindestens 1,5-mal umgebracht. Sehr perfektionistisch.«

»Trotzdem hat sie viel riskiert. Die kann nicht ganz bei Trost gewesen sein. Es hätte ja jemand vorbeikommen können. Welchen Todeszeitpunkt haben Sie festgestellt?«

»Irgendwann am Nachmittag oder am frühen Abend, frühestens um zwei, spätestens um sieben. Eine kürzere Zeitspanne können wir nicht angeben, weil niemand genau sagen kann, wie kalt es an dieser Stelle war.«

»Auf jeden Fall war es am helllichten Tag. Da kann man auch annehmen, dass sie handgreiflich nachgeholfen hat, weil sie möglichst schnell verschwinden wollte. Nach unserer Erfahrung passiert es immer wieder, dass ein Täter bei der Ausübung seines Verbrechens die Nerven verliert. Jedenfalls passt unsere Zeitvorstellung zur Aussage des Revierförsters. Er sagt, er sei ungefähr um vier einer jungen Frau begegnet, die wahrscheinlich auf dem Weg zum nächsten Wanderparkplatz war. Eine ungefähre Beschreibung dieser Person haben wir.«

Dr. Seifert schob den schriftlichen Bericht Kommissar Schnaidt zu.

»Gut. Das ist der toxikologische Befund, und mehr betrifft mich eigentlich nicht. Trotzdem interessiert mich noch die Frage, was in der kurzen Zeitspanne passiert ist zwischen dem Zeitpunkt, wo das Opfer spürte, dass es ihm übel wurde, und dem seiner absoluten Hilflosigkeit. Rein theoretisch hätte er sich hier noch für einen kurzen Zeitpunkt wehren können.«

Schnaidt runzelte die Stirn und dachte laut nach.

»Im umgekehrten Fall, wenn ein Mann eine Frau mit K.-o.-Tropfen wehrlos macht, geht er auf Abstand, beobachtet sein Opfer und wartet ab. Hier war es wohl umgekehrt. Der Waldarbeiter, der die beiden gesehen hat – das muss zwischen drei und halb vier gewesen sein – sagt, sie hätten Geschlechtsverkehr gehabt.«

»Das ist in seinem Zustand nicht sehr wahrscheinlich. Und es gibt überhaupt keinen Hinweis darauf«, wandte Dr. Seifert ein.

»Ich glaube es ja auch nicht. Ich meine vielmehr, dass er zu diesem Zeitpunkt schon mindestens ohnmächtig war und sie das vorgespielt hat, weil sie das Auto des Waldarbeiters kommen hörte. Sie wusste ja, dass man sie nur von der Schulter aufwärts sehen konnte. Und die andere Möglichkeit ist die, dass sie sich ihm näherte, solange er die Wirkung nicht spürte, ihn sexuell erregte und damit verwirrte, so dass er einfach nicht ganz so schnell eins und eins zusammengezählt hat, als ihm übel wurde.«

»Möglicherweise. In jedem Fall hat er kaum Zeit gehabt, sich zu wehren.«

»Was hätte er denn Ihrer Meinung nach überhaupt noch tun können?«

»Das kann ich nicht sagen. Die Aussagen der Opfer solcher Übergriffe geben hier nichts her wegen der unausweichlichen Erinnerungslücken.«

4

Die Identität des Toten stellte die Kriminalpolizei zunächst vor ein Rätsel. Wer immer ihn umgebracht hatte, hatte ganze Arbeit geleistet und ihm alles abgenommen, womit man ihn hätte identifizieren können. Es gab keinen Rucksack, keinen Geldbeutel, keine Papiere. Das Einzige, was über die Kleidung hinausging, war eine billige Armbanduhr, wie man sie zu Hunderten in jedem Kaufhaus erwerben konnte. Sein Markenanorak schien neueren Datums zu sein. Aber so teuer und elegant er auch war, fehlte ihm doch jedes individuelle Merkmal.

»Alles Qualitätsware, aber eben aus dem Kaufhaus. Irgendwie sind wir heute doch alle uniformiert«, fasste Schnaidt seine Enttäuschung nach der Sichtung der Kleidung zusammen.

Auch die erkennungsdienstliche Behandlung des Toten gab keinen Aufschluss. Seine Fingerabdrücke waren nirgends registriert, sein Foto nirgends archiviert.

»Damit gehörte er sicher nicht zu unserer üblichen Kundschaft«, folgerte Schnaidt.

»Oder er war neu in diesen Kreisen«, meinte Merz.

»Was aber aufs Gleiche hinausläuft: Wir haben nichts über ihn«, fasste Schnaidt die Lage zusammen.

»Also?«

»Ich möchte jetzt nicht gleich ein Foto veröffentlichen lassen. Warten wir einmal ab, ob wir nicht eine Vermisstenanzeige hereinkriegen.«

Damit hatte Schnaidt instinktiv aufs richtige Pferd gesetzt. Der Tote konnte schon bald identifiziert werden, ohne dass sein Foto in den Zeitungen zu sehen war. Als Theo Krumm nämlich nach seinem Tag Urlaub nicht pünktlich zur Spätschicht angetreten war, wunderten sich seine Kollegen in der DRK-Rettungswache in Stuttgart-Degerloch. Ohne Ankündigung nicht den Dienst anzutreten, das erlaubte sich absolut niemand. Und da Theo Krumm bei seinen Kollegen überdies den Ruf eines äußerst pflichtbewussten Mitarbeiters genoss, machte sich Frieder Egeler, mit dem er seine Einsätze fuhr, ernste Sorgen. Als seine Anrufe erfolglos blieben, rief er Theos Freundin Laura an, die im Böblinger Krankenhaus als Krankenschwester auf der Station Innere Medizin arbeitete.

»Hast du heute frei?«

»Ja, wieso?«

»Ist Theo bei dir?«

»Nein. Warum?«

»Weil er heute nicht zum Dienst erschienen ist, aber krankgemeldet hat er sich auch nicht.«

»Und da denkst du, er liegt mit mir pflichtvergessen im Lotterbett. Deine Phantasie möcht ich haben.«

»Laura, ich finde das nicht komisch.«

»Meinst du, ich? Ich habe keine Ahnung, wo er sein könnte. Ich hatte Nachtdienst und habe heute ausgeschlafen. Ich habe Theo schon ein paar Tage nicht gesehen. Für morgen sind wir verabredet. Aber ich habe keine Ahnung, wo er heute ist. Das ist schon komisch.«

»Wo könnte ich denn sonst noch anrufen?«

»Mir fällt nur seine Mutter ein. Und wenn sie auch nichts weiß, dann würde ich die Polizei anrufen. Ruf mich bitte an, wenn du was weißt.«

Laura gab ihm die Telefonnummer von Erika Krumm und hängte auf.

Theos Mutter wohnte am Döffinger Ortsrand in einem kleinen Haus aus den Siebzigerjahren, das sie nach dem Tod ihres Mannes zur Hälfte vermietet hatte. Um ihren Rentenanspruch zu erhöhen, hatte sie ihre Arbeit als Bürokraft bei Daimler wieder aufgenommen. Frieder Egelers Anruf überraschte sie bei der Arbeit. Sie erschrak, so dass ihre Stimme zitterte und sie anfangs kaum einen zusammenhängenden Satz herausbrachte.

»Nein … ich weiß auch nicht … ich hab seit mindestens zwei Wochen schon nichts mehr … aber das ist normal … hoffentlich ist ihm mit dem neuen Auto nichts passiert …«

»Entschuldigung«, unterbrach sie Egeler, »was für ein neues Auto?«

»Er hat sich doch seinen Traum erfüllt und endlich einmal ein anständiges Auto gekauft.«

»Wann?«

»Jetzt erst. Vor zwei Wochen oder so. Da war er kurz da. Er war so stolz und hat sich so gefreut.«

»Die Autonummer wissen Sie nicht zufällig?«

»Doch, natürlich. BB-TK 1976. Das kann sich sogar eine alte Frau merken.«

»Vielen Dank. Ich glaube, ich weiß jetzt weiter«, versuchte Egeler das Gespräch abzuschließen.

»Aber Sie rufen mich bitte an, wenn …«

»Selbstverständlich. Vielen Dank noch einmal.«

Noch ehe Frieder Egeler die Polizei anrief, interessierte ihn Theos neues Auto. Er täuschte sich doch nicht, er hatte Theo doch aus seinem klapprigen Polo steigen sehen, als er ihn erst vor zwei Tagen zum Dienst kommen sah. Von einem neuen Auto hatte Theo nie geredet. Und über so etwas redeten sie schon miteinander. Auch den anderen Kollegen gegenüber hatte Theo nichts von einem neuen Auto erwähnt. Alle wussten, dass er nur von seinem bescheidenen Gehalt lebte und über solche Träume schon lange hinweg war.

»Theo und ein neues Auto? Ich glaub's nicht.«

In dieser Einschätzung waren sie sich alle einig.

Egeler gab die Vermisstenanzeige auf und meldete das Kfz-Kennzeichen. Seine Personenbeschreibung passte zu der, die Schnaidt von dem Toten angefertigt hatte, wie eine Schraube zur Mutter. Damit war der Tote vorläufig identifiziert. Es handelte sich um den fünfunddreißigjährigen Rettungsassistenten Theo Krumm, wohnhaft in Böblingen, der seinen Dienst bei der DRK-Rettungswache in Stuttgart-Degerloch versah. Er war ledig und lebte allein in einer Zweizimmerwohnung in einem Hochhaus im Böblinger Südwesten. Er war bescheiden und umgänglich, bei seinen Kollegen beliebt und galt als sehr pflichtbewusst und verlässlich. Merkwürdig war allein der Umstand, dass er entgegen seiner sonstigen Offenheit mit keinem Wort auch nur angedeutet hatte, er wolle an dem Tag, den er sich außerplanmäßig freigenommen hatte, im Schönbuch wandern gehen. Dass er wandern gegangen war, war allerdings nichts Außergewöhnliches.

»Frauen? Ja, da gibt es die Laura, Laura Hensler. Mit der ist er seit längerer Zeit zusammen. Sie arbeitet als Krankenschwester im Böblinger Krankenhaus auf der Inneren«, sagte Frieder Egeler aus. Lauras Adresse kannte er nicht. Er wusste nur, dass ihre Wohnung für zwei zu klein war und sie Theos Hochhauswohnung, die ein bisschen mehr Raum bot, nicht mochte. Sie hatten zwischendurch immer wieder einmal nach einer bezahlbaren Wohnung gesucht, die für beide in verkehrsgünstiger Lage gelegen hätte. Aber die Suche war schwierig gewesen und sie hatten sie immer wieder aufgegeben.

»Eigentlich wissen wir jetzt schon genug«, sagte Schnaidt grinsend, als er von der Zusammenfassung aufsah.

»Wofür? Damit ist noch gar nichts geklärt«, sagte Merz missmutig.

»Für mich schon. Theo Krumm wohnte nicht in Tübingen, sondern in Böblingen, und da gehört er auch wieder hin, genau auf den Schreibtisch von unserem geschätzten Kollegen Kupfer. Und wir haben mit dem Fundort saumäßig Dusel.«

»Wieso? Ich denke, das Goldersbachtal gehört zum Staatsforst.«

»Das schon. Aber der Fundort liegt trotzdem im Kreis Böblingen.«

»Super! Dann sind wir den Fall los!«, lachte Merz.

5

Nach der Weiterleitung des Falls nach Stuttgart hatte Kupfer gemeint, er habe mit dem Toten von der Neuen Brücke nichts mehr zu tun, und hatte sich wieder auf einen verzwickten Fall konzentriert, den er schon seit Wochen bearbeitete. Auch die Tatsache, dass sein Freund OW den Toten gefunden hatte, rief bei ihm kein Interesse wach. Er war mit diesem anderen Fall beschäftigt, der ihm auch außerhalb der Dienstzeit immer wieder durch den Kopf ging.

Das »Schmieröl«, wie sie den Fall im Bürojargon nannten, hatte mit einem tödlichen Autounfall zu tun. Ein junger Familienvater war auf der A 81 in einer Rechtskurve bei 120 Stundenkilometern von der Fahrbahn abgekommen und gegen einen Brückenpfeiler geknallt. Er war auf der Stelle tot gewesen. Kfz-Spezialisten der Polizei und die Gutachter der Versicherung waren unabhängig von einander zu der Überzeugung gekommen, dass es sich bei dem Unfall nicht um einen Fahrfehler des Verunglückten gehandelt hatte.

Vielmehr stellte man fest, dass das Lenkgetriebe schadhaft gewesen war und blockiert hatte.

Die junge Witwe sagte aus, dass das Lenkgetriebe des Unfallfahrzeugs erst wenige Tage zuvor ausgetauscht worden war, hatte aber keine Rechnung in der Hand, mit der sie den Vorgang hätte beweisen können. Sie beschuldigte einen dreißigjährigen Mechaniker namens Mark Nägele, der in einer Scheune am Rand von Darmsheim eine kleine Schrauberwerkstatt betrieb. Die meiste Zeit arbeitete er allein, konnte aber, wenn er viel zu tun hatte, auf ein paar Helfer zurückgreifen, die nach ihrem Feierabend bei ihm mit anpackten, wenn er zu viel zu tun hatte.

Die Ermittlungen hatten ergeben, dass Nägele keine abgeschlossene Ausbildung hatte. Er hatte seine Kfz-Mechanikerlehre im dritten Jahr abgebrochen und sich mit wechselnden Jobs über Wasser gehalten, bis er nach ein paar Jahren diese Werkstatt selbständig aufgebaut hatte, wie er Kupfer gegenüber stolz betont hatte.

Seine Ausflucht, er habe noch keine Zeit gehabt, die Rechnung für den Austausch des Lenkgetriebes auszustellen, klang wenig glaubhaft. Denn seine Buchhaltung, soweit überhaupt von einer solchen geredet werden konnte, wies horrende Lücken auf. Er beschuldigte einen anderen aus der Schrauberszene, einen gewissen Bernd Lemgruber, ihm das Ersatzteil als einwandfrei verkauft zu haben, was dieser aber abstritt. Ermittlungstechnisch war der Fall nicht besonders schwierig, wenn man einmal davon absah, dass Nägele und seine Feierabendschrauber sich herauszureden versuchten, indem sie sich gegenseitig diese Reparatur in die Schuhe schoben. Was Kupfer großes Unbehagen bereitete, war der Gedanke, dass er mit seinen Ermittlungen zwangsläufig der Kfz-Versicherung zuarbeitete und nicht der jungen Frau, der unbedingt hätte geholfen werden müssen. Nägele würde am Ende hinter Gittern sitzen, und die Kfz-Versicherung würde sich mit Hinweis auf die unsachgemäße Reparatur aus der Affäre ziehen, so dass die junge Frau mit ihren beiden Kindern ohne jede finanzielle Hilfe dastehen würde. Denn bei Nägele selbst, das stand fest, war absolut nichts zu holen. Welche Versicherung hätte diesem Schrauber schon eine Berufshaftpflichtversicherung angeboten?

Gerade grübelte er über den Fall nach, da erreichte ihn der Anruf seines Kollegen Schnaidt aus Tübingen. Sie hatten sich schon vor Jahrzehnten auf Fortbildungen kennengelernt und seither immer wieder miteinander zu tun gehabt, weil ihre »Kundschaft die Grenze zwischen den Regierungsbezirken nicht ums Verrecken respektieren will«, wie Schnaidt immer sagte.

Dabei musste immer wieder geklärt werden, wer nun eigentlich für den jeweiligen Fall zuständig war. Obwohl diese Entscheidung auf höherer Ebene gefällt wurde, gab es zwischen ihnen jedes Mal ein Geplänkel, das sich im Lauf der Jahre zu einem richtigen Ritual entwickelt hatte. Spaß und Ernst waren darin unauflöslich miteinander vermengt. So war es auch dieses Mal wieder.

»Lieber Siggi, viel Feind, viel Ehr. Du kriegst den Toten vom Goldersbachtal auf den Schreibtisch«, kündigte ihm Schnaidt am Telefon seine neue Aufgabe an.

»Wieso denn ich? Ich habe schon einen unangenehmen Fall an der Backe. Ich habe absolut keine Zeit«, wehrte Kupfer ab.

»Immer noch das Schmieröl?«

»Ja, das auch.«

»Dann tut dir doch etwas Waldesluft gut.«

»Ich habe für diesen neuen Fall einfach keine Zeit«, sagte Kupfer, wobei er jedes Wort betonte.

»Das hatte ich mir schon gedacht. Aber dein Chef sieht das bedauerlicherweise anders.«

»Was weißt denn du von meinem Chef?«

»Halt, was mein Chef von deinem Chef weiß. Für den Staatsforst ist ja keiner so richtig zuständig, und da der Tote in Böblingen gewohnt hat, ist es doch nur logisch, dass der Fall in deine kundigen Hände gelegt wird.«

»Fein, wie ihr den bei mir abladet, wirklich fein.«

»Was heißt abladen? Wir sind, wie gesagt, für den Staatsforst nicht zuständig, und fürs LKA ist der Fall eine Nummer zu klein.«

»Aha! Und wenn er eine Nummer größer wäre, dann würdet ihr alle Hände danach ausstrecken«, sagte Kupfer sarkastisch.

»Absolut nicht. Wir sind durchaus ausgelastet.«

»Natürlich, nur ihr. Und wir sitzen hier herum und drehen Däumchen?«

»Jetzt reg dich nicht auf, das ist ungesund in deinem Alter. Denk lieber daran, dass der Tatort etwas total Romantisches an sich hat. Das hat man nicht immer.«

»Dann gönn doch du dir die Waldesluft, wenn du das so toll findest.«

»Haben wir doch schon, und zur Genüge. Jetzt sei nicht so ablehnend, Siggi. Das ist jetzt schlicht und einfach dein Fall. Da beißt die Maus keinen Faden ab.« Er ließ eine Pause entstehen. »Unter anderem« – er kicherte –, »weil du so gut bist.«

»Hör bloß auf! Verarschen kann ich mich selber.«

»Ich zitiere nur meinen Chef. Wie du siehst, hast du sogar im Regierungsbezirk Tübingen einen guten Ruf.«

»Der mir nichts einbringt. Zu viel der Ehre! Eine Beförderung wäre mir lieber. Schnaidt, mir stinkt's. Aber wenn auf höherer Ebene so entschieden worden ist …«

»Na, endlich kannst du dich für den Fall erwärmen. Das ist auch gut so, weil du durch den Fundort schon zuständig bist. Der Tote saß zwar im Staatsforst, aber gleichzeitig auch im Kreis Böblingen.«

»Das hättest du aber auch gleich sagen können«, sagte Kupfer verärgert.

»Jetzt gönn mir doch ein bisschen Spaß.«

»Immer, wenn es nicht auf meine Kosten ist.«

»Sei nicht sauer, Siggi. Zur Entschädigung kriegst du mit diesem Mord einen interessanten Fall auf den Tisch.«

»Eindeutig ein Mordfall?«

»Mehr als eindeutig. Man könnte fast von Doppelmord an einem einzigen Opfer reden. Die Täterin, es war mit großer Wahrscheinlichkeit eine Frau, hat ihr Opfer mindestens eineinhalb Mal umgebracht, wenn nicht sogar zweimal. Wirst schon sehen, Aktion Overkill.«

»Na dann tausend Dank. Ich hoffe, dass ich mich bald mit einer richtig verzwickten Geschichte bei dir revanchieren kann.«

»Musst du nicht. Gerne gönnen wir dir den toten Wanderer im Wiesengrund.«

»Die unangenehme Verpflichtung habt ihr mir aber hoffentlich abgenommen.«

»Hmm?«

»Tu nicht so ahnungslos, die Benachrichtigung der Angehörigen.«

»Nein, das konnten wir leider nicht, es war nämlich so …«

»Das ist ja das Letzte! Versuch erst gar nicht, dich rauszureden. Vielen Dank!«

»Siggi, halt, beruhige dich, wir wissen erst seit gestern Abend, wer der Tote ist, und so spät wollten wir nicht …«

»Mach mir doch nichts vor. Ihr habt euch halt gedrückt. Ende.«

Kupfer legte auf.

Als Paula Kussmaul das Büro betrat, saß Kupfer versonnen da. Er hatte die Ellbogen aufgestützt, hielt seinen Kopf in beiden Händen und las in einer Akte. Die steilen Falten über seiner Nasenwurzel zeigten seine Verstimmung an.

»Was ist mit Ihnen heute?«

»Mir stinkt's.«

Jetzt erst bemerkte er, dass seine Schreibkraft mit einer dünnen Akte in der Hand unschlüssig in der Mitte des Büros stehen geblieben war. Er sah sie fragend an.

»Was haben Sie da?«

»Das wollte ich Ihnen gerade auf den Tisch legen. Die Unterlagen über Ihren neuen Fall. Das kam vor einer halben Stunde per Fax herein.«

Verkrampft und stumm schaute Kupfer in eine andere Ecke und streckte ihr seine offene Hand entgegen. Mit einem ironisch klingenden »Bitte sehr!« und einem Hofknicks, den er leider gar nicht sah, übergab sie ihm den Ordner.

»Vielleicht sorgt diese Materie für bessere Luft hier, Waldesluft«, sagte sie halblaut vor sich hin, womit sie Kupfer diesmal erreichte. Er räusperte sich laut, ohne sie anzusehen.

»Kaffeepause«, sagte er dann und ging hinaus.

Als er nach einer Weile zurückkam, schien sich seine Laune leicht gebessert zu haben. Er griff zum Telefon und rief OW an.

»Dein Toter liegt auf meinem Schreibtisch«, sagte er ohne Begrüßung.

»Hast du dann noch Platz zum Arbeiten?«, fragte OW lachend.

»Es geht gerade noch.«

»Das finde ich gut, dass du den Fall doch bekommen hast. Ich war schon ein bisschen sauer. Erst versaut mir dieser Tote meine Radtour, und dann höre ich kaum etwas von ihm. Ich sagte heute schon zu Emma, dass er mir wie ein unerwarteter Besucher vorkommt, der einem einen Feiertag versaut und sich hinterher nicht einmal mehr meldet.«

»Du scheinst ja deinen Schrecken gut weggesteckt zu haben.«

»Klar. Ich habe ja schon Schlimmeres erlebt. Unsere Zeitung brachte übrigens nur einen kurzen Artikel darüber, dass ein gewisser Otto W. im Schönbuch einen Toten gefunden habe, und sonst nichts.«

»Hätten Sie denn deinen Namen ausschreiben sollen?«

»Willst du mich auf den Arm nehmen? Auf diese Publicity kann ich wirklich verzichten. Ich könnte ja nicht mehr in der Stadt herumlaufen, ohne an jeder Ecke angesprochen zu werden. ›Sind Sie nicht der Mann, der wo die Leiche gefunden hat? Sind Sie da nicht erschrocken?‹ Darauf kann ich verzichten, ehrlich! Aber ich hoffe jetzt, dass du mir mehr erzählst, sozusagen als Entschädigung für die versaute Tour.«

»Hoffen darfst du immer.«

»Ich will doch nur wissen, was das für ein Typ war und wie er dorthin gekommen ist. Ich werde auch nichts herumposaunen.«

»Was das für ein Typ war, möchte ich auch gerne wissen. Aber ich habe die Akte noch nicht lesen können. Und dieser Schmieröl-Fall ist noch lange nicht abgeschlossen.«

»Dann wisch das Schmieröl trotzdem vom Schreibtisch und lies mal schnell. Am Wochenende könnten wir ja zusammen eine Flasche Wein trinken. Kommt doch am Samstag zu uns. Um deiner Überlastung etwas abzugewinnen, könnten wir doch immerhin die Duplizität der Fälle begießen.«

Kupfer verstand ihn nicht gleich.

»Hmm?«

»Die Duplizität der Fälle. Ich habe die Leiche gefunden und du bearbeitest den Fall, wie gehabt.«

»Du hörst dich so freudig erregt an wie ein Hobbyarchäologe, der einen Kessel voller Goldmünzen gefunden hat. Verrohst du mir noch auf deine alten Tage?«

»Keine Angst, das glaube ich kaum. Und wenn, dann wäre es nur wegen meines Umgangs mit dir.«

»Emma wird schon auf dich aufpassen. Da fällt mir ein, dass ich dich noch gar nicht gefragt habe, ob du dir jetzt auch so ein Fahrrad kaufen willst.«

»Ich denke schon, obwohl das ja absolut keine normale Probefahrt war. Du kannst deines am Wochenende wieder mitnehmen. Nochmals vielen Dank!«

Kupfer brütete über dem neuen Fall. Paula Kussmaul war mit einem Bericht beschäftigt, den sie vom Diktaphon abschrieb. Sie trug Kopfhörer und war bei dieser Arbeit normalerweise nicht aus dem Konzept zu bringen.

Heute aber schaute sie immer wieder von ihrer Arbeit auf und warf einen forschenden Blick zu Kupfer hinüber. Jeder neue Fall brachte ihr die Abwechslung, die sie an diesem Job schätzte. In der Industrie würde sie ja viel mehr verdienen, aber »Autoreifen bleiben Autoreifen und Badezimmerarmaturen halt Badezimmerarmaturen, um nur ein Beispiel zu nennen«, sagte sie immer wieder. Da müsste sie ja laufend die Stelle wechseln, wenn sie etwas Abwechslung haben wollte. Das sei bei der Kriminalpolizei, Gott sei's gedankt, doch völlig anders, denn jeder Verbrecher sei ein Mensch für sich, ein Individuum, und die Menschen, Gott sei's gedankt, seien alle verschieden. Das alleine würde sie noch ein paar Jährchen bei der Stange halten, auch wenn sie nächstes Jahr schon sechzig würde und, finanziell gesehen, eigentlich zu Hause bleiben könnte.

Sie lauerte darauf, dass Kupfer seine dünne Akte zuklappen und mit einer seiner sarkastischen Bemerkungen auf den Tisch werfen würde. Dies markierte immer den Zeitpunkt, in dem sie am meisten über einen neuen Fall erfahren konnte. Nur schien das heute nicht wie gewöhnlich zu laufen. Kupfer las schon eine Weile nicht mehr, sondern starrte blicklos auf die Akte und schwieg. Dann wandte er sich seinem Monitor zu, klickte ein paar Mal mit der Maus und las. Und dann erst kam endlich die erlösende Bemerkung.

»Das darf einfach nicht wahr sein. Frau Kussmaul, wissen Sie, was K.-o.-Tropfen sind?«

»Klar. Deswegen sag ich doch zu meiner Nichte immer, sie soll in der Disko ja auf ihr Glas aufpassen oder am besten gar nichts trinken. Warum?«

»Wo würden Sie das Zeug kaufen?«

»Weiß ich doch nicht. Im offenen Handel kriegt man die Tropfen sicher nicht.«

»Da sind Sie aber auf dem Holzweg. Hier, bei Ebay. 50 Milliliter für 15 Euro, ganz öffentlich und ungeschützt.«

»Und wie nennen die das Zeug?«

»K.-o.-Tropfen, plump und frech K.-o.-Tropfen.«

»Das ist doch die Höhe. Das gehört doch verboten.«

»Das sagen Sie mal unseren Politikern. Es muss irgend so ein Scheißgesetz geben, das den Verkauf erlaubt. Ich halt's im Kopf nicht aus! Jeder weiß, was mit dem Gift laufend angerichtet wird, und trotzdem schreitet der Gesetzgeber nicht ein. Unfassbar!«

Paula fragte nichts. Sie nahm nur ihren Kopfhörer ab und schaute ihren Chef an. Wie sie ihn kannte, musste er jetzt über den Fall reden, um Dampf abzulassen. Jeder neue Fall rief bei ihm zunächst Emotionen wach, die er abreagieren musste, damit er den Kopf für die präzisen Überlegungen frei bekam, für die er unter seinen Kollegen bekannt war.

»Können Sie sich das vorstellen, dass eine Frau einen Mann mit K.-o.-Tropfen wehrlos macht und ihn dann mit Insulin abspritzt? Und das am helllichten Tag im Wald? Was muss das für ein kaltschnäuziges Weibsstück sein!«

»Geht das denn so schnell?«

»Das wundert mich auch. Laut Obduktionsbericht war auch noch Alkohol im Spiel. Trotzdem muss sie ihm eine Mordsdosis verpasst haben.«

»Und wo ist das passiert?«

»Mitten im Schönbuch. Ungefähr auf halber Strecke zwischen Herrenberg und Bebenhausen. An der Neuen Brücke. Sind Sie da schon einmal gewesen?«

»Klar, die Gegend kenn ich gut. Da waren wir schon ein paar Mal bei unserer traditionellen Maiwanderung. Da ist's schön, auch wenn es dort sonntags manchmal vor Leut' wimmelt.«

»Aber nicht im November. Jetzt ist es absolut ruhig dort unten, vor allem mitten in der Woche. Dieses Weibsstück kennt sich offensichtlich im Schönbuch aus. Und ihr Opfer ging auch gerne wandern. Das muss sie gewusst haben. Sonst hätte sie den doch nie dorthingekriegt.«

»Und sie muss gewusst haben, dass er gerne einen über den Durst trinkt. Wenn wir an der Neuen Brücke gevespert haben, hat's nie Bier gegeben. Da wird man doch bloß müde und muss noch ein paar Kilometer laufen. Das Bier trinkt man erst in Bebenhausen oder im Naturfreundehaus bei Herrenberg, falls man das Tal heraufwandert.«

»Hmm, dann war der Tote wohl ein Schluckspecht.«

»Wahrscheinlich. Und auch das hat die gewusst. Ob die ein Paar waren?«

»Das glaube ich nicht. Bei Beziehungstaten spielt immer der Affekt eine große Rolle. Und hier nicht, das war eiskaltes Kalkül. Dieses heimtückische Weib hatte einen genauen Plan. Die wusste ganz genau, was sie vorhatte.« Er ballte die Fäuste und biss die Zähne zusammen. »Aber die krieg ich, und wenn's das Letzte ist, was ich tu.«

»Weiß man schon, wer der Tote ist?«

»Ja, nur ist er noch nicht offiziell identifiziert. Da gibt es nur die Mutter. Und ausgerechnet ich muss die arme Frau benachrichtigen. Die lieben Kollegen hatten noch keine Zeit dazu.«

»Und wann ...?«

»Die Frau arbeitet beim Daimler. Die kann ich erst nach Feierabend erreichen.«

6

Es war schon dunkel, als Kupfer am Ortsrand von Döffingen aus seinem Auto stieg. Ein erleuchtetes Fenster im Erdgeschoss des kleinen Hauses ließ darauf schließen, dass die Bewohnerin daheim war. Zehn Schritte über Waschbetonplatten, und Kupfer stand vor der Haustür. Er hatte den Finger fast auf dem Klingelknopf, als er im Schein der Straßenlaterne das kleine Schild mitten auf der Haustür las: »Grüß Gott, tritt ein, bring Glück herein.« Es war mit einem Herz und einem Glücksschweinchen verziert. Er zögerte einen Moment, dann schüttelte er den Kopf, wobei er pfeifend den Atem durch die Nase ausströmen ließ, und klingelte.

Eine vollschlanke Frau in einem braunen Hausanzug öffnete und schaute ihn durch ihre dunkel gerahmte Brille kritisch an. Ihr Gruß – »Guten Abend« – klang wie eine Frage.

»Guten Abend«, sagte Kupfer. »Sind Sie Frau Krumm?«

»Ja. Was wollen Sie?« Die Frage klang misstrauisch.

»Es handelt sich um Theo Krumm. Sie sind doch seine Mutter?«

Sie nickte und schaute erschrocken zu Kupfer auf. Sie blinzelte nervös.

»Mein Name ist Kupfer. Ich komme von der Kriminalpolizei Böblingen.«

Der Frau blieb der Mund offen stehen. Ihr Kinn zitterte.

»Was ist? Ist ihm was passiert? Erst fragen seine Kollegen, wo er ist, und jetzt kommen Sie!«

»Können wir nicht hineingehen?«

Sie drehte sich wortlos um und winkte Kupfer, ihr zu folgen.

»Was ist? Ist ihm was passiert?«, wiederholte sie verängstigt.

»Frau Krumm, es tut mir leid. Ihr Sohn ist tot. Mein aufrichtiges Beileid.«

Sie sank auf einem Stuhl zusammen und verbarg ihr Gesicht in den Händen.

»Er wurde vor zwei Tagen an einem Grillplatz im Schönbuch gefunden.«

Eine ganze Weile saß die Frau regungslos da.

»Was tut er jetzt im Schönbuch?«, fragte sie mit tonloser Stimme. »Was ist ihm passiert?«

»Er wurde vergiftet.«

Mit entsetzt aufgerissenen Augen schaute Erika Krumm Kupfer an und schüttelte den Kopf.

»Theo vergiftet? Das kann nicht sein. Wer will meinen Theo vergiften? Er hat doch niemandem was getan.« Sie raufte ihr graumeliertes Haar.

Kupfer zog ein Foto aus der Tasche.

»Würden Sie sich das bitte ansehen?«

Erika Krumm warf nur einen Blick auf das Foto. Dann ließ sie es auf den Tisch fallen und fing an zu weinen. Kupfer wartete eine Weile, ehe er vorsichtig die notwendige Frage stellte: »Frau Krumm, wären Sie in der Lage, Ihren Sohn zu identifizieren? Es muss natürlich nicht heute noch sein.«

Sie antwortete mit einem schwachen Nicken.

»Ich weiß, es muss sein«, sagte sie nach kurzem Schweigen.

»Frau Krumm, wir haben keinerlei Hinweise darauf, wer Ihren Sohn auf dem Gewissen haben könnte, und müssen alles über sein Umfeld erfahren, um den Schuldigen finden zu können. Bitte helfen Sie uns dabei. Wann haben Sie Ihren Sohn zum letzten Mal gesehen?«

»Vor ungefähr zwei Wochen, am Samstag. Samstags hat er mich immer wieder mal kurz besucht, so alle zwei, drei Wochen. Aber arg lang war er nie da.«

»Hat Ihr Sohn in letzter Zeit davon geredet, dass er mit jemandem Streit hatte?«

Kopfschütteln.

»Kennen Sie eventuelle Freunde und seine Kollegen?«

»Nein, seine Freunde kenne ich nicht. Ich weiß nicht einmal, ob er welche hatte. Theo war in letzter Zeit sehr verschlossen, mindestens mir gegenüber«, sagte sie. »Auch seine Kollegen kenne ich nicht. Manchmal hat er mir etwas von seiner Arbeit erzählt, aber nie sehr viel.«

»Mochte er seine Arbeit?«

Die Frau zuckte mit den Achseln und machte eine resignierte Handbewegung.

»Rettungsassistent hat er ja eigentlich nie werden wollen. Aber er ist halt nichts anderes geworden.«

»Wie kam es dazu?«

»Als Zivi war er beim ASB und hat dort seinen Rettungssanitäter gemacht. Und dann wollte er Medizin studieren. Aber nach zwei Jahren hat er das Studium aufgegeben.«

»Warum?«

»Ich weiß es nicht genau. Ich glaube, er hat sich damit einfach schwergetan. Das hat er nie zugegeben. Aber er hat oft von Leuten um ihn herum erzählt, denen alles viel leichter fiel. Da war vor allem einer – an den Namen kann ich mich nicht mehr erinnern – der war ein richtiger Überflieger und hat auch schon gewusst, dass er später die Praxis seines Vaters übernehmen kann. Solche Aussichten hatte mein Theo ja nicht. Das hat ihn wohl entmutigt, und irgendwann hat er die Lust verloren. Und dann hat er sich ausgerechnet zur Theologie hinverirrt. Fragen Sie mich bloß nicht, warum. Ich glaube, er hat es selbst nicht gewusst. Es wäre ein interessantes Studium, hat er anfangs gesagt, und man müsse hinterher auch nicht unbedingt Pfarrer werden. Aber nach drei Jahren war das auch nichts mehr. Er hätte einfach Biologie studieren sollen. Das hatte er auch immer vorgehabt. Aber dann hieß es, es wäre schwer, als Biologe eine Stelle zu finden, außer als Lehrer, und das wollte er absolut nicht. Und dann landete er am Ende beim Roten Kreuz. Es ist ein Jammer. Aus ihm hätte doch noch ganz was anderes werden können. Und er war ja auch nicht damit zufrieden.«

»War er die ganze Zeit bei der Rettungswache in Degerloch?«

Sie nickte.

»So war das wohl. Mich hat das ganz unglücklich gemacht. Aber man kann seinen Kindern ja nicht mehr helfen, wenn sie erst einmal erwachsen sind. Und als mein Mann gestorben war, hatte ich mit mir selbst zu tun.«

Sie starrte vor sich hin. Dann blickte sie Kupfer wieder an und sagte: »Manchmal hat er mir von ganz schlimmen Unfällen erzählt. ›Mama, da nimmst du immer mehr mit heim, als du vertragen kannst‹, hat er gesagt. Manchmal hat er nicht schlafen können, weil er die Eindrücke, diese furchtbaren Bilder von den Unfallopfern, wie er immer gesagt hat, nicht losgeworden ist. Ich glaube, er hat deswegen manchmal auch zu viel getrunken.«

»Und da wollte er nicht noch etwas anderes anfangen?«

»Doch, seit kurzem, ja! Jetzt ging es ihm ja besser, seit er die Leitung der Rettungswache übertragen bekommen hat. Er ist befördert worden. Und da hat er sich doch auch gleich das neue Auto gekauft, von dem er immer geträumt hat.«

»Wann war das?«

»Jetzt erst. In den letzten Wochen.«

Kupfer horchte auf.

»Frau Krumm, Sie würden also sagen, dass sich die berufliche Situation Ihres Sohnes in den letzten Wochen merklich verbessert hat?«

»Ja – und jetzt das. Ich hatte mich so für ihn gefreut.«

Sie stützte ihren Kopf in die Hände und fing wieder an zu weinen.

»Lebte Ihr Sohn allein?«

»Ja, immer noch. Ein paar Mal hat er schon mit einer zusammenziehen wollen, aber das hat nie geklappt. Und es hätte ihm doch so gutgetan, wenn er was Festes gehabt hätte. Aber das ging immer wieder auseinander, und dann waren sie wieder zusammen. Ich weiß auch nicht warum, ich habe mich nicht getraut, ihn danach zu fragen.«

»War er mit verschiedenen Frauen zusammen?«

»Früher schon. Aber in letzter Zeit war es immer dieselbe. Laura Hensler heißt sie, eine Krankenschwester. Wie er das letzte Mal mit mir über seine Beziehung geredet hat, aber das ist schon mehr als zwei Jahre her, da habe ich zu ihm gesagt, dass er aufpassen muss, dass er nicht zu alt wird, und das Mädchen auch. Die läuft ihm doch sonst weg, wenn sie ewig auf ihn warten muss.«

»Wissen Sie, wo die junge Dame wohnt?«

»Soviel ich weiß, in Böblingen in der Pfarrgasse in einer kleinen Altbauwohnung. Aber das Haus kann ich Ihnen nicht nennen.«

Kupfer bedankte sich, bat sie um den Schlüssel zur Wohnung ihres Sohnes und verabredete sich mit ihr für die Fahrt in die Rechtsmedizin, wo sie ihren Sohn offiziell identifizieren musste.

Dann verabschiedete er sich.

Frieder Egeler saß in der Rettungswache, als Kupfer am nächsten Vormittag dort vorsprach. Er schien auf die Kriminalpolizei geradezu gewartet zu haben.

»Ich bin gerne mit Theo gefahren. Er war ein sehr angenehmer Kollege«, begann er. »Wir waren so gut aufeinander eingespielt, dass wir uns kaum verständigen mussten. Das lief alles wie am Schnürchen. Und Theo war absolut pünktlich. Deswegen haben wir uns ja auch so gewundert, als er morgens nicht aufgetaucht ist.«

»Hatten Sie auch privat zu ihm Kontakt oder waren Sie mit ihm befreundet?«

»Eng befreundet nicht gerade. Ja, wir haben ab und zu miteinander etwas unternommen.«

»Was zum Beispiel?«

»Wir gingen mal zusammen was trinken, auch mit anderen Kollegen zusammen. Im Sommer sind wir auch ab und zu miteinander weggefahren, wenn es gepasst hat. Auf einen Kurzurlaub ins Tannheimer Tal oder ins Kleine Walsertal, zum Bergwandern eben. Das hat uns verbunden.«

»Und Wanderungen im Schönbuch?«

»Eigentlich nicht. Nur vor drei Jahren einmal eine Vatertagstour, weil wir nur den einen Tag frei hatten. Da gingen wir in den Schönbuch. Das hatte er vorgeschlagen. Dort kannte er sich offensichtlich ganz gut aus.«

»Herrn Krumms Mutter erzählte mir, er sei befördert worden und leite nun diese Rettungswache hier.«

Egeler schaute verdutzt drein.

»Da muss ein Irrtum vorliegen. Hier ist niemand befördert worden, und die Leitung hat auch nicht gewechselt. Und wenn, dann wären andere an der Reihe gewesen. Aber das ist jetzt nicht abwertend gemeint.«

»Und da sind Sie ganz sicher?«, vergewisserte sich Kupfer.

»Absolut.«

»Er hat seiner Mutter etwas von einem neuen Auto gesagt. Wissen Sie davon etwas?«

»Nein. Von so etwas hat er nie geredet.«

»Seine Mutter sagte, es gehe ihm seit kurzem finanziell besser. Können Sie sich einen Grund dafür denken?«

Egeler dachte einen Moment nach.

»Ich weiß wirklich nicht, was er damit meinte. Große Gehaltserhöhungen gibt es bei uns nicht. Mir scheint, dass Theo seiner Mutter alles Mögliche erzählt hat. Ich kann nur sagen, dass ihm der Dienst manchmal zu viel war. Nicht wegen der Stunden oder der Anstrengung, sondern weil er für den Job vielleicht doch etwas zu zart besaitet war. Er sagte manchmal, dass es am Vorabend ohne ein paar Wodkas nicht gegangen sei. Er hat an der Unfallstelle zugepackt wie kein Zweiter, da hat er's einfach weggesteckt, aber innerlich hat's ihm sicherlich oft gegraust. Er wollte immer wieder einmal weg, aber er wusste nicht, was er machen sollte. Aber vor ein paar Wochen war er ganz hoffnungsvoll, wie ausgewechselt. Da hat er erzählt, er habe geerbt. Wenn dann die ganzen Formalitäten abgewickelt seien und er das Geld wirklich hätte, dann würde er hier vielleicht zusammenpacken und noch eine Ausbildung anfangen.«

»Als was?«

»BWL, Bankkaufmann, etwas in der Richtung. So genau weiß ich es auch nicht.«

»Und wen wollte er beerbt haben?«

»Eine Großtante, glaube ich, die ein paar Häuser hatte.«

»Haben Sie ihm das geglaubt?«

»Na ja, hätte ja sein können, dass man so einen Glückspilz als Kollegen hat. Ich hätte es ihm jedenfalls gegönnt.«

Die übrigen Kollegen sagten dasselbe aus. Theo Krumms Arbeitswelt hatte sich keineswegs verändert, noch war eine Veränderung abzusehen gewesen. Und von seiner Absicht, eine neue Ausbildung zu beginnen, hatte er nur Frieder Egeler etwas angedeutet.

Auf dem Rückweg ins Büro dachte Kupfer an Erika Krumm, die er am Nachmittag nach Tübingen in die Rechtsmedizin begleiten musste. Was sollte er der Frau nun sagen?

Sollte er sie wirklich wissen lassen, dass ihr Sohn sie angeschwindelt hatte? Wahrscheinlich hatte es Theo Krumm leidgetan, wie sehr sich seine Mutter um ihn sorgte, und hatte deswegen seine Lage besser dargestellt, als sie wirklich war. Dahinter war sicher keine böse Absicht gewesen. Was wäre denn nun gewonnen, wenn Erika Krumm die Wahrheit über ihren

Sohn erfahren würde? Es würde nur ihr Bild von ihrem Sohn zusammenbrechen. Kupfer kam zu der Ansicht, dass das nicht sein musste. Und jede Aufklärung wäre auch vorschnell, denn diese hochstaplerische Schwindelei erklärte Theo Krumms Tod nicht. Im Gegenteil, sie warf nur neue Fragen auf.

Kupfer fand auf seinem Schreibtisch einen knappen Bericht einer Polizeistreife. Theo Krumm hatte tatsächlich ein neues Auto gehabt. Es war auf einem Wanderparkplatz am Waldrand bei Hildrizhausen gefunden worden. Es handelte sich um einen schwarzen Golf GTI, den er erst vor zwei Wochen aus erster Hand gekauft hatte, wie die Nachfrage bei der Kfz-Stelle des Landratsamts ergeben hatte.

»Schau mal an«, sagte Kupfer laut vor sich hin, »dann ist doch nicht alles geschwindelt. Bloß …«

»Bloß was?«, fragte Paula Kussmaul.

»Ich weiß halt nicht, woher der plötzliche Reichtum kommt. So einer wie der bricht in keine Bank ein. Der muss eine ausgefallene Geldquelle angezapft haben.«

»So isch's. Gespart hat er nämlich nichts. Die Staatsanwaltschaft hat unsere Anfrage bei der Volksbank abgesegnet. Auf seinem Girokonto war nichts, aber auch gar nichts. Und sonst hat er dort kein Konto gehabt. Da, schauen Sie sich das einmal durch. Das haben wir von der Bank gekriegt.«

Mit diesen Worten schob sie Kupfer einen kleinen Hefter mit Kontoauszügen herüber.

Kupfer blätterte die Auszüge flüchtig durch.

»Da braucht man nicht lange herumzurechnen. Die Lage ist klar. Wenn es bis zum Monatsende gereicht hat, war's ein guter Monat. Aber es gab mehr schlechte als gute. Mit dem, was über dieses Konto lief, hat er das Auto jedenfalls nicht bezahlt.«

»Vielleicht hat ihm jemand was geliehen.«

»Wohl kaum. Nach allem, was ich bis jetzt weiß, kann ich mir nicht vorstellen, dass er reiche Freunde gehabt hat.«

»Vielleicht hat er jemand überfallen.«

»Absolut nicht. Er soll relativ zart besaitet gewesen sein, zumindest hat er das, was er im Dienst erlebt hat, nicht so einfach weggesteckt, wie sein Kollege sagt. Gewalttätig war der nicht.«

»Ja, aber dann bleibt doch nur noch die leise, heimliche Tour.«

»Kann sein. Aber ich glaube gar nichts, bevor ich mir nicht seine Wohnung angesehen habe. Mal sehen, was dort zu finden ist.«

7

»Treppe oder Lift?«

»Treppe.«

»Wieso? Platzangst?«

»Das auch. Ich mag alte Lifts nicht. Aber vor allem, weil Treppensteigen gesund ist. Ein paar Mal am Tag den Kreislauf hochdrehen, das sei in meinem Alter unbedingt nötig, sagte mein Hausarzt beim letzten Check.«

Mit diesen Worten setzte sich Kupfer in Bewegung und ging voran. Feinäugle folgte mit zwei Stufen Abstand.

»Du schnaufst ja genauso wie ich«, spottete Kupfer, als sie im dritten Stock angekommen waren, und grinste seinen jüngeren Kollegen an. »Für dich ist das genauso gesund wie für mich.«

»Themawechsel«, sagte Feinäugle und winkte ab. »Mach auf.«

Kupfer schloss die Wohnung auf. Feinäugle hielt die Luft an und wäre am liebsten durch die kleine Diele geradewegs ans nächste Fenster gestürzt.

»Die Luft ist zum Schneiden.«

»Es riecht nach Farbe.«

»Unter anderem.«

Kupfer schnupperte. In den Geruch nach Farbe mischte sich ein widerlicher Dunst, der an ungespültes Geschirr und abgestandenes Bier erinnerte.

»Wie in einer Kneipe, bevor die Putzfrau kommt.«

»Um Gottes Willen, das ist ja die reinste Rumpelkammer. Das wird ja heiter«, sagte Feinäugle beim ersten Blick ins Wohnzimmer.

Der Tisch war an die Wand gerückt, zwei Stühle standen darauf, auf dem Boden davor eine blaue Mülltüte, die schon recht voll war. Ein großer Karton diente als Abfallkorb und war zur Hälfte mit Zeitungen, Broschüren, abgegriffenen Taschenbüchern, Rechnungen und Kassenzetteln angefüllt. Auf einem abgewetzten Sessel stapelten sich zwei Blechkisten, und daneben waren zugeklebte Umzugskartons aufeinandergetürmt. Ein Lattenrost mit Matratze war an die Wand gerückt, lose Bettwäsche und ein Schlafanzug lagen darauf. Ein kleiner Schemel sollte als Nachttisch dienen.

Der Farbgeruch kam aus dem Nebenzimmer. Es war leer. Die Decke und eine Wand strahlten schon in frischem Weiß, der Fenster- und der Türrahmen waren bereits abgeklebt.

Neben dem halbvollen Farbeimer lagen die Walzen auf der dünnen Abdeckfolie.

»Du kannst gleich weiterstreichen, wenn du Lust hast«, frotzelte Feinäugle.

»Das sieht nach Umzug aus«, konstatierte Kupfer. Er schaute in die Küche. »So ein Saustall«, brummte er und wandte sich angewidert ab.

Gebrauchtes Geschirr, halbvolle Flaschen und Biergläser, eine offene Raviolidose und auf dem verschmutzten Herd eine Pfanne, in der offensichtlich etwas angebrannt war.

»Sollen wir …?«

»Nein, wir sollen nicht. Wir überlassen das ganze Gerümpel der Spusi. Mich interessieren nur die beiden Blechkisten.«

Trotzdem beugte sich Feinäugle über den Abfallkarton in der Mitte des Zimmers und griff hinein, ohne etwas Besonderes zu suchen.

»Wichtige Sachen wird er da kaum hineingeschmissen haben«, meinte Kupfer abfällig.

»Kommt drauf an, was man für wichtig erklärt.«

Feinäugle kippte den Inhalt einfach aus: aufgerissene Briefumschläge, Werbebroschüren, Knüllpapier und ein paar Bogen Schreibpapier.

»Oho! Schau mal. Da hat einer geübt!«

Mit triumphierendem Lächeln reichte er Kupfer einen Briefbogen, der mit einer Unzahl von gleichen Namenszügen übersät war, alle mit Tinte geschrieben. »F. Lipp«, »Ferdinand Lipp« stand da gute fünfzig Mal. Er betrachtete die Unterschriften genauer.

»Oder er hat sich warmgeschrieben. Die Unterschriften sind alle gleich, wie mir scheint. Lass mal herausfinden, wer dieser Ferdinand Lipp ist.«

Kupfer rief Paula Kussmaul an und beauftragte sie, nach einem Ferdinand Lipp zu forschen. Dann griff er nach einer der beiden Blechkisten.

»Ziemlich leicht.«

Er schüttelte sie spielerisch. Ein lockeres Klappern ließ auf ein paar leichte Gegenstände schließen. Er hob den Deckel ab.

»Da schau her, jetzt wird's Tag.«

In der Schachtel lagen ein paar Kreditkarten auf den Namen Ferdinand Lipp sowie drei TAN-Generatoren von verschiedenen Banken, außerdem ein Füllfederhalter Marke Montblanc.

»Kreditkarten von Ferdinand Lipp! Damit ist der Sinn dieser Schreibübung klar. Und hier ist auch das Schreibgerät. Wenn er mit Lipps EC-Karte bezahlen will, dann muss er in vielen Geschäften unterschreiben. Den Namenszug musste er schon ins Handgelenk bekommen.«

»Aber fürs Einkaufen übers Internet brauchte er die Unterschrift nicht einmal«, sagte Feinäugle und schnalzte leise mit der Zunge. »Unser Toter aus dem Schönbuch war also doch kein Unschuldslamm. Irgendwie hat er sich die Kreditkarten von diesem Lipp verschafft. Vielleicht ist er sogar an die Passwörter herangekommen. Dann brauchte er sich bei den Versandhäusern nur noch einzuloggen. Jedenfalls musste er sich nirgends zeigen, er musste nichts unterschreiben. Wenn dann noch das monatliche Umsatzlimit hoch angesetzt war, hatte er besonderes Glück gehabt. Er musste nur noch seine Adresse als Lieferadresse in das Bestellformular eintragen. Und schon flogen die Neuanschaffungen ihm wie gebratene Tauben ins Haus. Leichter geht es doch gar nicht! Er muss sich wie im Schlaraffenland vorgekommen sein!«

Kupfer nickte nachdenklich.

»Ja, das kann zum Teil so gelaufen sein, aber der Autokauf sicher nicht. Und da sind ja auch noch diese TAN-Generatoren. Aber mit denen beschäftigen wir uns später«, sagte er und öffnete die zweite Kiste. Sie enthielt ein iPad und eine neue digitale Spiegelreflexkamera.

Er nahm das iPad in die Hand und schaute es prüfend an.

»So eines hast du nicht daheim. Weißt du, was das kostet?«

»Nicht genau. Aber unter vierhundert kriegst du's kaum.«

»Das denk ich auch. Hightech vom Feinsten. Der Knabe wusste, was er wollte.«

Kupfers Handy klingelte. Es war Paula Kussmaul.

»Nach dem Ferdinand Lipp brauchen Sie nicht zu suchen. Der ist tot. Er ist an den Folgen eines Verkehrsunfalls gestorben.«

»Wann ist er verunglückt? Wo?«

»Beim Stuttgarter Westbahnhof, vor ungefähr zwei Monaten.«

»Und was war er?«

»Ein junger Arzt, Jahrgang 1976.«

»Danke.«

Kupfer pfiff durch die Zähne.

»Neue Erkenntnisse?«, fragte Feinäugle.

»Der Lipp ist tot, er wurde bei einem Autounfall im Stuttgarter Westen schwer verletzt und ist seinen Verletzungen erlegen«, sagte Kupfer knapp.

»Dann haben wir es also mit einem besonderen Fall von Erbschaft zu tun?«

Kupfer antwortete nichts, aber Feinäugle sah ihm an, dass ihm ein Licht aufging.

»Ach so ist das«, sagte Kupfer zu sich selbst und signalisierte seinem Kollegen mit einer Handbewegung, dass er sich gedulden sollte. Er rief das Rettungszentrum in Stuttgart-Degerloch an.

»Da ist doch vor ein paar Wochen beim Westbahnhof ein gewisser Ferdinand Lipp verunglückt ... Was sagen Sie? Mit einem Golf GTI unter einen Bierlaster gefahren? ... Sie erinnern sich ... Ist jemand von Ihnen den Rettungseinsatz gefahren? ... Ja, ich warte. ... Ach, so was. Ja, das hilft uns weiter. Wissen Sie, wie alt er ungefähr war? ... Herr Egeler soll mich bitte so bald wie möglich anrufen. ... Danke.«

»So ein Hund«, sagte Kupfer und ließ sich auf dem Sofa nieder.

»Jetzt spuck's schon aus«, drängte Feinäugle.

»Theo Krumm war einer der beiden Sanitäter, die den Rettungseinsatz gefahren haben, als dieser Lipp verunglückt ist. So viel steht fest. Die beiden waren gleich alt. Krumm könnte Lipp gekannt haben. Vielleicht waren sie Schulkameraden oder so was.«

»Und vielleicht wollte der talentierte Theo Krumm ab dem Unfalltag ein anderer sein, siehe Unterschriftsübungen.«

»Das sieht ganz so aus. Stell dir vor, Krumm hat sich offensichtlich genau das gleiche Auto gekauft, wie Lipp eins gefahren hat.«

»Dann wollte er seinen Lebensstil imitieren. Gleiches Auto, gleiche Unterschrift – das ist schon fast ein halber Identitätsklau.«

Feinäugle schaltete die Spiegelreflexkamera ein.

»Mal sehen, was er aufgenommen hat.«

Er schaute interessiert auf das Display.

»Sieh mal an: lauter unfertige Wohnungen. Eine neue Behausung sollte wohl auch zum neuen Lifestyle gehören«, sagte er enttäuscht. Dann lächelte er auf einmal und brummte anerkennend.

»Hmm. Hübsch. Die ist ja richtig attraktiv«, sagte er und zeigte Kupfer das Foto einer aparten jungen Frau mit grünblauen Augen und kastanienbraunen Haaren, die fröhlich in die Kamera lächelte. Der Grund ihrer guten Laune lag eindeutig auf der Hand. Die junge Dame befand sich in einer leeren Wohnung, die sie zu besichtigen schien. Der Parkettboden glänzte, die Wände waren makellos, durch die Balkontür schien die Sonne herein. Auf einem Bild stand sie mit ausgebreiteten Armen in der Mitte des Zimmers und schien, vom Raumgefühl euphorisiert, eine Art Pirouette zu drehen. Sie war schlank und wirkte sportlich und geschmeidig. Es gab von der Wohnungsbesichtigung mit dieser Frau eine ganze Bildserie, und ein letztes Bild zeigte Krumm selbst, wie er auf einem Balkon stand, sich leicht über das Geländer lehnte und breit grinste. Die Aufnahme war wohl von einem Vorgarten aus gemacht worden. Die Wohnung lag im ersten Stock.

»Das muss diese Laura Hensler sein, von der Krumms Mutter geredet hat. Die beiden wollten jetzt also doch zusammenziehen. Die junge Frau müssen wir uns einmal anschauen.«

»Von wann sind diese Aufnahmen?«

Feinäugle drückte auf den Info-Knopf.

»Alle von Anfang Oktober«, sagte er nach einer Weile. »Nicht uninteressant!«

Sie nahmen die beiden Blechkisten samt Inhalt mit und versiegelten die Wohnung.

»Mit dem Rest soll sich die Spusi beschäftigen.«

8

Am liebsten wäre Kupfer direkt zur Volksbank in der Stadtgrabenstraße gefahren, um sich nach den Bewegungen auf Ferdinand Lipps Konto zu erkundigen. Aber er musste zwei

Tage warten, bis er die richterliche Aufhebung des Bankgeheimnisses bekam. Das Warten hatte sich gelohnt. Die Auskunft war aufschlussreich. Der Tod des Kontoinhabers war der Bank noch nicht gemeldet worden, und die regelmäßigen Beträge waren weiter auf dem Konto eingegangen.

»Das war kein Gehaltskonto«, erklärte der Filialleiter. »Die Eingänge waren Mieteinnahmen von Häusern im Stuttgarter Süden, soweit ich informiert bin.«

Auffällig sei allenfalls, dass in den letzten Wochen ungewöhnlich viele hohe Beträge per Homebanking an verschiedene Firmen überwiesen worden seien. Da aber das Konto dadurch bei weitem noch nicht überzogen wurde, habe man darin nichts Außergewöhnliches gesehen. Schließlich komme es häufig vor, dass ein Kunde über eine kurze Zeitspanne hinweg eine ganze Reihe voluminöser Transaktionen tätige, erklärte er.

Die entsprechenden Kontoauszüge habe man alle Herrn Lipp zugesandt.

Auf dem Weg ins Büro erreichte ihn Frieder Egelers Rückruf.

»Ich weiß nicht, ob Sie das wirklich interessiert«, begann er. »Aber mir ist noch etwas eingefallen.«

»Mich interessiert grundsätzlich alles«, ermunterte ihn Kupfer.

»Ich hatte den Eindruck, dass dieser Einsatz im Stuttgarter Westen den Theo besonders mitgenommen hat. Schon an der Unfallstelle war er nicht so konzentriert wie sonst. Ich kann es schlecht beschreiben. Ich kann bloß sagen, er hat einfach nicht so entschieden zugepackt, wie ich es von ihm gewohnt war. Er wirkte irgendwie geistesabwesend, unkonzentriert eben, und er fragte mich beim Transport zur Klinik ein paar Mal, ob ich meinte, dass der Fahrer durchkommen würde. Er war ja immer um die Verletzten sehr besorgt, aber diesmal ganz besonders.«

»Und was war Ihre Meinung? Was haben Sie zu ihm gesagt?«

»Dem Fahrer habe ich keine Chance gegeben, dem Beifahrer schon. Und dann hat sich Theo nach diesem Einsatz zwei Tage krankgemeldet.«

»Wie? Die zwei Tage direkt nach dem Unfall?«

»Genau. Er hat gesagt, er habe die ganze Nacht gespuckt und brauche auch noch den nächsten Tag, bis er wieder ganz fit sei.«

»War er beim Arzt?«

»Nein. Ein ärztliches Attest hätte er ja erst ab dem dritten Tag vorlegen müssen. Das ist bei uns so. Und Theo war ja sehr zuverlässig. Ich kann mich nicht daran erinnern, dass er sonst einmal gefehlt hätte. Ich glaube ja nicht, dass er blau gemacht hat. Ich wollte es Ihnen nur sagen, der Vollständigkeit halber.«

»Das ist sehr nett von Ihnen. Ich schreib mir das mal auf. Vielen Dank.«

Kupfer wollte schon auflegen. Da fiel ihm noch etwas ein.

»Und was ist mit Lipp? Ist er durchgekommen?«

»Nein. Das war hoffnungslos. Er lag zwei Wochen im künstlichen Koma und ist dann gestorben.«

»Wissen Sie immer, wie es mit den Unfallopfern weitergeht?«

»Nein, eigentlich nicht, oder ganz selten. Es sind ja so viele. Ich weiß es halt von Theo.«

»Und der hatte sich erkundigt?«

»Nein, er sagte, er habe es zufällig erfahren. Das kann ja sein, oder?«

»Ja, eigentlich schon«, sagte Kupfer, obwohl er etwas anderes dachte. »Jedenfalls danke ich Ihnen vielmals für Ihren Anruf.«

»Nichts zu danken, gerne.«

Er machte sich eine Notiz in die Ermittlungsakte und rief Feinäugle an.

»Hör dir das an: Krumm hat nach Lipps Unfall zwei Tage blaugemacht.«

»Dann aber morgen in Lipps Wohnung!«

Am frühen Abend erreichte Feinäugle den Vorbesitzer von Krumms Golf, einen jungen Familienvater aus Renningen.

»Feinäugle, Kriminalpolizei Böblingen. Guten Abend, Herr Märkle.«

»Guten Abend.«

»Sie haben kürzlich einen Gebrauchtwagen verkauft. Es interessiert uns, wie dieser Handel abgelaufen ist.«

»Woher weiß ich denn, dass Sie von der Polizei sind?«

»Ich gebe Ihnen meine Nummer, und Sie rufen mich zurück.«

»Ja, sind Sie denn immer noch in Ihrem Büro?«

»Nein, nicht mehr.«

»Also, dann tut es mir leid. Es könnte mich ja jeder anrufen und ausfragen wollen. Wenn Sie von mir etwas wissen wollen, dann müssen Sie schon herkommen und sich ausweisen.«

»Oder wir bestellen Sie zur Polizeidirektion. Adresse Böblingen, Talstraße, falls Sie nicht wissen, wo wir sind. Am besten gleich morgen um acht.«

»Ist es denn so wichtig?«

»Nicht unbedingt. Deswegen versuche ich die Sache ja telefonisch zu klären.«

»Wieso interessiert Sie das dann, wenn es nicht so wichtig ist? Wissen Sie, ich will das Auto nicht wiederhaben. Ich bin froh, dass ich es los bin, und habe schon den Nachfolger gekauft. Warum also interessieren Sie sich für den Handel?«

»Weil Ihr Käufer, Herr Krumm, unter seltsamen Umständen ums Leben gekommen ist.«

»Aber doch nicht mit dem Auto, oder?«

»Nein. Sie haben vielleicht in der Zeitung von dem Toten im Schönbuch gelesen …«

»Sagen Sie bloß, das war der … also das ging viel schneller, als ich erwartet hatte. Ich meine den Kauf natürlich. Wir mussten das Auto verkaufen, weil wir jetzt mit drei Kindern ein größeres brauchen. Ich habe es bei Autoscout 24 hineingesetzt und schon am nächsten Tag den Anruf gekriegt.«

»Ist Ihnen irgendetwas aufgefallen?«

»Das kann man wohl sagen. Ich hatte das Auto schätzen lassen, und da hat es geheißen, dass 18 000 die absolute Obergrenze wäre. Ich sollte zufrieden sein, wenn ich 16 000 kriegen würde. Aber ich setzte es auf alle Fälle für 18 000 ins Internet, und der hat nicht mal zu handeln versucht. Das Auto hat ihm gefallen, und er war gleich mit dem Preis einverstanden, ohne auch nur einen Moment zu zögern. Ich habe einen Vertrag aufgesetzt, und dann haben wir uns getroffen. Er hat eine Probefahrt gemacht, von hier zur Autobahn, dann bis zum Echterdinger Ei, dann nach Stuttgart hinunter und wieder hierher zurück. Und dann ging alles ganz schnell, als würde er einen Sack Kartoffeln kaufen. Er blätterte das Geld auf den Tisch, bar, einfach so, in lauter großen Scheinen. Hat ihm offensichtlich Spaß gemacht. So viele Fünfhunderter hab ich sonst noch nie auf einem Haufen gesehen. Das kam mir dann doch komisch vor und ich hab gefragt, ob ich das Geld nicht auf der Bank prüfen lassen könnte. ›Natürlich, kein Problem‹, sagte er. Das Geld war einwandfrei. Er zog dann los und hat das Auto am nächsten Tag umgemeldet. Das lief alles wie am Schnürchen – und jetzt? Was ist jetzt?«

»Nichts. An Ihrem Verkauf ändert sich nichts.«

»Hat er das Geld geklaut?«

»Das wissen wir nicht, und ich dürfte es Ihnen auch gar nicht sagen.«

»Aber dass der tot ist, das ist nicht geheim?«

»Nein, das nicht. Daraus müssen Sie kein Geheimnis machen. Vielen Dank.«

9

»Amsel, Drossel, Fink und Star«, sang Kupfer vor sich hin, als er von der Reußensteinstraße in das Wohnviertel mit den vielen Vogelnamen einbog. Er war gespannt auf Laura Hensler, und dass er es zur Abwechslung einmal mit einer hübschen jungen Frau zu tun hatte, war ihm nicht unangenehm. Er dachte an das Foto, auf dem sie im leeren Wohnzimmer Pirouetten drehte, und lächelte. Dabei leckte er seinen Zeigefinger nass, versuchte damit, seine buschigen Augenbrauen glattzustreichen, und warf einen prüfenden Blick in den Spiegel an der Rückseite der Sonnenblende.

Er hatte ein Porträt aus Krumms Kamera per E-Mail an Frieder Egeler geschickt und gefragt, ob er diese Person identifizieren könne. Klar, kam die Antwort, das sei Laura Hensler. Ob die Beziehung der beiden in letzter Zeit glücklich gewesen war, konnte Frieder Egeler aber nicht sagen. Krumm sei allen Gesprächen über Frauen in letzter Zeit ausgewichen, als hätte er etwas verheimlichen wollen.

Kupfer hatte sich Laura Henslers Adresse vom Einwohnermeldeamt beschafft und hatte von zu Hause aus nach Feierabend einen Spaziergang in die Pfarrgasse gemacht, wo er sie in ihrer kleinen Altbauwohnung anzutreffen hoffte. Er hatte nicht telefonieren wollen, sondern sehen, wie sie reagieren würde, wenn plötzlich die Kriminalpolizei vor ihrer Tür stand. Er hatte sagen wollen, dass er sie gerne sprechen würde, aber nur, wenn er jetzt nicht ungelegen käme. Man könne ja einen Termin vereinbaren. Meistens wurde er bei solchen Überraschungsangriffen hereingebeten. Denn wer wollte sich so förmlich geben, dass er einen offiziellen Termin mit ihm vereinbarte, wenn er schon vor der Tür stand? Im Allgemeinen versuchten doch die Leute, die überraschend aufgesucht wurden, durch ihr unkompliziertes Verhalten ihre Harmlosigkeit zu demonstrieren.

Keine der Klingeln an der eichenen Haustür war mit ihrem Namen beschriftet. Kurz entschlossen hatte Kupfer bei einer türkischen Familie geklingelt, und eine junge Frau mit türkisfarbenem Seidenkopftuch hatte aus dem Fenster geschaut.

»Guten Abend. Entschuldigen Sie bitte die Störung. Ich will eigentlich zu Frau Hensler. Ich dachte, sie wohnt hier.«

»Sie hat hier gewohnt«, kam es in einwandfreiem Deutsch zurück. »Aber sie ist vor kurzem ausgezogen. Warten Sie bitte einen Moment. Ich habe die Adresse.«

Noch am selben Abend war er an Laura Henslers neuem Domizil vorbeigefahren. Es war nicht das Haus mit dem Vorgarten, das er auf den Fotos gesehen hatte, sondern ein Neubau, dessen Außenanlage noch gar nicht fertig war. Sechs Balkone an der Südseite deuteten auf sechs Wohnungen hin, von denen zwei im Dachgeschoss lagen.

Kupfer schob seinen Besuch bei Laura Hensler auf den nächsten Tag auf. Erst wollte er einige Erkundigungen einziehen. Das Reklameschild des Bauträgers war noch nicht abgebaut, und so konnte er sich die Adresse des Immobilienhändlers aufschreiben. Und bei ihm informierte er sich am nächsten Vormittag zunächst über das Objekt. Er rief an und spielte den potentiellen Käufer. Eine der beiden Wohnungen im zweiten Stock sei noch zu haben, wurde ihm gesagt. Vier Zimmer auf 105 m^2, Südbalkon, barrierefrei, 336 500 Euro, 14 000 Euro zusätzlich für einen Tiefgaragenstellplatz. Dazu kämen natürlich noch die Ausgaben für eine Küche.«

»Ein bisschen zu viel für meine Verhältnisse«, kommentierte Kupfer das Angebot. »Bis dann noch die Steuern entrichtet und die Kosten für die Außenanlage bezahlt sind, kommen doch sicher 400 000 Euro zusammen.«

»Ja, so ungefähr müssen Sie kalkulieren«, war die Antwort.

Als er annehmen konnte, dass Laura Hensler zu Hause sein würde, setzte er seine Ermittlung fort. Der Weg zur Haustür an der Hinterseite des Gebäudes war nur mit Schotter belegt, das Gerüst der Gipser stand noch. Ein Bewegungsmelder beleuchtete das Namensschild der Klingel.

»Ja bitte?«, tönte eine freundliche Stimme aus der Gegensprechanlage.

»Guten Abend. Ich bin Siegfried Kupfer von der Böblinger Kriminalpolizei. Kann ich Sie einen Moment sprechen?«

Ein zögerndes Ja.

»Wir können aber auch einen Termin vereinbaren, für morgen oder übermorgen. Ich war nur gerade in der Gegend. Da dachte ich ...«

Der Türöffner summte.

»Kommen Sie bitte hoch in den zweiten Stock. Sie können den Aufzug nehmen.«

Im letzten Satz glaubte Kupfer etwas Besitzerstolz mitschwingen zu hören.

Laura Hensler stand in der Wohnungstür. Sie trug einen Hausanzug aus dunkelgrünem Samt, dessen eng anliegende Hose ihre Figur unterstrich. Ihr kastanienbraunes Haar hatte sie zu einem Pferdeschwanz zusammengebunden, was ihr einen besonders sportlichen Touch verlieh. Als Kupfer ihr seine Hand entgegenstreckte, trat sie einen Schritt zurück und wehrte mit beiden Händen ab.

»Lieber nicht. Ich bin erkältet und möchte Sie nicht anstecken. Aber wenn Sie trotzdem hereinkommen wollen, bitte«, sagte sie mit deutlich belegter Stimme.

Kupfer hätte nun gerne auf dem Absatz kehrtgemacht, wollte aber nicht ängstlich wirken und sagte: »Schon gut, so empfindlich bin ich nicht.«

Einen Moment standen sich die beiden wie unschlüssig gegenüber. Die junge Frau zog die Brauen etwas hoch und schaute Kupfer fragend an.

»Ich hätte ein paar Fragen an Sie wegen Theo Krumm. Sie kannten ihn wohl recht gut.«

Laura Hensler biss sich auf die Lippen und nickte wortlos. Dann machte sie eine einladende Geste und führte Kupfer in ein geräumiges Wohnzimmer, das noch nicht ganz eingerichtet war, und bot ihm auf einer funkelnagelneu aussehenden Sitzgruppe in cremefarbenem Leder Platz an. Auf der Travertinplatte des Couchtischs stand eine blauweiße chinesische Teekanne mit der zugehörigen Tasse, eine Zuckerdose und ein Teller mit Krümeln, die von einem Kuchen oder einem anderen Gebäck stammten. Daneben lag, ebenfalls in Blau-Weiß, eine fast leere Packung Papiertaschentücher.

»Darf ich Ihnen eine Tasse grünen Tee anbieten?«

Kupfer nahm dankend an und schaute sich suchend um, während die junge Frau eine zweite Tasse aus der Küche holte. Er folgte ihr mit den Augen und bewunderte die leichte Behändigkeit ihrer Bewegungen. Unwillkürlich, ohne dass er darüber nachgedacht hätte, fiel ihm die Personenbeschreibung ein, die der Revierförster zu Protokoll gegeben hatte: »nicht sehr groß, aber eine sportliche Figur in Wanderkleidung, langes Haar« – oder so ähnlich hatte er die gesuchte Frau beschrieben. Kupfer hörte sie in der Küche husten. Seine Augen suchten die Sitzgruppe ab. Wenigstens ein Haar könnte sie doch verloren haben, dachte er. Aber es sah aus, als hätte Laura Hensler in der letzten halben Stunde ihr Wohnzimmer gründlich gesaugt. Kein Stäubchen war zu sehen.

An einer Wand stand ein halb eingerichtetes Regal, davor zwei noch verschlossene Umzugskisten. Die anderen Wände waren alle kahl. Eine halboffene Tür gab den Blick auf weitere Kisten im Nebenzimmer frei.

»Ich bin noch nicht einmal einen Monat hier drin«, sagte sie entschuldigend, als sie zurückkam und Kupfers schweifenden Blick wahrnahm. »Bei meiner Arbeit im Krankenhaus habe ich wenig Zeit.«

»Aber das hier sieht schon gut aus. Sehr geschmackvoll«, sagte Kupfer und wies, anerkennend nickend, auf die Sitzgruppe und den Tisch.

»Danke. Ja, es soll schon schön werden«, sagte sie und hustete wieder, wobei sie sich ein Papiertaschentuch vor den Mund hielt. »Ich trinke ihn mit Zitrone und Zucker. Und Sie?«

»Nur ein bisschen Zitrone bitte.«

Ihre Hand zitterte beim Eingießen.

»Ich hatte einen anstrengenden Dienst heute. Ich bin völlig fertig«, erklärte sie. »Das ist übrigens bester Bio-Darjeeling. Anderen mag ich gar nicht mehr. Wissen Sie, wenn man sich einmal an so etwas Gutes gewöhnt hat, dann mag man nichts anderes mehr. Außerdem ist er sehr gesund. Und ein Spritzer Zitrone rundet den Geschmack schön ab.«

Beim letzten Satz griff sie nach einem neuen Taschentuch, hielt es sich gerade noch rechtzeitig vor die Nase, ehe sie heftig niesen musste. Dann wandte sie sich von Kupfer ab, schnäuzte sich und warf das Taschentuch hinter ihrem Sessel in einen Papierkorb.

»Entschuldigung. Ich wasche mir nur schnell die Hände.«

Sie verließ das Wohnzimmer. Kupfer wartete einen Moment, ehe er sein Stofftaschentuch aus der Hosentasche zog. Sie hatte die Badezimmertür offen gelassen. Kupfer konnte hören, wie das Wasser über ihre Hände lief. Er zögerte. So leicht konnte er seinen Ekel nicht überwinden. Aber dann, als sie den Wasserhahn zudrehte, hieß es »Jetzt oder nie!« für ihn. Er stand auf, machte drei schnelle Schritte zu dem Papierkorb hin, hielt den Atem an und fischte mit spitzen Fingern eines der gebrauchten Taschentücher heraus, die sich dort angesammelt hatten. Er wickelte es in sein Stofftaschentuch, ließ es in seiner Hosentasche verschwinden und setzte sich wieder. Sobald die junge Frau unter der Tür erschien, führte er in aller Ruhe seine Tasse zum Mund und tat so, als würde er einen Schluck trinken.

»Ich hoffe, ich bin jetzt wieder salonfähig«, sagte sie etwas verlegen.

»Schon gut, ich hätte ja nicht hereinkommen müssen, es war meine freie Entscheidung«, beruhigte er sie freundlich. Dann er nahm ein kleines Schlückchen und fragte unvermittelt: »Wohnen Sie ganz allein hier?«

Laura Hensler räusperte sich mehrmals.

»Im Moment noch, ja. Natürlich ist die Wohnung ein bisschen groß für eine Person.« Sie hüstelte zwischendurch. »Nein, es kommen noch zwei Kolleginnen dazu«, sagte sie sehr schnell. »Wir machen eine WG.«

Sie ließ einen Würfelzucker in ihre Tasse fallen und rührte um.

»Sie befinden sich hier in einer sehr schönen Lage. Es ist ganz ruhig hier. Da muss man schon Glück haben, wenn man so etwas Schönes finden will.«

»Ja, da war schon eine ganze Menge Glück dabei«, sagte sie und blickte zur Tür, als wollte sie weglaufen oder jemanden begrüßen.

Kupfer lehnte sich etwas zurück, als wollte er es sich gemütlich machen, und schlug seinen Plauderton an.

»Wissen Sie, mein Sohn ist verheiratet und hat zwei Kinder. Er sucht schon lange nach so etwas. Aber irgendwie hat er immer Pech. Geben Sie mir mal einen Tipp, wie man an so eine schöne Wohnung herankommt.«

»Oh, das war ganz einfach. Ich habe auf eine Annonce in der Kreiszeitung reagiert und sie mir einfach geschnappt.« Ihre Antwort kam so schnell und spitz, dass sie übertrieben schnippisch klang. »Ich hoffe nur, dass meine Kolleginnen Wort halten und nächsten Monat tatsächlich einziehen. Ich kann mir nämlich die Miete eigentlich gar nicht leisten.«

Bei dem letzten Satz lachte sie wie ein Kind, das bei einem unerlaubten Griff in Mutters Süßigkeitenschublade erwischt worden ist, bis ihr Lachen in Husten überging.

»Tschuldigung«, sagte sie.

»Das kann ich gut verstehen, bei den Preisen, die man heute bezahlen muss«, sagte Kupfer langsam. Er verharrte in seiner zurückgelehnten Haltung, sah aber seine Gesprächspartnerin unverwandt an. Sie wich seinem Blick aus, ließ zwei weitere Würfelzucker in ihre Tasse fallen und rührte umständlich um.

»Schmecken Sie denn noch etwas von dem Teearoma?«, fragte Kupfer und deutete auf ihre Tasse.

»Wieso?«, fragte sie erschrocken.

»Mit drei Stückchen Zucker.«

»Ach so! Haha!« Ihr Lachen klang künstlich. »Ja, ja, natürlich, es ist nur so, ich trinke ihn gerne sehr süß. Sonst nehme ich kaum etwas Süßes zu mir, aber der Tee muss richtig süß sein.« Wieder griff sie nach einem Taschentuch und wischte sich die Nase.

»Da sind wir uns ja ähnlich«, stimmte Kupfer ihr zu. »Ich habe mir die Süßigkeiten glücklicherweise auch abgewöhnt, schon lange. Aber ich bin noch radikaler. Selbst im Tee mag ich keinen Zucker.«

Dabei schaute er wie zufällig auf den leeren Teller mit den Kuchen- und Schokoladenkrümeln. Laura Hensler legte mit zitternder Hand den Teelöffel auf die Untertasse. Es klapperte etwas.

»Sie können sich ja vorstellen, dass man als Krankenschwester nicht so viel verdient. Da muss ich mir die Miete unbedingt mit zwei Partnerinnen teilen.«

Kupfer lag die Frage nach dem Eigentümer der Wohnung auf der Zunge, stellte sie aber lieber nicht. Diese Information wollte er von verlässlicherer Quelle bekommen.

»Ja, sicher«, sagte er stattdessen. »Ich weiß, sie sind hoffnungslos unterbezahlt.«

»Sie sind aber wahrscheinlich wegen Theo gekommen«, wechselte Laura Hensler plötzlich das Thema.

»Ja, natürlich, Entschuldigung, ich wollte Ihnen zunächst mein Beileid aussprechen.«

»Danke. Obwohl … wir waren ja eigentlich nicht mehr richtig zusammen. Ich mochte ihn natürlich trotzdem noch. Aber so eng … ein so enges Verhältnis war das nicht mehr«, sagte sie ausweichend.

»Wie haben Sie von seinem Tod erfahren?«

»Seine Mutter rief mich an.«

»Das ist ein Fall mit sehr seltsamen Umständen«, holte Kupfer weit aus. »Da gibt es ein paar Punkte, die uns überhaupt nicht klar sind. Wir wissen von Herrn Krumms Umfeld fast nichts oder haben nur ungenaue Informationen, und das erschwert natürlich unsere Ermittlungen ungemein. Seine Mutter und seine Kollegen sagten uns, wir sollten uns an Sie wenden. Sie wüssten am besten Bescheid.«

»Ich weiß wirklich nicht, ob ich Ihnen viel helfen kann.« Vor lauter Heiserkeit brachte sie den Satz kaum heraus.

»Es reicht schon, wenn Sie mir ein paar Fragen beantworten. Seit wann kannten Sie Herrn Krumm?«

»Ich habe ihn in Tübingen kennengelernt« – sie schluckte mühsam – »damals war ich Schwesternschülerin.«

»Und Sie waren seither mit ihm zusammen?«

»Nicht immer« – mühsames Schlucken –, »das ging auf und ab und hin und her.« Sie räusperte sich. »Manchmal waren wir zusammen, dann haben wir uns wieder getrennt« – sie räusperte sich wieder. »Theo wusste ja nie, was er wollte.«

Sie machte eine Pause. Kupfer sah sie fragend an und wartete.

»Na ja, wie das halt so ist. Man will zusammenziehen, aber kann sich auf keine Wohnung einigen. Er wollte, dass ich bei ihm einziehe, aber ich fand es bei ihm nicht schön. Seine Wohnung war ja viel zu klein für zwei Personen, aber etwas Größeres, das wir hätten bezahlen können, haben wir nicht gefunden. Dann hat man sich verkracht, dann hat man sich wieder versöhnt. So ging das halt die ganze Zeit.«

Die ersten Sätze hatte sie nachdenklich langsam gesprochen, dann war sie immer schneller geworden. Nach dem letzten Wort atmete sie laut ein wie jemand, der schnell eine Treppe hochgelaufen ist, und hustete heftig.

»Und jetzt, in letzter Zeit?«

»Sendepause. Ich habe Ihnen doch schon gesagt, dass ich mit zwei Kolleginnen zusammenwohnen will« – sie wurde mit jedem Wort heiserer. »Das wollte ich schon, als Theo noch lebte. Mit ihm gab es keine Zukunft. Das konnte ich mir wenigstens nicht mehr vorstellen. Er war immer unzufrieden und redete manchmal sogar davon« – sie schluckte angestrengt –, »dass er noch einmal studieren wollte. Und wie sollte das denn gehen, wo er doch schon zweimal das Studium geschmissen hat? Mit mir geht das nicht, habe ich ihm gesagt.«

»Kannten Sie Ferdinand Lipp?«

»Ferdinand Lipp? Lipp?« Ihre Stimme wurde so leise, dass Kupfer Mühe hatte, sie zu verstehen. »Warten Sie mal. War das nicht ein Kommilitone von Theo, auch ein Mediziner. Ich glaube, ich erinnere mich an ihn.« Während sie sprach, nahm sie das letzte Taschentuch aus der Packung, presste es zwischen ihre Handflächen und zerknüllte es dann. »Was ist denn aus dem geworden?«

»Er hatte vor ein paar Wochen einen schweren Autounfall.«

»Ach! Schlimm?«

»Leider. Er ist tot.«

»Oh, das tut mir leid.«

Sie rührte in ihrer Tasse und schwieg.

»Was haben Sie denn gedacht, als Sie von Herrn Krumms Tod gehört haben?«, knüpfte Kupfer wieder an. Sie nahm einen großen Schluck aus ihrer Tasse.

»Schockiert war ich natürlich, absolut fertig. Das ist unfassbar, einfach absurd.«

Sie warf das zerknüllte Taschentuch in den Papierkorb und strich mit den Handflächen über den grünen Samt ihrer Hose, der sich über ihren Oberschenkeln spannte.

»Sie kannten ihn doch sehr gut, auch wenn Sie, wie Sie sagen, in letzter Zeit keinen Kontakt zu ihm hatten. Haben Sie irgendeine Ahnung, dass er sich in etwas Gefährliches eingelassen hatte?«

Sie sah vor sich nieder und schüttelte den Kopf. Ihre Augen wurden feucht. Sie sprach sehr leise.

»Theo war ein friedlicher Mensch. Er ging doch jedem Streit aus dem Weg. Ich kann mir absolut nicht vorstellen, dass er mit jemandem aneinandergeraten war.«

Sie schluckte wieder.

»Frau Hensler«, setzte Kupfer besonders eindringlich an, indem er sich vorbeugte. »Herr Krumm wurde im November mitten im Schönbuch von jemandem umgebracht, mit dem er höchstwahrscheinlich zu Fuß dort hingegangen war. Wieso geht er mit jemandem mitten in der Woche in den Wald? Haben Sie irgendeine Idee, was ihn dazu veranlasst haben könnte?«

Sie schüttelte den Kopf und zuckte mit den Achseln.

»Keine Ahnung. Ich weiß nur, dass er gerne wandern ging, weil er sich dabei gut erholte. Das hat er immer gesagt. Aber eine Schönbuchwanderung im November mitten in der Woche, das verstehe ich auch nicht.«

»Gut, dann will ich Sie nicht länger aufhalten. Ich wäre Ihnen sehr dankbar, wenn Sie sich bei mir melden würden, falls Ihnen noch etwas einfällt.«

»Selbstverständlich. Aber ich glaube kaum …« Sie sprach den Satz nicht zu Ende.

»Vielen Dank für Ihre Auskunft«, bedankte sich Kupfer.

»Keine Ursache, ich habe Ihnen ja gar nichts sagen können.«

»O doch! Wissen Sie, jedes kleinste Bisschen hilft«, sagte er und gab ihr lächelnd seine Karte. Er bat sie um ihre Handynummer, die er sofort in sein Adressbuch tippte. Dann verabschiedete er sich. Unter der Tür drehte er sich noch einmal um.

»Entschuldigung, Frau Hensler, bitte nehmen Sie es nicht persönlich. Ich kann Ihnen die Routinefrage nicht ersparen. Wissen Sie noch, wo Sie am Nachmittag des 10. Novembers waren?«

Die Antwort kam wie aus der Pistole geschossen.

»Hier war ich und habe geschlafen.« Wieder musste sie sich räuspern. »Ich hatte Nachtdienst gehabt und musste ausschlafen. Ja, so war das.«

»Sie haben ein gutes Gedächtnis. Bewundernswert! Gut, das war's dann, und gute Besserung!«

Er fuhr nur bis zur Reußensteinstraße vor. Dort hielt er an, zückte sein zweites Handy, dessen Nummer nicht auf seiner Visitenkarte verzeichnet war, und rief bei Laura Hensler an. Es war belegt. Sie telefonierte.

Angewidert zog er sein feuchtes Beweisstück aus der Hosentasche und steckte es in eine kleine Plastiktüte, die er aus dem Handschuhfach nahm. Dann fuhr er auf dem nächsten Weg nach Hause, weil er das Gefühl hatte, dass er jetzt dringend einen Schnaps brauchte.

Am nächsten Morgen meldete er sich wieder bei dem Immobilienhändler, diesmal aber als Kriminalbeamter.

»Wir brauchen eine Information über eine Neubauwohnung im Lerchenweg. Die Bewohnerin heißt Laura Hensler, und wir sollten wissen, wer der Wohnungseigner ist.«

Eine junge Dame in dunkelblauem Kostüm mit Hosenrock, dick geschminkt, als würde sie hinter der Theke eines Nachtclubs stehen, war seine Gesprächspartnerin. Dass sie der Kriminalpolizei eine Auskunft geben musste, schien sie aufzuregen. Jedenfalls sah Kupfer aus ihrem Ausschnitt eine Röte aufsteigen, und als sie einen Ordner hektisch nach dem Kaufvertrag durchblätterte, erinnerte ihn das Zittern ihrer Hand an die Teestunde bei Laura Hensler.

»Ach, da ist er ja«, sagte sie schließlich. »Sehen Sie, die Wohnung gehört Frau Hensler. Sie hat sie Mitte Oktober gekauft. Hier ist eine Kopie des Grundbuchauszugs und des Teilungsvertrags.«

Ein Herr in Anzug und Krawatte kam hinter einer Trennwand hervor und streckte Kupfer seine Hand entgegen.

»Stumm«, stellte er sich vor, »ich bin der Geschäftsführer. Dass Frau Hensler die Wohnung so kurzentschlossen gekauft hat, kam uns sehr zupass. Sie war nämlich so gut wie verkauft gewesen, und dann bekam der potentielle Käufer seine Finanzierung nicht zusammen.«

»Und wie wird die Wohnung jetzt finanziert?«

»Absolut sicher. 60 Prozent wurden sofort bezahlt, runde 240 000 Euro. So viel legt kaum jemand sofort auf den Tisch. Und dann ist hier eine Hypothek von 160 000 Euro eingetragen.«

»Und woher kamen die 240 000 Euro?«

»Das habe ich allerdings nicht im Gedächtnis.« Er ließ sich von seiner Angestellten den Ordner reichen und schlug nach.

»Da haben wir's ja«, sagte er selbstgefällig. »Von einer Frau Gerlinde Krumm aus Grafenau.«

»Würden Sie mir diese Unterlagen bitte kopieren?«

»Selbstverständlich, gerne.«

10

Am selben Abend noch rief Kupfer Erika Krumm an.

»Wer ist Gerlinde Krumm?«

»Die Tante meines verstorbenen Mannes«, sagte Erika Krumm.

»Also die Großtante Ihres Sohns?«

»Ja, seine Ersatzoma. Seine Großeltern hat er leider kaum erlebt.«

»Wie alt ist die Dame?«

»Dreiundneunzig.«

»Ein stolzes Alter. Und wo lebt sie?«

»Im Altersheim, schon seit über zehn Jahren.«

»Darf man wissen, in welchem?«

Sie nannte ihm die Adresse.

»Was wollen Sie denn von ihr?«

»Das darf ich Ihnen leider nicht sagen. Vielen Dank für die Auskunft.«

Obwohl erst Spätnachmittag war, sagte man Kupfer, er werde Frau Krumm im Speisesaal beim Abendbrot antreffen.

»Gehen Sie nur hinein. Sie sitzt immer allein ganz hinten am letzten Tisch.«

Dampf verschiedener Teesorten – Pfefferminztee, Kamillentee, Hagebuttentee, Malventee – und der Geruch von billigem Essen und ungewaschenen Haaren machten die Luft schwer. Überall saßen die Pfleglinge und kauten bedächtig vor sich hin. Fast jeder Tisch war voll belegt, und doch war es recht still im Speisesaal. Niemand redete. Ab und zu klapperte eine Tasse oder ein Teelöffel.

»Guten Abend und guten Appetit«, grüßte Kupfer laut.

Ein unverständliches Murmeln kam zurück, niemand wandte sich nach ihm um, nur ein paar der Greisinnen und Greise, die mit Blick zur Tür saßen, schauten kurz von ihrer Mahlzeit auf.

Gerlinde Krumm hingegen saß aufrecht auf ihrem Stuhl und aß nicht. Ihr Blick verfolgte Kupfers Gang durch die Tischreihen, als wüsste sie, dass er zu ihr kam.

Die Familienähnlichkeit war überdeutlich. Klarer Fall von Generationensprung, dachte Kupfer. Gerlinde Krumms Gesichtszüge glichen denen ihres Neffen, als hätte man das biometrische Foto des Toten mit Hilfe eines Bildbearbeitungsprogramms altern lassen. Dieselbe schmale Stirn, derselbe dreieckige Schnitt der Augen, die schmale gerade Nase und das spitze Kinn – dasselbe Gesicht, nur eben eingefallen und faltig. Dass ihr dünnes schlohweißes Haar vom Mittelscheitel bis fast auf die Schultern herabfiel, verstärkte diesen Eindruck, hatte ihr Großneffe sein Haar doch ähnlich getragen.

Kerzengerade saß sie vor einer Tasse Kamillentee. Auf dem Abendbrotteller daneben lag ein mit Salami belegtes Stück Graubrot, noch unberührt. Sonst war der Teller leer. Kupfer trat langsam näher. Sie schaute ihm wach entgegen, als würde sie ihn kennen.

»Guten Abend, Frau Krumm.«

Ohne den Gruß zu erwidern, zog sie ihre Mundwinkel herunter und deutete mit einem spitzen Finger auf das Salamibrot.

»Die meinen, das könnte man essen. Ich ess das nicht«, schimpfte sie mit erstaunlich kräftiger Stimme. »Das sag ich denen immer wieder, und immer wieder bringen sie mir dieses furchtbare Brot. Und die Wurst ist einfach ekelhaft. Das würde nicht einmal meine Katze fressen. Ich will Bauernbrot und hausgemachte Leberwurst. Das kriegt man doch überall, da braucht man doch bloß auf den Markt gehen. Aber ich sag es meinem Theo, wenn er wiederkommt.«

Plötzlich schaute sie Kupfer mit aufgerissenen Augen an.

»Aber du bist nicht der Theo?«, fragte sie etwas leiser.

»Nein, der Theo bin ich nicht. Ich kenne ihn aber gut. Wir sind befreundet«, sagte Kupfer und setzte sich neben sie. Ihr Gesichtsausdruck wurde heiter und sie richtete sich auf.

»Wenn der Theo kommt, dann backe ich wieder Pfannkuchen«, verkündete sie mit erhobenem Zeigefinger und fand zu ihrer vorigen Lautstärke zurück. »Sag ihm das. Er soll nur kommen. Dann kriegt er wieder Pfannkuchen, Pfannkuchen mit Zwetschgengsälz, sag ihm das, gell. Ich ess sie ja lieber mit Äpfelbrei, aber der Bub soll kriegen, was er am liebsten mag. Ich back die immer in Butter. Was anderes kommt mir nicht in die Pfanne. Und Zwetschgen hat es dieses Jahr wieder viel gegeben, jede Menge. Mindestens fünf Zentner. Ich hab fünfunddreißig Gläser eingemacht. Da kann der Theo oft kommen, so oft er will. Und dann kriegt er seine Pfannkuchen mit Zwetschgengsälz. Und einen Kaba.«

»Ja, ich werd's ihm ausrichten.«

»Und nächste Woche, wenn es schön Wetter ist, dann muss er mir die Bäume schneiden, damit es wieder Zwetschgen gibt. Sagst du ihm das?«

»Ja, mach ich. Wann war er denn das letzte Mal da?«

»Heut Morgen. Da er hat mir den Kaffee gebracht. Der Theo, der guckt nach mir, das ist ein ganz lieber Bub. Aber die andern hier, ich sag dir« – jetzt fing sie an zu flüstern – »denen laufe ich morgen davon.«

»Der Theo hilft Ihnen bestimmt, wenn Sie morgen woandershin wollen. Geld hat er jetzt ja. Das kann er sich was kosten lassen«, klopfte Kupfer auf den Busch.

Sie schüttelte den Kopf und sah einen Moment schweigend vor sich hin.

»Nein, der Theo hat kein Geld. Der hat nie eins gehabt«, sagte sie traurig. »Der bleibt doch arm, bis die Erika stirbt. Aber die stirbt nicht. Vorher sterben hier alle.« Sie beugte sich Kupfer zu. »Da, schau dich um. Die sind alle schon tot und bleiben hier. Aber ich hau morgen mit dem Theo ab.«

»Und wo gehen Sie mit dem Theo hin?«

»Wo es ganz schön ist.« Ihre Augen leuchteten. Wieder beugte sie sich zu Kupfer herüber, legte ihre Hand an den Mund und flüsterte: »In die Schweiz.«

»Ja und wer bezahlt das dann?«

»In der Schweiz gibt's Geld. Da braucht man nichts mitnehmen. Aber psst! Das weiß sonst niemand. Psst! Sonst kommen die andern auch.«

Die Hoffnung auf das schöne Leben in der Schweiz glänzte in ihren Augen.

»Hat der Theo Geld in der Schweiz?«

»Der Theo nicht. Aber in der Schweiz gibt's Geld. Da braucht man nichts mitnehmen«, wiederholte sie.

»Das weiß ich. Haben Sie denn für den Theo einmal etwas unterschrieben?«

Sie schaute ihn verständnislos an.

»Haben Sie für Theo eine Überweisung unterschrieben?«

»Oh nein, der Theo schreibt mir alles. Der guckt nach mir. Der macht alles. Und morgen gehen wir.«

»Das wird bestimmt schön«, sagte Kupfer. »Aber ich muss jetzt auch gehen. Den Theo schicke ich morgen vorbei. Noch einen schönen Abend, Frau Krumm, und schlafen Sie gut.«

»Gute Nacht, Theo. Aber gell, du kommst morgen und holst mich.«

»Ja ja, ich komme gleich morgen früh.«

Als Kupfer sich noch einmal nach ihr umdrehte, winkte sie ihm nach und lachte spitzbübisch.

11

Kupfer kam absichtlich eine halbe Stunde vor den Kollegen der Spurensicherung bei Lipps Wohnung an. Aus Lipps Briefkasten ragte die Tageszeitung heraus. Der Zeitungsausträger hatte sie nicht allzu weit hineinstecken können, denn er war übervoll.

Kupfer war sich noch unschlüssig, welche Partei er herausklingeln sollte, als ein älterer gepflegter Herr durch das Gartentor kam.

»Einen schönen guten Morgen! Kann ich Ihnen helfen?«

Kupfer grüßte zurück und wies sich dem Herrn gegenüber aus, der sich seinerseits als Jakob Haberer vorstellte. Als der Mann von Lipps Tod erfuhr, fiel er aus allen Wolken, klingelte seiner Frau und teilte ihr die Neuigkeit durch die Gegensprechanlage mit.

»So etwas! Der junge Mann ist tot. Wir dachten schon, dass etwas Besonderes … aber tot? Und Sie kommen wegen Herrn Lipps Wohnung?«

Kupfer nickte.

»Das ist aber gut, dass sich endlich jemand um Herrn Lipps Wohnung kümmert! Wissen Sie, wir hatten ja lange keine Ahnung, dass Herrn Lipp etwas zugestoßen war.«

»Sie wussten also gar nichts?«

»Nein. Von wem auch? Er hatte wohl keine Angehörigen. Wir haben nie irgendwelche Verwandte bei ihm gesehen. Wir kannten ihn ja kaum, obwohl er seit mindestens zwei Jahren hier gewohnt hat. Wir haben uns nur gewundert, dass er die Zeitung und die Post nicht abbestellt hatte. Das tat er immer, wenn er länger weg war. Und er verreiste ja öfters. Im Frühjahr war er einmal sechs Wochen weg, in den USA. Das war aber das einzige Mal, dass er uns etwas sagte. Sonst merkten wir es immer nur daran, dass sein Auto die ganze Zeit dastand.«

»Haben Sie die Post an sich genommen?«

»Wir haben jeden Tag die Zeitung herausgenommen, die Post aber nur, wenn sie zum Briefkasten oben herausschaute. Wir wurden ja nicht darum gebeten und haben auch keinen Schlüssel. Wir haben nur immer wieder gesehen, dass absolut nichts mehr hineinging.«

»Würden Sie mir bitte die Post geben?«

Haberer bat seine Frau über die Gegensprechanlage, Herrn Lipps Post herunterzubringen.

Währenddessen fischte Kupfer die letzten Briefe aus dem Kasten.

»Guten Morgen!«, sagte Frau Haberer, als sie unter der Haustür erschien. Sie wirkte ernst und verunsichert. »Es ist ziemlich viel zusammengekommen. Da werden Sie länger daran zu lesen haben.«

Damit überreichte sie Kupfer eine große Einkaufstüte, die reichlich mit Briefen gefüllt war.

Im weiteren Gespräch erfuhr Kupfer, dass jede der fünf Wohnungen des Hauses einen anderen Besitzer hatte, und zwei davon im Lauf des letzten Jahres auch noch den Besitzer gewechselt hatten. Die verschiedenen Parteien hatten kaum Kontakt miteinander.

»Wir haben Herrn Lipp eigentlich nur auf den wenigen Eignerversammlungen getroffen. Da war er immer sehr freundlich und unkompliziert.«

»Können Sie sich an irgendwelche Besucher erinnern? Herren oder Damen?«

Haberer schüttelte den Kopf, aber seine Frau nickte eifrig.

»In letzter Zeit nicht. Aber früher, also im ersten Jahr, als Herr Lipp hier wohnte, da kam manchmal eine junge Frau zu ihm, eine recht hübsche.«

»Können Sie sie noch beschreiben?«

»Sie hatte kurze braune Haare. Und sie war elegant gekleidet.«

»Groß, klein, dick, schlank?«

»Ich würde sagen, schlank und sportlich. Aber an mehr kann ich mich nicht erinnern. Ich habe sie ja nur vorbeigehen sehen.«

»Danke. Das ist schon etwas.«

In diesem Moment traf die Spurensicherung ein. Kupfer verabschiedete sich von dem älteren Ehepaar und zeigte seinen Kollegen den Weg ums Haus herum zu Lipps separatem Eingang.

»Tolle Lage. Seiler, willst du hier nicht einziehen, wo jetzt die Wohnung frei ist?«, fragte Aberle.

»Wenn du sie bezahlst. Oder nimm du sie.«

Dann untersuchten sie die ganze Front der Wohnung, ohne die geringste Spur von Gewaltanwendung zu finden.

»Wenn da jemand drin war, muss er mit einem Schlüssel hineingekommen sein«, stellte Kupfer fest. »Also, Seiler, ran an das Schloss.«

Seiler griff nach seinem Werkzeug, ging in die Hocke und entriegelte die Tür mit zwei, drei Handgriffen.

»Oder so«, sagte er.

»Eher unwahrscheinlich. Das hätte dann schon ein Profi sein müssen. Und das war Krumm sicher nicht.«

»Was sagen denn die Hausleute?«, wollte Aberle wissen.

»Nicht viel. Dass Lipp ein netter Mensch war, mit dem sie aber keinen Kontakt hatten. Viel mehr als seinen Namen kannten sie nicht. Wenn man das Haus so anschaut, würde man nicht denken, dass hier einer wohnen kann, ohne dass die anderen Hausbewohner über ihn richtig Bescheid wissen.«

»Hast du eine Ahnung«, widersprach ihm Seiler. »In so einem Haus kann einer den Schirm zumachen, und sie merken es erst Wochen später, so wie bei uns in der Nachbarschaft. Da hat sich einer was angetan, und zwar im Winter. Der lag drei Wochen in seinem Bett, die Heizung volle Pulle aufgedreht. Ratet mal, wie man das bemerkt hat. Erst hat man gedacht, es liegt irgendwo eine tote Maus, dann …«

»Jetzt hör aber auf«, unterbrach ihn Kupfer. »Hol lieber dein großes Knipsgerät aus dem Auto. Da, alles Teppichboden.«

Mit dem großen Knipsgerät meinte Kupfer die Ausrüstung für die Interferenzholographie, mit der Trittspuren auf Teppichen auch nach langer Zeit noch sichtbar gemacht werden können. Und vor allem zeigen die damit erstellten Hologramme deutlich, welche Trittspuren älter und welche jünger sind.

»Das dauert dann aber eine Weile, ehe wir uns da drin frei bewegen können«, sagte Aberle etwas ungeduldig.

»Aber es lohnt sich bestimmt. Ihr braucht mich ja hier nicht mehr. Interferenzholographie und dann Routine, klar?«

»Alles klar!«

»Dann gehe ich mal zur nächsten Baustelle.«

12

Der junge Staatsanwalt, Dr. Klöppner, erging sich in einer ebenso langen wie umständlichen Beschreibung eines Problems, das Kupfer mit bestem Willen nicht als das seine erkennen konnte. Er kritzelte auf seinem Notizblock herum, ohne sich voll bewusst zu sein, was er da zeichnete. Endlich konnte er auflegen.

»Der Klöppner quatscht mir jedes Mal ein Ohr ab«, stöhnte er.

»Ich bewundere Ihre Geduld«, sagte Paula Kussmaul.

»Was heißt Geduld? Mit dem darf man es nicht verscheißen. Man weiß ja nie, wann man ihn braucht. Er ist doch für beide Fälle zuständig.«

Auf dem Weg zur Tür erblickte Paula Kussmaul die Kritzelei auf Kupfers Notizblock.

»Van Gogh«, spottete Paula Kussmaul.

»Van Gogh? Wieso?«, wollte er wissen.

»Der hat auch so alte Stiefel gemalt. Mein Sohn hat das Bild mal kopieren müssen, im Kunstunterricht. Hat er sich damals selbst ausgesucht, weil er gemeint hat, es sei leicht. Aber dann kam er ganz schön ins Fluchen, sag ich Ihnen.«

»Aber das ist kein Stiefel von van Gogh, sondern ein Krummstiefel, sozusagen ein Porträt von Theo Krumm.«

»Aber Herr Kupfer, über die Toten soll man nichts Schlechtes sagen.«

»Wenn Sie wüssten! Das war ein krummstiefliger Gauner.«

»Sie sind pietätlos«, tadelte sie ihn und lachte dabei.

»Richtig, und deshalb bin ich auch Kriminaler und nicht Pfarrer oder Diakon oder so was.«

»Und wieso ist der Verblichene ein krummstiefliger Gauner?«

»Liebe Frau Kussmaul. Haben Sie schon einen Großneffen? Oder einen Enkel?«

»Noch nicht. Aber vielleicht bald«, sagte sie hoffnungsvoll.

»Dann hüten Sie sich vor ihm.«

»Oh!?«

»Ganz knapp zusammengefasst, hat Theo Krumm sich widerrechtlich ein Vermögen angeeignet und seine dreiundneunzigjährige Großtante, die liebe Tante Gerlinde, hat es für ihn ausgegeben und hat keinen blassen Dunst davon. Jedes Mal, wenn er viel Geld brauchte, hat er es auf ihr Konto überwiesen, und weil er so lieb war und für die alte Frau alles getan hat – außer der täglichen Pflege natürlich, sie ist im Pflegeheim –, hatte er eine Vollmacht und konnte über das Geld verfügen. Und zum Dank dafür möchte sie ihm Pfannkuchen backen.«

»Ist die noch ganz beieinander?«

Kupfer schüttelte den Kopf.

»Sie glaubt, dass Theo mit ihr in die Schweiz geht. Dort gibt es Geld, so viel hat sie begriffen, und deswegen braucht der Theo kein Geld mitzunehmen. Aber, Frau Kussmaul, das sage ich Ihnen im Vertrauen. Kein Wort zu niemandem nicht! Denn wenn das die Leute im Pflegeheim hören, wollen sie nämlich alle mit.«

Obwohl Kupfer seine Gesichtszüge ganz gut beherrschte, nahm Paula Kussmaul das Zucken seiner Mundwinkel wohl wahr.

»Herr Kupfer, ich sag's niemand. Aber ich geh mit.«

»Ich auch. Ich will doch auch mein Teil! Aber jetzt im Ernst: Die alte Frau weiß nicht, dass er tot ist. Zwischendurch hat sie mich für ihren Großneffen gehalten. Aber das für uns Wichtige ist, dass er wohl schon seit langem alles für die Frau erledigte und ihr volles Vertrauen hatte. Und das hat er ausgenutzt.«

»Und was hat er sich geleistet?«

»Vor allem eine Wohnung für 400 000 Euro, die jetzt seine Freundin bewohnt. Das verlogene Stück tat so, als hätte sie die Wohnung gemietet und würde noch zwei Kolleginnen hereinnehmen, damit sie sich die Miete leisten kann. Aber sie gehört ihr, sie ist auf ihren Namen im Grundbuch eingetragen.«

»Und seine Mutter wusste nichts davon?«

»Aller Wahrscheinlichkeit nach nicht. Die beiden haben in letzter Zeit so getan, als hätten sie nichts mehr miteinander zu tun. Es sei Sendepause gewesen, hat die junge Frau gesagt. Das soll glauben, wer will. Ich nicht!«

»Sie sind nicht nur pietätlos, sondern obendrein ungläubig! Herr Kupfer, Herr Kupfer!

Oster ben, Oster ben,
Ohne Glaubenster ben
Ist des Menschen Verder ben.«

Paula Kussmaul drohte ihm noch einmal mit dem Finger und wandte sich dann ihrer Schreibarbeit zu.

»Haben wir irgendwo eine Kopfwehtablette?«, fragte Kupfer am frühen Nachmittag

»Wir nicht, aber ich. Warum?«

Kupfer sah mit zusammengekniffenen Augen zu Paula Kussmaul hinüber und stöhnte.

»Ich hätte nicht zu diesem Weib in die Wohnung gehen sollen, so verrotzt, wie die war«, seufzte er. »Die reinste Bakterienschleuder.«

»Virenkanone«, verbesserte ihn Paula Kussmaul. »Wissen Sie, dass die Viren mit einhundertundfünfzig Stundenkilometern durch die Luft katapultiert werden, wenn einer richtig hustet?«

»Kann schon sein. Absolute Energieverschwendung ist das. Mich haben sie auf zwei Meter erwischt.«

Paula Kussmaul murmelte vor sich hin und zählte etwas an ihren Fingern ab.

»Tja, die drei Tage Inkubationszeit sind jetzt um«, sagte sie dann. »Hat es sich wenigstens gelohnt?«

»Erst die Tablette, dann die Geschichte!«, sagte er und umfasste seinen Schädel mit beiden Händen.

Paula Kussmaul griff in ihre Schreibtischschublade und warf die Tablettenschachtel aus dem Handgelenk heraus mit elegantem Schwung zu Kupfer hinüber. Dieser murmelte etwas, was man als Dank verstehen konnte, und verließ für einen Moment das Büro, um gleich zwei Tabletten auf einmal mit einem Glas Wasser hinunterzuspülen und sich einen Kaffee zu holen. Dann setzte er sich wieder, führte die Tasse an den Mund und nippte daran.

»Pah, so ein furchtbares Gesöff. Das geht einem ja wie Säure in den Magen.«

»Dann sind Sie aber arg angeschlagen. Ich will nicht behaupten, dass wir hier ein Spitzenkaffee trinken, aber er ist heute so gut oder schlecht wie jeden Tag.«

Sie schaute ihn besorgt an.

»Und?«, fragte sie dann, als er weiterhin schwieg und auf den Haufen Briefe schaute, der vor ihm auf dem Schreibtisch lag.

»Was ›und‹?« Kupfer setzte die Tasse ab.

»Die Geschichte von dem ver… von der erkälteten Dame.«

»Ach so, ja! Ich komme also da hin, und sie sagt mir gleich …«, begann Kupfer und schilderte die sportliche junge Dame mit ihren Niesanfällen und dem feuchten Taschentuchdepot. Paula Kussmaul hörte leise lächelnd zu, wie er seinen Fischzug nach DNA-Material beschrieb, bis er angewidert sagte: »Und dann habe ich die Rotzfahne einfach in die Hosentasche gesteckt.«

Da lachte sie laut auf.

»Ich weiß gar nicht, was es da zu lachen gibt«, sagte Kupfer gereizt.

»Entschuldigung«, sagte sie, »aber Sie hätten eben Ihr Gesicht sehen sollen. Hätten Sie nicht irgendwo ein Haar mitnehmen können?«

»Eben nicht«, antwortete er gereizt. »Dieses Wohnzimmer war zwar nur halb eingerichtet, aber picobello sauber.«

»Aber man kann doch fragen, ob man nicht die Toilette benutzen dürfte?«

»Liebe Frau Kussmaul«, belehrte er sie, »in den neuen Wohnungen gibt es meist ein Gäste-WC, in dem keine Haarbürste herumliegt. Außerdem wird diese blöde Beschaffung von Beweisstücken in den primitivsten Fernsehkrimis praktiziert. Mit so einer dummen Ausrede hätte ich mich bloß blamiert. Für doof halte ich diese Frau nämlich absolut nicht.« Dabei konnte er seinen Ärger nicht ganz verbergen.

»Okay, begriffen. Jedenfalls kann ich Sie nur bewundern. Ich hätte das nicht fertiggebracht, mich hätte es gewürgt. Für diesen heroischen Einsatz haben Sie zwei, drei Tage Bettruhe verdient«, sagte sie halb ernst, halb im Scherz. »Am besten, Sie gehen jetzt gleich nach Hause und tun etwas für sich.«

»Sollte ich vielleicht. Lipps Post kann ich auch zu Hause lesen. Wenn Sie wüssten, wie mir der Schädel brummt! Ich gehe heim und greife zu meiner Rosskur.«

»Und die wäre?«

»Zwei Teller richtig heiße Knoblauchsuppe, eine halbe Flasche Rotwein und dann ins Bett. Das mache ich. Dann bin ich morgen vielleicht wieder fit.«

»Und ich und Ihre Kollegen?«

»Meine Kollegen? Die haben die Wahl: Entweder sie müssen mich morgen riechen oder vertreten.«

»Oh! – Und wie sieht es mit mir aus?«

Er schaute sie einen Moment mit gerunzelter Stirn an.

»Sie sollten heute Abend zum Griechen gehen und etwas mit Tsatsiki essen.«

Damit stand er auf und zog seinen Mantel an.

»Wenn was ganz Dringendes sein sollte, dürfen Sie mich anrufen, aber nur …«

»Nur wenn's brennt, okay, wie immer.«

Als Kupfer nach Hause kam, war Marie in der Stadt. Er kochte sich seine Knoblauchsuppe und aß sie, so heiß es ging, wobei er seinen Schlund zwischendurch mit Rotwein kühlte. Dann packte er sich ins Bett und schlief ein.

Als er am nächsten Morgen viel später als sonst im Büro erschien, wurde er freudig begrüßt.

»Oh, Sie kommen ja doch! Ich dachte schon, Sie müssten heute das Bett hüten. Ihre Knoblauchsuppenkur war also ein voller Erfolg?«

»Ein Teilerfolg.« Seine Stimme klang heiser. »Das Kopfweh ist weg«, er schluckte, »aber meine Stimme scheint sich auch verabschieden zu wollen. Aber ich muss ja nicht viel reden.«

»Das ist vielleicht auch besser so«, sagte Paula Kussmaul spitz und streckte schnuppernd die Nase in die Luft.

»Riechen Sie was?«

»Noch nicht. Wenn es bei diesem Abstand bleibt, dann …«

»Ist die DNA schon da?«, unterbrach sie Kupfer.

»Die hat Herr Feinäugle.«

Er rief ihn sofort an.

»Feinäugle, was ist mit der DNA? Haben wir ein Ergebnis?«

»Ein Ergebnis schon, aber ein negatives. Die Hensler war's nicht. Aber von dem Weib, das in Lipps Wohnung war, stammt das Haar vom Tatort Neue Brücke.«

Kupfer knurrte missmutig.

»Reg dich nicht auf. Auch das ist ein Ergebnis. Wir wissen doch jetzt, dass die Hensler den Krumm nicht umgebracht hat, aber in seiner Wohnung wohnt! Und die Spusi hat eindeutig nachgewiesen, dass die Frau aus dem Schönbuch als Letzte in Lipps Wohnung war. Die Hologramme zeigen die Fußabdrücke auf dem Teppich ganz deutlich: die häufigsten und ältesten sind von Lipp selbst, dann kommen die von Krumms Quadratlatschen, Größe 46, und dann die Abdrücke von vergleichsweise kleinen Damenschuhen Größe 38. Man kann davon ausgehen, dass die zierliche Dame als Letzte in der Wohnung war. Sie hat zuerst den Krumm umgebracht und ist dann in Lipps Wohnung und hat da irgendwas gesucht oder geholt. Im Papierkorb neben dem Schreibtisch wurde ein leerer silberner Bilderrahmen gefunden, daraus dürfte ein Frauenfoto entfernt worden sein. Dazu könnten auch zwei leere Fächer in Lipps Kleiderschrank passen. Die andern sind nämlich alle gesteckt voll. Damit kann man doch zunächst mal zufrieden sein.«

»Du vielleicht«, antwortete Kupfer heiser. »Ich bin heute mit gar nichts zufrieden.«

»Dann geh doch wieder heim und leg dich ins Bett.«

»Geht nicht. Ich muss nach Stuttgart. Ich habe eine Verabredung mit dem Breitfeld, der mit dem Lipp zusammen verunglückt ist. Das hak ich noch ab. Wird mich schon nicht umbringen.«

Trotzdem sagte Feinäugle noch »Gute Besserung«, ehe er auflegte.

13

Kalt war es überall, aber auf der Treppe zum Kleinen Schlossplatz schlug Kupfer ein besonders eisiger Wind entgegen. Mit der einen Hand drückte er seinen Mantelkragen an den Hals, mit der anderen hielt er sich seinen Schal vor Mund und Nase. So ging er leicht gebeugt auf das kleine Café zu, wo er sich mit Dr. Breitfeld verabredet hatte.

Es war gegen vier Uhr. Das Café war um diese Zeit wenig besucht. Kupfer gab an der Theke seine Bestellung auf und setzte sich an einen Fensterplatz. Er fror immer noch, obwohl er Mantel und Schal angelassen hatte. Kein gutes Zeichen, dachte er und schüttete, gegen seine Gewohnheit, reichlich Zucker in seinen Tee mit Rum. Als er an dem heißen Getränk vorsichtig nippte, beschlug seine Brille. Er musste sie einen Moment abnehmen.

Mit zusammengekniffenen Augen sah er, wie Breitfeld das Lokal betrat. Er sah genau so aus, wie er sich am Telefon beschrieben hatte: gescheiteltes dunkles Haar, groß und schlank, brauner Wollmantel mit einem dunklen Schal. Er hatte allerdings nicht erwähnt, dass er immer noch hinkte. Dr. Breitfeld seinerseits erkannte auf den ersten Blick, wer ihn erwartete. Außer Kupfer saßen nämlich nur junge Leute an den Tischen, ein Pärchen stand an der Bar, so dass der Kriminalbeamte leicht auszumachen war. Ein kurzer Blickkontakt genügte, und der junge Arzt kam freundlich lächelnd auf Kupfer zu und streckte ihm seine Rechte entgegen, als wollte er einen alten Bekannten begrüßen. Kupfer machte eine abwehrende Handbewegung.

»Lieber nicht. Ich bin stark erkältet«, entschuldigte Kupfer seine Zurückhaltung. »Halten Sie lieber Abstand zu mir oder Sie brauchen bald einen Arzt.« Seine Heiserkeit war nicht zu überhören.

Breitfeld lachte Kupfer heiter an.

»Ohne Arzt eine Woche, mit Arzt sieben Tage, aber auf jeden Fall sollten Sie in Ihrem Zustand zu Hause bleiben.«

»Meine Frau würde Ihnen Recht geben. Sie meinte heute früh schon, ich solle nicht den pflichtbewussten Beamten spielen. Aber ich will eben heute unbedingt mit Ihnen reden.«

»Hoffentlich lohnt sich das Gespräch. Wie haben Sie mich gefunden?«

»Wenn alles so einfach wäre!«, lachte Kupfer. »Das war nichts als Routine. Wir wussten ja, wo die Rettungssanitäter Sie hingebracht hatten. Wie geht es Ihnen?«

»So weit wieder ganz gut. Ich hoffe, dass die Physiotherapeuten mich wieder ganz hinkriegen. Mein linkes Bein will noch nicht so recht, und es zwickt und zwackt auch an anderen Stellen noch.«

»Sie waren sehr schwer verletzt?«

»Kann man wohl sagen. Das Schlüsselbein war gebrochen, der linke Oberschenkel auch und dann noch ein Riss im Becken, von der schweren Gehirnerschütterung einmal ganz abgesehen. Ich bin froh, dass ich den Crash überhaupt überlebt habe, das kann ich Ihnen sagen.«

»Ich habe den Polizeibericht natürlich gelesen. Aber ich würde gerne auch Ihre Darstellung hören. Wie ist denn der Unfall passiert?«

»Von dem Unfall selbst weiß ich gar nichts mehr. Typische Amnesie nach schwerer Gehirnerschütterung. Ich erinnere mich nur noch an das, was vorher passiert war. Lipp und ich hatten an dem Tag zur selben Zeit Dienstschluss und gingen zum Tennis. Er spielte ja sonst am Weißenhof, aber ich hatte ihn zu meinem Club eingeladen, auf eine Revanche. Haben Sie einmal Tennis gespielt?«

Kupfer schüttelte den Kopf.

»Nur Pingpong.«

»Dann kennen Sie dieses ehrgeizige Getue mit Revanche und so weiter vielleicht nicht. Wenn mich dieser idiotische Ehrgeiz nicht so getrieben hätte, hätte ich mich nicht zu Lipp ins Auto gesetzt und könnte jetzt noch Tennis spielen. Aber damit ist es jetzt aus. Wir fuhren also von der Klinik mit seinem Auto zum TC Weiß-Rot hoch, die Anlage liegt an der Rotenwaldstraße, und spielten dort unser Match. Ich hätte nicht zu ihm ins Auto steigen sollen, ich wusste doch, dass er wie ein Verrückter fuhr. Dafür war er ja berüchtigt. Aber für ihn war es ganz klar, dass er fährt. Sich in meine alte Kiste zu setzen, wäre unter seiner Würde gewesen. Das ist auch so ein lächerliches Detail. All diese Typen, die mit ihren neuen Schlitten am Tennisplatz vorfahren, lassen sich nie von einem mitnehmen, der ein billigeres Auto fährt, auch wenn es manchmal das Nächstliegende wäre. Und so war er auch drauf. Ich hatte also mein Auto hier stehen lassen, und er sollte mich in die Stadt zurückfahren. Wir wollten ohnehin nach dem Match in der Stadt etwas essen gehen. Und schon als wir hinauffuhren, raste er mir zu schnell.«

»Haben Sie nicht protestiert?«

»Schon, aber wohl nicht energisch genug. Dann haben wir fast anderthalb Stunden hart gekämpft. Er war sehr ehrgeizig und spielte gut und hat auch immer davon geredet, wie gut er war. Aber an dem Tag war ich dummerweise ein klein wenig besser, vielleicht wegen meinem Heimvorteil. Das hat ihn offensichtlich geärgert. Vielleicht hätte ich ihn lieber gewinnen lassen sollen, dann wäre das alles nicht passiert. Aber vorbei ist vorbei.« Er schaute traurig an sich hinunter. »Wir haben nach dem Duschen eine Cola getrunken und wollten dann in die Stadt zurück. Ich merkte auf den ersten paar Metern schon, dass er seine Aggressionen mit dem Gaspedal abreagieren musste, und bat ihn, nicht so halsbrecherisch zu fahren. Aber er lachte bloß und jagte die Karre durch die lange, abschüssige Rechtskurve, dass die Reifen quietschten. Und dann weiß ich nichts mehr. Ich bin erst im Krankenbett wieder zu mir gekommen.«

»Aber Sie haben inzwischen erfahren, was passiert ist?«

Er nickte.

»Ein Kollege ging am nächsten Tag hin und hat die Striche auf der Straße fotografiert, und der Lkw-Fahrer hat mich einmal besucht. Das fand ich sehr nett. Der arme Kerl musste ja auch mit der Sache fertig werden, obwohl er gar nichts dafür kann.«

»Waren Sie mit Lipp eng befreundet?«

»Nein, eine Freundschaft war das wirklich nicht. Ich kannte ihn erst seit ungefähr zwei Jahren. Wir waren gute Kollegen, die ab und zu miteinander Tennis spielten und sich manchmal über Zukunftspläne austauschten. Abgesehen davon war er unnahbar, und es konnte ja auch keiner von uns mit ihm mithalten. Wir waren sehr verschieden. Ich bin seit kurzem verheiratet. So etwas konnte er sich überhaupt nicht vorstellen. Ich muss versuchen, so schnell wie möglich meinen Facharzt zu machen, damit ich mich möglichst bald auf Dauer niederlassen kann. An so etwas brauchte er nicht zu denken. Er stammte aus einer Arztfamilie, schon sein Großvater war Arzt, und sein Vater hat in Stuttgart eine gut gehende Augenarztpraxis aufgebaut, die er jederzeit hätte übernehmen können. Aber das wollte er noch nicht. Die Praxis war verpachtet und hat ihm gutes Geld gebracht.«

»Sein Vater lebt also nicht mehr?«

»Nein. Er ist vor ein paar Jahren gestorben und hat ihm alles vermacht. Er war ein gemachter Mann. ›Irgendwann, wenn ich Lust habe, übernehme ich den Laden, aber im Moment habe ich noch keine Lust dazu. Chef spielen kann ich noch lange genug, wenn ich über vierzig bin‹, sagte er mal zu mir. Ja, er war schon in einer beneidenswerten Lage. Zwischendurch konnte er sich auch mal einen unbezahlten Urlaub leisten. Damit hat er sich bei den Kollegen nicht gerade beliebt gemacht. – Darf ich Sie fragen, warum Sie das alles interessiert? Lipp ist doch tot.«

»Weil in Lipps Wohnung eingebrochen wurde. Das ist ein sehr seltsamer Fall, in dem es noch einige Rätsel zu lösen gibt. Wissen Sie, ob Lipp der einzige Erbe seines Vaters war?«

»Da bin ich nicht sicher. Aber mir gegenüber hat er niemals von Geschwistern geredet. Man könnte es annehmen.«

»Wer erbt jetzt das ganze Vermögen? Oder wer verwaltet es?«

»Keine Ahnung. Ich könnte meinen Anwalt fragen. Der untersucht gerade, was er an Schmerzensgeld und Behindertenrente herausschlagen kann, falls Lipps Versicherung sich knickerig anstellt. Oder noch besser: Sie wenden sich an den Pächter der Lippschen Arztpraxis. Den können Sie bestimmt über die Ärztekammer finden, und der Pächter wird ja wissen, mit wem er es geschäftlich zu tun hat. Denn wie ich meinen lieben Ex-Kollegen einschätze, hat er sich mit Verwaltungskram nicht abgegeben. Das hat er anderen überlassen.«

»Und über Lipps Privatleben wissen Sie sonst nichts? Verstehen Sie bitte, ich fordere Sie nicht zum Klatschen auf, sondern bitte Sie um Hilfe bei einer Ermittlung.«

»Ja, ich weiß. Ich kann Ihnen aber trotzdem nichts sagen, höchstens …«

»Höchstens?«

»Na ja, das ist dann aber doch Klatsch. Höchstens, dass er in Sachen Frauen nicht den besten Ruf hatte. Aber davon habe ich nur gehört.«

»In der Klinik?«

»Er war hinter all den jungen Damen her, Praktikantinnen, Schwestern, Kolleginnen, egal.«

»Er hatte also keine feste Beziehung?«

»So genau weiß ich das gar nicht. Es gibt nur eine Frau, mit der ich ihn mehrmals gesehen habe, und zwar beim Tennis. Er spielte mit ihr zusammen gemischtes Doppel.«

»Name?«

»Ich weiß nur, dass er sie Judy oder Jude rief, manchmal so, manchmal so. Wir duzen uns ja beim Sport, und so förmlich, dass er sie mir richtig vorgestellt hätte, war er nie drauf. Er hatte immer so etwas furchtbar Unverbindliches an sich.«

»Hat er sich damit nicht viele Sympathien verdorben?«

»Bei manchen schon. Aber er hatte auch seine positiven Seiten. Es war angenehm, mit ihm zusammenzuarbeiten. Das muss man ihm lassen. Er war nie rechthaberisch, man konnte mit ihm eine Diagnose und einen Therapieplan offen diskutieren. Er war immer freundlich, auch wenn er einen nie zu nahe an sich herankommen ließ.«

»Ich muss noch einmal auf seine Tennispartnerin zurückkommen. Können Sie diese Frau beschreiben?«

»Nicht sehr groß, jedenfalls unter eins siebzig, kurzes braunes Haar, schmales Gesicht, gute Figur, sehr sportlich. Sie spielte richtig gut. Sie hatte relativ lange Beine, das weiß ich noch, das ist mir beim Spiel aufgefallen. Sie konnte wahnsinnig schnell laufen.«

»Dann war das ein erfolgreiches Doppel?«

»Unbedingt. Meine Frau und ich haben jedes Mal haushoch verloren. Sonst würde ich mich vielleicht gar nicht mehr an sie erinnern.«

»Dann lernten Sie Lipps Tennispartnerin nie richtig kennen?«

»Nein, eigentlich nicht.«

»Und andere Leute im Club?«

»Das weiß ich nicht. Ich hatte nur immer den Eindruck, dass sie dort ebenso Gast war wie ich.«

»Hat Ihnen Lipp jemals von seiner Studienzeit erzählt?«

»Aber ja. Von seiner Zeit in Tübingen hat er immer wieder geschwärmt. Nach allem, was er erzählte, hat er die voll genossen. Das Studium muss gut gelaufen sein. Er war wohl so ein Überflieger, dem alles leichtfällt.«

»Und so einer fährt sich zu Tode«, sagte Kupfer mit leichtem Kopfschütteln.

»Und nimmt fast noch einen mit«, ergänzte Dr. Breitfeld nicht ohne Sarkasmus.

Während des Gesprächs hatte sich Kupfer immer schlechter gefühlt. Eine unangenehme Kälte war ihm die Beine hochgekrochen, was er natürlich für sich behielt. Eigentlich wollte er mit Breitfeld zusammen das Café verlassen. Aber als sein Gesprächspartner sich vor dem Café von ihm verabschiedete, sagte er: »Ich brauche noch einmal etwas Warmes.«

Er ging wieder an seinen vorherigen Platz zurück und trank noch einmal einen heißen Tee mit Rum. Dann machte er sich auf zum Hauptbahnhof. Er kam sich viel schwerer vor, als er war, und hatte das Gefühl, Bleiklötze an den Füßen zu haben. Der Rückweg über die Königsstraße kam ihm nun dreimal so lang vor. Er war froh, als er endlich in der S-Bahn saß.

Die Angst, dass er zu weit fahren könnte, hielt ihm zunächst die Augen offen. Er fühlte seinen Puls und schätzte ihn auf etwas über hundert. Dann fielen ihm doch die Augen zu. Die Ansagen von Stadtmitte, Feuersee und Schwabstraße hörte er noch. Dann träumte er, dass Dr. Breitfeld in Mantel und Schal auf einem vereisten Tennisplatz hin und her hinkte, ihm einen Tennisschläger leihen wollte und gleichzeitig ausrief, man könne in dieser Kälte unmöglich spielen. Wann er denn sonst Zeit hätte? Kupfer wollte ihm sagen, dass er doch gar nicht Tennis spiele. Aber er konnte nicht laut rufen, weil ihm der Hals so schmerzte, und Dr. Breitfeld stand auf der anderen Seite an der Grundlinie und war für ihn nicht zu erreichen. Plötzlich war es still. Er fühlte, wie ihn jemand am Arm anfasste.

»Wollen Sie nicht auch aussteigen?«

Er schlug die Augen auf.

»Ja, ja, sofort«, sagte er verwirrt.

»Endstation. Herrenberg«, sagte die freundliche ältere Dame, die ihn geweckt hatte.

Wie ein Traumwandler stieg er aus. Auch hier schneidender Wind. Er zitterte am ganzen Leib. Einen Moment dachte er daran, wieder in die S-Bahn zu steigen und zu warten, bis der Zug wieder zurückfuhr. Aber er hatte Angst, wieder einzuschlafen, und er wollte nicht mehr frieren. Unentschlossen trippelte er auf dem kalten Bahnsteig hin und her.

»Das muss ich mir jetzt einfach leisten«, sagte er nach einer Weile und steuerte eines des Taxis an, die auf dem Bahnhofsplatz bereitstanden.

Schwer atmend kam er zu Hause an und legte sich sofort ins Bett. Als Marie ihm den Lindenblütentee – ihr Hausrezept, auf das sie schwor – ans Bett brachte, war er schon eingeschlafen.

14

»Ich hab mir schon überlegt, ob ich dich nicht wecken soll«, sagte Marie, als er ins Badezimmer wankte.

»Wie spät ist es?«

»Kurz vor zehn.«

Kupfer brummte etwas Unverständliches vor sich hin und schleppte sich ins Bad. Das Gesicht, das ihn aus dem Spiegel anschaute, gefiel ihm gar nicht: bleich wie eine gekalkte Wand und dunkle Augenringe, obendrein unrasiert. Wenn ich in zehn Jahren so aussehe wie jetzt, will ich lieber vorher sterben, dachte er. Dann spritzte er sich kaltes Wasser ins Gesicht, spülte seinen Mund aus und setzte sich wieder ins Bett. Er griff nach dem Telefon und rief in seiner Dienststelle an.

Feinäugle nahm ab.

»Muss mich leider krankmelden. Bin ganz wackelig auf den Beinen und habe Fieber. Tut mir leid, dass ich mich jetzt erst melde. Bin eben erst aufgewacht«, krächzte er in den Hörer.

»Okay, schon gut. Dann müssen wir dich heute nicht riechen.«

Kupfer war noch zu benommen, um die scherzhafte Stichelei gleich zu begreifen.

»Was?«

»Nicht riechen, sondern vertreten. War wohl diesmal nichts mit deiner Knoblauchsuppe.«

»Ach so. Ich sage dir, mir war gestern absolut nicht mehr nach Suppekochen. Nach dem Gespräch mit Breitfeld war ich so fertig, dass ich in der S-Bahn eingeschlafen bin. Bin erst in Herrenberg aufgewacht und dann mit dem Taxi heim, sonst wäre ich vielleicht erfroren. So hab ich mich gefühlt.«

»Du Armer! Das war nicht ganz billig. Hat sich der teure Termin wenigstens gelohnt?«

»Hmmm«, knurrte Kupfer. »War schon interessant. Ich erzähl dir das später, im Moment nur so viel: Ein besonderer Sympathieträger war Ferdinand Lipp nicht.«

»Das Gespräch war also doch nicht so dringend?«

»Hmmm«, grunzte Kupfer

»Dann bleib wenigstens jetzt im Bett und schone dich. Und schwätz nix mehr. Denk an deine Stimme. Du hörst dich an wie eine alte Gießkanne.«

»Danke für das Kompliment. Was war in Krumms Kisten?« Kupfer musste husten.

»Siggi, du bist doch krank!«

»Aber nicht tot.« Wieder hustete er. »Jetzt sag es halt.«

»Nichts Interessantes, wenn man davon absieht, dass die Klamotten alle teuer und brandneu sind. Der Junge muss sich gründlich gehäutet haben, schneller als jede Schlange: die meisten Klamotten ab in die Altkleidersammlung oder sonst wohin und dann neue her, inklusive Sportkleidung, Schistiefel, besondere Laufschuhe, alles, was junge Leute laut Werbung heute brauchen. Die Scheckkarten haben ja alle gut funktioniert.«

»Sonst nichts?«

»Nichts. Keine Unterlagen, kein PC, kein Notebook. Die hat er offensichtlich schon weggeschafft. Wahrscheinlich lagen sie bei der Hensler direkt vor deiner Nase.«

»Höchstwahrscheinlich. So schnell kommen wir da nicht ran. Dann schaue ich heute eben mal Lipps Post durch.«

»Ich denke, du bist krank. Schlaf dich lieber aus.«

»Doch nicht den ganzen Tag. Ich melde mich irgendwann.«

»Ja, irgendwann. Lass dir Zeit und werd erst mal wieder gesund.«

Eine halbe Stunde später saß Kupfer rasiert und geduscht im Bett. Er mochte nichts essen, ließ aber eine große Kanne grünen Tee mit Orangensaft Schlückchen für Schlückchen in sich hineinrinnen. Dabei versuchte er, sich durch Lipps Post durchzuarbeiten.

Das fiel ihm aber nicht so leicht, wie er gedacht hatte. Da auf den meisten Umschlägen kein Absender vermerkt war, riss er einen nach dem andern auf. Die meisten enthielten Kontoauszüge, die er nach ihren Nummern ordnete und in kleinen Stapeln vor sich auf der Bettdecke anordnete. Bis ein heftiger Hustenanfall ihn und die Bankauszüge durcheinanderschüttelte. Die Übersicht war dahin. Er wollte laut schimpfen, aber sein Kehlkopf mochte das gar nicht. Missgelaunt schlüpfte er in Bademantel und Hausschuhe, raffte den ganzen Haufen Papiere zusammen und setzte sich damit an den Wohnzimmertisch.

»Siggi, was machst du da? Bleib doch im Bett. Das hat doch alles Zeit.«

»Irgendwas muss ich tun, sonst …«

»Was sonst?«

»Ich muss einfach etwas tun«, knurrte er unwirsch.

»Du musst es ja wissen!«

Marie trat wortlos den Rückzug an.

Kupfer ordnete die Auszüge von neuem und versuchte dann, sich von den Kontenbewegungen ein Bild zu machen. Am übersichtlichsten war Lipps Gehaltskonto: regelmäßige Eingänge und Ausgaben für Alltägliches und die Nebenkosten für die Wohnung. Was die Regelmäßigkeit betraf, sah dieses Giro ähnlich wie sein eigenes aus, nur war es viel üppiger ausgestattet. So üppig, dass am Monatsende immer ein ansehnlicher Restbetrag übriggeblieben war, so dass sich im Laufe der Zeit ein bequemes Polster angehäuft hatte. Nach Lipps Tod war es allerdings rasant geschrumpft, so schnell wie ein Luftballon, den man aufgeblasen loslässt, so dass er zischend eine Spirale durch die Luft beschreibt und dann schlaff und leer auf den Boden fällt. Es gab zahlreiche Abbuchungen verschiedener Bekleidungshäuser. Offensichtlich hatte sich dieses Polster in beachtlichem Tempo in den Inhalt von Krumms Kleiderkisten verwandelt. Die Kreditkarten hatten es ermöglicht. Plötzlich stutzte Kupfer. Jeweils am Ende der letzten drei Monate, die er überschauen konnte, waren aus dem Gehaltskonto per Dauerauftrag 600 Euro an dieselbe Adressatin geflossen, an eine gewisse Andrea Lorenz. Kupfer wurde hellwach.

»Schon wieder ich«, meldete er sich bei Feinäugle. »Horch, da gibt es von einem Konto drei Zahlungen von 600 Euro an eine Dame.«

»Wie heißt die Glückliche?«

»Andrea Lorenz. Bei dem, was ich von Lipps Post habe, überblicke ich ja bloß die letzten drei Monate. Könntest du bitte bei der Bank anfragen, seit wann der Dauerauftrag läuft?«

Er nannte ihm die Bankverbindungen.

»Du denkst an Alimente?«

»Klar. Nach Dr. Breitfeld war Lipp hinter allem her, was einen Rock anhat.«

»Gut, ich geh der Sache nach. Und du schläfst jetzt weiter.«

»Jetzt nicht. Sonst liege ich die ganze Nacht wach. Es wäre übrigens nett, wenn du mir durchgibst, was sie dir sagen.«

Dann setzte Kupfer seine Sichtung der Bankbriefe fort. Da gab es ein paar sehr voluminöse Konten: eines mit der Praxismiete, ein weiteres mit den Einkünften von drei großen Mietshäusern im Stuttgarter Süden. Der Natur der Sache entsprechend waren auch hier die Eingänge regelmäßig. Nicht so die Abflüsse. Sie waren unregelmäßig, mal ein paar Tausend hier, mal ein paar Tausend da, bis hin zu mehreren fünf- und sechsstelligen Beträgen.

Dieses Durcheinander mochte Kupfer gar nicht. Er bekam wieder leichte Kopfschmerzen, und trotz seiner Lesebrille verschwammen die Zeilen immer wieder vor seinen Augen. Viel mehr erschloss sich Kupfer nicht mehr. Zum einen, weil ihm die Entdeckung dieser Alimentenzahlung im Kopf herumging und er sich fragte, was es damit wohl auf sich hatte, zum andern, weil er auf eine Art Finanzpool gestoßen war, dessen Zu- und Abgänge zu sehr durcheinanderliefen. Für so einen Wirrwarr hatte er einfach keinen Kopf mehr. Er packte die Papiere zusammen und gab auf. Dann legte er sich wieder ins Bett und tat mit dem Rest des Tages, was er eigentlich nicht beabsichtigt hatte: Er verdöste ihn.

15

Und das blieb auch noch die nächsten drei Tage so. Kupfer ging es miserabel. Er aß kaum etwas, ein deutliches Zeichen dafür, dass er richtig krank war. Marie musste ihn sogar immer wieder zum Trinken auffordern. Aber am vierten Tag stand er für ein paar Stunden auf, und einen Tag später setzte er seine Ermittlungen telefonisch fort. Er verschaffte sich die Adresse des Vermögensverwalters der Familie Lipp, einer Stuttgarter Kanzlei in der Nähe des Marienplatzes. Er meldete sich an.

Zwei Tage später sprach er dort gegen Mittag vor.

»Der Herr Doktor Klarwasser bittet Sie, sich noch kurz zu gedulden. Sie dürfen so lange hier Platz nehmen«, sagte die Sekretärin in einem Ton, als sei es eine Gnade, dass ihr Chef bereit war, mit Kupfer zu sprechen. Kupfer setzte sich auf einen unbequemen Stuhl, andere gab es nicht, und wartete darauf, dass gleich jemand das Büro des Notars verlassen würde und er an der Reihe wäre. Aber es kam niemand heraus. Der Notar schien mit äußerst wichtigen Geschäften befasst zu sein. Schließlich ertönte ein Summton.

»Der Herr Doktor Klarwasser erwartet Sie jetzt«, sagte die Sekretärin, indem sie flüchtig von ihrem Bildschirm aufsah. Als Kupfer durch die Tür ging, stöckelte sie ihm eilig mit einer Unterschriftenmappe hinterher. Und noch ehe der Notar ihn begrüßen konnte, sagte sie: »Herr Dr. Klarwasser, Sie sollten bitte noch die paar Briefe unterschreiben. Die müssen heute noch raus, und ich …«

Er sagte nichts und streckte nur seine Hand aus. Sie legte ihm die Mappe vor, wobei sie sich leicht nach vorn beugen musste, und behielt diese devote Haltung bei. Ob trotz oder wegen ihres tiefen Ausschnitts, konnte Kupfer nicht erkennen. Dr. Klarwassers Seitenblick nahm er aber wohl war.

»Einen Moment bitte, Herr Kriminalhauptkommissar.«

Der Notar machte sich ans Unterschreiben. Kupfer stand mitten im Raum und sah ihm zu. Er konnte sich diesen dicken Menschen auch in einer anderen Kluft vorstellen. Er nahm ihm in Gedanken seine halbe Lesebrille ab, die er zierlich funkelnd auf seiner von violetten Adern durchzogenen Fleischnase balancierte, und setzte ihm dafür ein weißes Schiffchen auf den breiten Schädel, so dass es etwas in die Stirn hineinragte. Dann zog er ihm die Weste aus, band ihm die rote Fliege mit den schwarzen Punkten ab und ersetzte sein weißes Hemd durch ein graues aus grobem Stoff mit dünnen blauen Längsstreifen – und der Metzgermeister war fertig. Zu dieser Vorstellung passten auch die fetten Hände mit den kurzen Fingern, welche die Unterschriftsmappe umblätterten und eine ebenso schwungvolle wie unleserliche Unterschrift unter die Briefe kratzten.

»So«, sagte er schließlich, klappte die Unterschriftenmappe zu und schob sie zur Seite.

»Dankeschön«, sagte die Sekretärin, nahm die Mappe auf und wurde wieder gerade. Flink stöckelte sie zur Tür zurück. Kupfer hätte sich nicht gewundert, wenn sie nun einen Knicks gemacht hätte.

Als sich der Notar Kupfer zuwandte, indem er sich laut räusperte und seine Fliege zurechtrückte, verblasste das Bild des Metzgermeisters.

»Jetzt zu Ihnen, Herr Kriminalhauptkommissar. Ich begrüße Sie.«

»Kupfer, nur Kupfer, das reicht. Guten Tag.«

»Herr Kupfer also, Herr Kupfer. Ich nehme an, Sie kommen in dienstlichen Belangen zu uns.«

»Ja. Es geht um einen komplizierten Fall, den ich Ihnen nicht zur Gänze auseinandersetzen darf. Nur so viel: Wir brauchen Einblick in die Vermögensverhältnisse eines Ihrer Klienten. Und zwar handelt es sich um Dr. Ferdinand Lipp. Wie Sie sicher wissen, ist Herr Lipp ums Leben gekommen.«

»Ööh, ja, natürlich, sehr tragisch, absolut furchtbar.«

»Der Pächter der Lippschen Praxis hat uns an Sie verwiesen. Sie seien der Vermögensverwalter der Familie.«

»Ööh«, machte der Notar verlegen. »Ööh, was soll ich Ihnen sagen, Herr Gold …«

»Kupfer, nicht Gold.«

»Entschuldigung, Herr Kupfer. Ööh, wir waren es bis zum Tod von Herrn Dr. Lipp senior. Bis zu dem Zeitpunkt ging alles über unseren Schreibtisch. Aber seither, ich sage Ihnen … Chaos, einfach Chaos, ööh, der junge Herr hat uns nicht etwa von unseren Aufgaben offiziell entbunden, das hätten wir ja verstehen können, wenn er jemand anderes beauftragt hätte. Aber nein, er hat alles beim Alten gelassen, ööh« – der nächste Satz schien ihm nicht leicht zu fallen –, »aber uns immer wieder ins Handwerk gepfuscht, so dass wir die Akte Lipp kaum mehr angefasst haben. Ich sage Ihnen, da wurden Gelder abgezogen, da wurden Riesenbeträge ins Ausland überwiesen. Neuerdings fließen offenbar Mieteinnahmen regelmäßig auf ein Schweizer Nummernkonto ab. Ob da noch Rücklagen für Renovierungen angespart werden, kann ich nicht mehr beurteilen. Das wurde einfach total unübersichtlich, und, ööh, wie soll ich sagen, Dr. Lipp junior war uns gegenüber, ööh, beratungsresistent.«

»Und nach seinem Tod? Was passiert jetzt?«

»Nichts. Absolut nichts. Es gibt natürlich kein Testament, er wollte ja keines machen, ööh, entgegen unserem Rat natürlich, und wir warten jetzt, bis sich jemand meldet, ööh, eine reelle oder eine juristische Person, das ist uns gleichgültig, ööh. Wir müssen nur inzwischen dafür sorgen, dass die Steuern bezahlt werden.«

Der Notar fing an zu lachen.

»Stellen Sie sich vor, da gibt es Einkünfte, die praktisch niemandem gehören und die dennoch versteuert werden müssen. So was Komisches! Aber das macht schon der Steuerberater der Familie, der übrigens auch gute Lust hätte, ööh, den ganzen Bettel hinzuschmeißen.«

»Darf ich fragen, wer Ihr Sozius ist?«, fragte Kupfer, der sich über Dr. Klarwassers ständiges »Wir« wunderte.

»Mein Sozius? Niemand, ööh, ich hatte einen, aber schon lange nicht mehr. Warum?«

»Hat mich eben interessiert«, wich Kupfer seiner Frage aus. »Man weiß also nicht, wer erbt?«

Der Notar ließ seine mächtigen Schultern zucken.

»Nach unseren Erkenntnissen hat Herr Lipp ein Kind«, sagte Kupfer, als handelte es sich um etwas Selbstverständliches.

»Was?« Der Notar fiel aus allen Wolken. »Davon wissen wir nichts.« Er schüttelte den Kopf. »So was, und davon wissen ausgerechnet wir nichts!« Dann fand er zu seiner Fassung zurück und redete in rein geschäftlichem Ton weiter. »Der Erblasser ist ja noch nicht einmal drei Monate tot. Wer Ansprüche anzumelden hat, wird schon vorstellig werden.«

»Wo es sich ja um ein sehr großes Vermögen handelt, soweit ich informiert bin,« hakte Kupfer nach.

Dr. Klarwasser beugte sich etwas vor uns deutete mit seinem Bratwurstzeigefinger auf Kupfer. »Sie und ich, Herr Gold …«

»Kupfer.«

»Entschuldigung, Herr Kupfer. Sie und ich wären gemachte Leute, wenn wir nur die Hälfte, was sag ich, ööh, wenn wir gemeinsam ein Viertel davon hätten. Alte Ärztedynastie, nie viel verloren. Denken Sie doch, schon der Großvater von diesem jungen Herrn hatte eine große Praxis in Stuttgart, der Vater hat sie geerbt, konnte sich sozusagen ins gemachte Bett legen und hat die Praxis erweitert. Und schon der Großvater hatte klug investiert, sehr klug. Die alte Generation, das sag ich Ihnen, die alte Generation, ööh, die konnte noch mit Geld umgehen. Da gibt es ein Riesenvermögen in Wertpapieren, da gibt es die Praxis in bester Stuttgarter Lage und dann noch zwei Häuser im Lehenviertel im Stuttgarter Süden, was sag ich, drei Häuser. Ich nehme an, Sie wissen, wo das ist. Große Stadthäuser von unten bis oben vermietet. Was denken Sie, was das abwirft!«

Kupfer nickte nur und notierte ein paar Stichwörter auf seinem Block.

»Wenn Sie mich fragen, wie ich die Finanzen des jungen Herrn einschätze: Der hat sich mehr Taschengeld genehmigt, als er in der Klinik verdient hat. Der junge Herr Lipp lebte wie der Vogel im Hanfsamen. Der hatte mehr Taschengeld, als Sie verdienen.«

»Dafür lebe ich aber noch«, sagte Kupfer trocken.

»Ja, Sie leben noch, gut, sehr gute Bemerkung, Sie leben noch, richtig, so muss man das sehen«, stimmte ihm der Notar übereifrig zu und lachte schallend wie über einen guten Witz.

Kupfer blieb ernst und fragte dann, langsam formulierend, als würde er nach Worten suchen: »Könnte man das vielleicht so ausdrücken, dass Sie als der traditionelle, althergebrachte Vermögensverwalter der Familie durch die willkürlichen Machenschaften des jungen Herrn den Überblick über das Vermögen verloren haben?«

Dr. Klarwasser starrte ihn einen Moment verdutzt an.

»Durch die willkürlichen Machenschaften des jungen Herrn den Überblick, ööh, verloren«, wiederholte er Kupfers Formulierung, als wollte er sie auswendig lernen. »Ja, ööh, durchaus, ohne eigenes Verschulden natürlich, ohne eigenes Verschulden. Nur durch seine willkürlichen Machenschaften, ganz genau durch diese.«

»Eine Frage hätte ich noch.«

»Bitte, Herr Gold, bitte.«

»Kupfer, nur Kupfer.«

»Entschuldigung, Herr Kupfer, nur Kupfer natürlich, ööh. Ihre Frage?«

»Lebt die Mutter noch?«

»Ja, aber die spielt bei einer möglichen Erbauseinandersetzung keine Rolle. Die Eltern ließen sich schon in den Neunzigerjahren scheiden, ööh, die Frau wurde damals abgefunden, wir waren an den Verhandlungen beteiligt, ööh. Sie hat wieder geheiratet, und soviel wir wissen, ist sie, ööh, nicht mehr ganz zurechnungsfähig und residiert in einem Pflegeheim im Ausland. Für sie ist gesorgt. Sie kann und wird keine Ansprüche mehr anmelden.«

»Gut, besten Dank. Das hilft mir zunächst weiter. Es könnte allerdings sein, dass ich Einblick in alle Kontenbewegungen brauche. Dann würde ich noch einmal auf Sie zukommen müssen.«

»Ööh, das müssten wir dann für Sie zusammenstellen, ööh, zusammenstellen lassen, ööh, natürlich gerne.«

Als Kupfer sich aus seinem Sessel erhob, beugte sich der Notar etwas vor und streckte ihm seine Hand zu einem feucht-weichen Händedruck über den Schreibtisch. Dabei bemerkte Kupfer die kleinen Schweißtropfen auf Dr. Klarwassers Stirn und roch den leichten Alkoholdunst, der den Notar umgab.

»Ich nehme an, Sie finden hinaus.«

»Ja, selbstverständlich. Besten Dank.«

Es war inzwischen Mittag. Kupfer setzte sich in sein Auto und fuhr zum Essen nach Hause. Marie hatte Sauerkraut mit Blut- und Leberwurst gekocht, was sie an kalten Tagen gerne aßen.

»Metzelsupp«, sagte er erfreut und sah noch einmal Dr. Klarwasser in Metzgerkluft vor sich. »Eigentlich könnt er auch Kirsch- oder Zwetschgenwasser heißen«, sagte er leise vor sich hin und grinste spöttisch.

16

Andrea Lorenz schimpfte: »Hat sich dieser Idiot wieder so dicht vor mich hingestellt!«

Sie legte den Rückwärtsgang ein und manövrierte ihren alten Passat mühsam aus der Parklücke am Bordstein. Es war immer derselbe Nachbar, der ihr Schwierigkeiten machte. Dabei hatte sie ihn schon oft gebeten, doch bitte ein wenig Rücksicht zu nehmen, wenn er spät nach Hause kam und seinen Wagen einparkte. Aber nein. Er wurde sogar frech und sagte grinsend, dass Frauen einfach keine so großen Autos fahren sollten wie sie. Immer wieder stellte er sein Astra-Cabrio so dicht vor sie hin, dass sie nur mit Mühe aus der Parklücke kam, vielleicht sogar absichtlich. Aber sie hatte keine Lust mehr, sich mit diesem Proleten anzulegen, und kurbelte inzwischen ihr Fahrzeug recht gekonnt aus der Parklücke heraus. Und das, obwohl sie es morgens immer eilig hatte. Mia schon vor dem Dienst durch den Berufsverkehr zu ihrer Tagesmutter zu bringen und dann so früh das Krankenhaus zu erreichen, dass noch ein paar Minuten Zeit war, um in Ruhe eine Tasse Kaffee zu trinken und wenigstens zwei private Sätze mit ihren Kolleginnen zu wechseln, war nicht immer leicht. Sie schaffte es genauso oft wie nicht.

Als sie das erste Mal nach rechts einschlug, spürte sie einen leichten Widerstand und hatte den Eindruck, dass etwas am rechten Vorderrad kratzte. Sie hatte das Gefühl, das Lenkrad ganz fest halten zu müssen, damit es sich nicht zurückdrehte. Beim Linkseinschlagen merkte sie nichts, und als sie wieder nach rechts lenken musste, etwas weniger als beim ersten Mal, spürte sie keinen Widerstand und vergaß diesen flüchtigen Eindruck.

Die zweieinhalbjährige Mia, die schräg hinter ihr im Kindersitz festgeschnallt war, fing an zu quengeln: »Mama abeiten, son wieda imma.«

»Aber Miaschatz, du bist doch bei Tante Irmgard und bei Timo, Leo, Lena, Finn und Lasse. Die freuen sich alle auf dich. Willst du nicht schön mit ihnen spielen?«

»Mama arbeiten.«

»Ach Miamein, ich hol dich doch heute Nachmittag schon wieder ab, und dann gehen wir einkaufen und dann kochen wir uns etwas Leckeres.«

»Toffelbrei.«

»Ja, ganz feinen Kartoffelbrei mit Hühnchen und Möhrchen. Das magst du doch.«

»Toffelbrei, Hühnschen, Möhschen. Mia Toffelbrei.« Mia schien besänftigt zu sein.

Andrea bog von der Freiburger Allee links in die Tübinger Straße ein und fuhr stadteinwärts. Wenn alles gut lief, blieben ihr vielleicht ein paar Minuten, um ein paar Sätze mit Mias Tagesmutter zu reden. Mia hatte nicht durchgeschlafen und sie dreimal geweckt. Das war kein gutes Zeichen. Vielleicht brütete sie etwas aus.

Bei Irmgard Götz war Mia tagsüber in guten Händen. Davon war Andrea überzeugt. Trotzdem versetzte es ihr immer einen kleinen Stich ins Herz, wenn es Mia nicht ganz gut ging und sie sich morgens nicht von ihrer Mutter trennen wollte. Das brachte sie ab und zu in Zeitdruck. Aber wenn sie nach acht Stunden im klinischen Labor Mia abholte und sie ihr strahlend in die Arme lief, dann war nicht nur die morgendliche Hektik vergessen, sondern auch die Hetzerei, die ihren Arbeitstag bestimmte. Und unangenehm war nicht nur der Zeitdruck. Es störte sie auch das Gefühl, dass sie als technische Assistentin zum klinischen Hilfspersonal gehörte, dem die Halbgötter in Weiß nicht immer die Achtung entgegenbrachten, die ihm eigentlich zustand. Das fand sie arrogant und ungerecht. Denn wer den Herren und Damen in aller Eile die Grundlagen für ihre Diagnosen lieferte, das war schließlich das Personal des Labors, dem man den Dank meist schuldig blieb.

Darüber konnte sie sich immer wieder aufregen. Und an diesem Ärger war auch ihre Beziehung zu Mias Vater gescheitert. Nach langem Hin und Her hatte sie einsehen müssen, dass der Herr Doktor seine Überheblichkeit nie ablegen würde. Sie gab ihm den Laufpass, obwohl sie damals schon schwanger war. Inzwischen war er völlig aus ihrem Gesichtsfeld verschwunden, was für sie in Ordnung war, solange die Unterhaltszahlungen für Mia regelmäßig auf ihrem Konto eingingen. Und da ließ sich der Herr Doktor zum Glück nicht lumpen.

Als sie nach ihrem Dienst die Waldburgstraße hinunterfuhr, ließ sie all das hinter sich zurück. Sie freute sich darauf, in ein paar Minuten ihre Mia wieder an sich drücken zu können.

Mia sei am Vormittag etwas müde gewesen, habe sich aber beim Mittagsschlaf gut erholt, sagte ihr Irmgard Götz. Mia war schon in ihre Schuhe geschlüpft, Andrea musste nur noch die Schleifen binden. Dabei sagte die Kleine zu ihr: »Toffelbrei, Möhschen.«

»Ach, du weißt das noch! Ja, wir kochen nachher. Aber nicht jetzt gleich. Du kriegst jetzt erst einen Keks. Den magst du doch. Wir gehen jetzt einkaufen.«

Mia strahlte. Einkaufen mochte sie. Viele Sachen sehen. Leute angucken. Zurückstrahlen, wenn die vielen Omas in den Geschäften sie anlächelten oder ihr zuwinkten.

Andrea fuhr nach Sindelfingen hinüber, zu IKEA, weil sie für Mias Zimmer eine neue Lampe brauchte. Der Einkauf war schnell erledigt. Andrea wollte nun auf dem nächsten Weg nach Hause fahren und kochen.

Aber als sie die Serpentine zum Parkdeck hinaufgefahren war, hatte sie wieder diesen Widerstand gespürt und musste das Steuer sehr fest halten, damit ihr Auto auf der gewundenen Bahn blieb. Von Technik verstand sie nichts. Trotzdem war ihr klar, dass sie das nicht schleifen lassen konnte. Offenbar war das Problem am Morgen doch keine Täuschung gewesen. An der ersten Ampel an der Böblinger Straße holte sie einen Schokoladenkeks aus ihrer Tasche und gab ihn Mia. Dann fuhr sie direkt ins Gewerbegebiet auf der Hulb und steuerte ihre Werkstatt an.

»Ich weiß, es ist schon Feierabend«, sagte sie zu dem jungen Kfz-Meister, den sie flüchtig kannte, »aber ich glaube halt nicht, dass ich so noch lange weiterfahren kann. Wenn ich nach rechts einschlage, stimmt etwas mit der Lenkung nicht. Ich habe das Gefühl, dass irgendwas das Rad in die Gegenrichtung drückt.«

Der Kfz-Meister zog die Brauen hoch. »Da müssen wir schon gleich nachschauen. Seit wann ist das so?«

»Seit heute. Heute Morgen beim Ausparken habe ich es bemerkt und vorhin wieder, als ich bei IKEA vom Parkdeck heruntergefahren bin.«

»Na gut, weil Sie es sind«, sagte er gelassen. »Wir schauen uns das Fahrzeug einfach mal von unten an.«

Der alte Passat wurde auf die Hebebühne gefahren und hochgehoben. Der Kfz-Meister hatte seine Lampe noch nicht einmal richtig in der Hand, da stutzte er schon. Andrea verfolgte die Veränderung seines Gesichtsausdrucks gespannt. Er wurde sehr ernst und schüttelte den Kopf.

»Das Ding fass ich nicht an. Wir rufen die Polizei.«

Andrea sah einen runden olivgrünen Metallkörper, der hinter dem Rad im Radlauf befestigt war.

»Was ist denn das?«

»Eine Handgranate.«

Ihr wurden die Knie weich.

17

»Verdammt, noch so ein Scheißfall, muss das denn sein?«, fluchte Kupfer und haute dabei mit der Faust auf den Schreibtisch. »Ich habe schon zwei Fälle. Einen dritten brauch ich nicht. Den soll der Feinäugle alleine machen.«

»Jetzt liegt zur Abwechslung der Herr Feinäugle im Bett. Er ist für den Rest der Woche krankgeschrieben«, sagte Paula Kussmaul ruhig.

»Und am Montag kommt er wieder?«

»Weiß ich nicht. Hoffen wir es einmal.«

Kupfer schnaubte wie ein Kampfstier.

»Warum muss der jetzt gerade krank werden? Außerdem ist das kein Mordfall.«

»Aber doch …« Paula verstummte.

»Was?«

»Nach allem, was ich von Ihnen gelernt habe, handelt es sich aber doch um einen Tötungsversuch. Wenn's geklappt hätte …«

»Was wissen Sie denn?«

»Ich wollte auf jeden Fall nicht in einem Auto sitzen, wenn eine Handgranate im Radlauf explodiert. Sie vielleicht?«

»Sie wissen wohl schon wieder mehr als ich?«, bemerkte Kupfer unfreundlich. Er wandte sich schroff ab und öffnete die Akte.

»Den Namen kenne ich doch! Wenn das ein Zufall ist, dann …«, sagte er vor sich hin. Paula Kussmaul spitzte die Ohren. Aber Kupfer sagte nichts mehr und las weiter.

Es war schon seltsam. Eine dreiunddreißigjährige medizinisch-technische Assistentin setzt sich morgens zwischen sieben und acht in ihr Auto, merkt beim Ausparken, dass das rechte Vorderrad an etwas streift, fährt ihr Kind zur Tagesmutter, geht arbeiten, holt ihr Kind wieder ab und wird erst beim Verlassen eines Parkhauses wieder an diesen eigenartigen Widerstand beim Lenken erinnert. In der Werkstatt wird eine Handgranate entdeckt.

»Nicht nur ein normales Rumpelei, sondern eine besonders gefährliche Splittergranate. Jugoslawische Herkunft, würde ich sagen«, hatte der herbeigerufene Waffenspezialist gesagt. »Ein Glück, dass das Ding nicht explodiert ist.«

Und das geschah ausgerechnet der Frau, die von dem verunglückten Lipp ein Kind hatte und dafür Alimentenzahlungen empfing. Und dabei hatte sie gesagt, dass sie sich absolut nicht erklären konnte, warum irgendjemand diese Bombe an ihrem Auto befestigt hatte. Sie ging ihrem Beruf nach und zog ihr Kind auf, worauf sich ihr Leben in den letzten beiden Jahren reduziert hatte. Sie hatte niemandem etwas getan, sie hatte mit niemandem Streit und war keinem etwas schuldig.

»Die arme Frau. Die muss ja verrückt werden«, sagte Kupfer halblaut vor sich hin. Dann schaute er auf die Uhr.

»Jetzt mach ich erst einmal Mittag. Gehen Sie auch etwas essen?«

»Nein. Heute nicht. Ich habe mir etwas mitgebracht. Bis dann!«

Als Kupfer nach dem Mittagessen zurückkam, saß Paula Kupfer an seinem Schreibtisch und las in der Akte des neuen Falls.

»Muss ich jetzt meine Akten über Mittag einschließen?«, fragte Kupfer mit einem deutlichen Tadel in der Stimme.

»Entschuldigung, soll nicht wieder vorkommen.« Es klang, als sei Paula Kussmaul schuldbewusst. Dann aber fügte sie hinzu: »Ich habe bloß ganz kurz hineingeschaut, mir war halt langweilig. Ich hab heute Morgen den Gäuboten daheim liegen lassen.«

Kupfer räusperte sich sehr laut und stand abwartend da, bis sie seinen Platz frei gemacht hatte.

»Schlimm. Gell, oder?«, versuchte sie mit Kupfer ein normales Gespräch zu beginnen.

»Ja, schon. Zum Glück musste sie zurückstoßen.«

»Wieso ? Sonst hätt's bumm … also … wär's explodiert? Wieso?«

»Das ist ein bisschen kompliziert«, antwortete Kupfer abweisend.

»Technisch kompliziert?«

»Hmm«, brummte er, »technisch eigentlich nicht.«

»Wie dann?«

»Sie sind aber heute wieder mal neugierig.«

»Na ja, so was kommt ja auch nicht alle Tage vor.«

Sie saß aufrecht, als hätte sie ein Lineal verschluckt, und sah Kupfer erwartungsvoll an.

»Also gut«, seufzte er. »Haben Sie eine ungefähre Vorstellung, wie eine Handgranate aussieht?«

»Klar, ich habe doch das Foto in der Akte gesehen.«

»Dann stellen Sie sich mal das Vorderrad als Zifferblatt einer Uhr vor. Okay?«

Paula Kussmaul nickte und zeichnete sofort einen Kreis auf ihren Notizblock. Sie machte ein konzentriertes Gesicht wie eine strebsame Schülerin im Mathematikunterricht.

»Und jetzt stellen Sie sich vor, dass die Handgranate auf der Höhe der Zwölf links von diesem Zifferblatt befestigt ist.«

Paula Kussmaul malte ein Ei an diese Stelle, denn sie hatte mitgekriegt, dass der Waffenspezialist von einem Rumpel-Ei geredet hatte.

»In das Profil von dem Autoreifen war genau auf zwölf Uhr eine Art Dübel eingesteckt worden, und von da lief ein dünner Draht zum Sicherungsring der Handgranate. Jetzt, Frau Kussmaul, aufgepasst! Was passiert, wenn das Auto vorwärts fährt, das heißt, wenn sich das Rad im Uhrzeigersinn dreht?«

Sie zog einen Strich von dem Ei zur Zwölf-Uhr-Position der imaginären Uhr. Dann machte sie mit dem Zeigefinger eine Kreisbewegung im Uhrzeigersinn.

»Ach du meine Güte, der Draht zieht den Sicherungsstift waagrecht heraus und … nicht auszudenken!«

»Und die Granate explodiert. Und deswegen hat sie Glück gehabt, dass sie zuerst zurückstoßen musste. Verstanden?«

Paula Kussmaul starrte auf ihre Zeichnung. Ihr Zeigefinger beschrieb einen Kreis im Gegenuhrzeigersinn.

»Klar«, sagte sie nach einer Weile. »Wenn sich das Rad rückwärts dreht, dann kommt erst wieder Zug auf den Draht, wenn der Dübel auf neun Uhr oder acht Uhr ist und den Draht fast senkrecht nach unten zieht.«

»Eben. Und weil er jetzt im rechten Winkel zu dem Sicherungsstift zieht, verkeilt sich der Stift, geht nicht raus und der Draht reißt den Dübel aus dem Reifen. Und genau das ist passiert.«

»Da hat sie aber wirklich Glück gehabt.«

»Genau. Nur macht sie ihr Glück nicht glücklich. Es bringt sie an den Rand des Wahnsinns. Stellen Sie sich vor, das würde Ihnen passieren. Erst mal haben Sie keine Ahnung, warum Ihnen jemand etwas antun wollte, und dann kommen Sie nur davon, weil so ein blöder Typ sie zugeparkt hat. Wer da nicht ins Spinnen kommt, muss vorher schon verrückt gewesen sein. Wir müssen den Fall so schnell wie möglich klären. Das sind wir der armen Frau schuldig.«

Paula Kussmaul zog die Brauen hoch.

»Aha«, sagte sie.

»Was aha?«

»Sie wollen also den Fall doch ganz gern übernehmen?«

»Ja, hab ich doch schon. Wieso denn nicht?«

»Wegen heute kurz vor Mittag. Ich meine, ich hätte da jemand schimpfen hören, besser noch: fluchen hören.«

Ganz angenehm war es Kupfer nicht, seinen Stimmungswandel vorgehalten zu bekommen. Er lächelte resigniert und zuckte mit den Achseln.

»Was geht mich mein Geschwätz von heute Vormittag an. Das Schmieröl soll halt weiterstinken. Da kann man ja so oder so keinen mehr retten. Das hat Zeit, und wenn die Staatsanwaltschaft noch so drängt. Der Handgranatenanschlag hat jetzt einfach Vorrang. Der Frau muss geholfen werden.«

18

Andrea Lorenz hatte sich für das Gespräch mit Kupfer den Vormittag freigenommen. Sie brachte Mia zu ihrer Tagesmutter, dann fuhr sie in die Talstraße zur Polizeidirektion. Kupfer hatte die schmale Akte eben noch einmal überflogen, als sie gegen halb neun dort ankam.

Schon von der Treppe aus sah Kupfer, wie sie an der Pforte nervös hin- und herging. Sie war nicht sehr groß und trug ihr blond gefärbtes Haar offen, so dass es über den Kragen ihres graublauen Wollmantels fiel. Ihre schwarzen Hosen hatte sie in ihre braunen Stiefel gesteckt. Sie schaute Kupfer unsicher entgegen und folgte ihm in sein Büro, wobei sie sich nach allen Seiten umsah, als wollte sie sich vergewissern, dass sie nicht beobachtet oder gar verfolgt wurde.

Sie saß Kupfer aufrecht gegenüber und spielte nervös mit ihrem Autoschlüssel. Sie hatte ihr Gesicht gepudert, etwas Rouge aufgelegt und die Lippen geschminkt. Trotzdem sah sie müde aus. Ihre Augenränder waren leicht gerötet, und das Make-up konnte die dunklen Ringe nicht ganz überdecken.

Kupfer hatte sich nach reiflicher Überlegung entschlossen, sie nicht nach ihrem Verhältnis zu Lipp zu befragen, und war gespannt, ob sie es von sich aus erwähnen würde.

»Wie geht es Ihnen, Frau Lorenz?«, fragte er freundlich.

Sie atmete tief ein, machte eine hilflose Handbewegung und zog die Achseln hoch.

»Sie brauchen keine Angst zu haben. Wir verstärken die Streifen dort draußen in Ihrem Viertel. Und es ist nicht anzunehmen, dass Ihnen so etwas ein zweites Mal passiert.«

Sie seufzte genervt, winkte ab und schüttelte den Kopf. Sie haben leicht reden, schien sie zu sagen.

»Das versuche ich mir auch immer wieder einzureden«, sagte sie stattdessen. »Alle versuchen das, meine Eltern, meine Kolleginnen, aber es nützt nichts. Ich kann kaum mehr schlafen. Ich brauche bloß die Augen zuzumachen, dann sehe ich mich in mein Auto einsteigen mit meiner Mia im Kindersitz, und ich fahre an, ich fahre vorwärts, und dann reiße ich die Augen auf und versuche, an etwas anderes zu denken, aber dann geht der Film wieder von vorne los, immer wieder, die halbe Nacht. Ohne Schlaftabletten komme ich nicht mehr zur Ruhe. Und wenn ich welche nehme, geht es mir morgens nicht gut. Eine Freundin ist für ein paar Tage zu mir gekommen. Alle sind sehr nett zu mir, aber ich … ich … ich traue mich fast nicht mehr aus dem Haus. Jedes Auto, das hinter mir herfährt, bringt mich fast in Panik. Und bei der Arbeit kann ich mich kaum noch konzentrieren. Ich darf doch keine Fehler machen, sonst schmeißen sie mich raus.«

Sie schluchzte und wischte sich die Tränen ab.

»Entschuldigung, ich bin nicht gekommen, um Ihnen etwas vorzuheulen«, sagte sie dann leise.

»Ist schon gut, weinen Sie, weinen Sie. Darf ich Ihnen einen Kaffee anbieten?«

»Nein danke, ich bin so nervös, ich glaube nicht, dass …«

Ihre Stimme brach.

»Frau Lorenz, wir glauben zunächst einmal nicht, dass der Anschlag Ihnen gegolten hat. Nach allem, was wir über Ihren Beruf und Ihr Leben wissen, nehmen wir an, dass die Täter sich im Auto geirrt haben. Das ist übrigens schon einmal vorgekommen. Damals hat der Anschlag einem von unseren Kollegen gegolten, das nur nebenbei, aber die Granate war am Auto seines Nachbarn befestigt worden. Die ging damals auch nicht los. Sicher war das alles bei Ihnen auch nur ein Irrtum, wenn auch ein sehr gefährlicher. Wir werden uns also in Ihrem Viertel umsehen. Ich denke schon, dass wir der Sache auf den Grund kommen. Wie lange wohnen Sie denn dort?«

»Seit zwei Jahren.«

»Und seit wann fahren Sie Ihr Auto?«

»Noch nicht so lange. Ein starkes Jahr. Ich habe es hier in Böblingen gekauft.«

»Haben Sie es direkt vom Vorbesitzer?«

Sie verneinte die Frage und nannte einen Gebrauchtwagenhändler, der den Kauf vermittelt hatte.

»Mal sehen. Vielleicht ergibt sich auf diesem Weg eine Spur.«

Kupfer lehnte sich in seinem Stuhl zurück, um einen möglichst entspannten Eindruck zu machen, und sagte: »Wir verfahren jetzt ganz einfach. Wir haben ja schon einiges über Ihre Lebensumstände in Kenntnis gebracht. Das gehe ich jetzt mit Ihnen durch, und wenn dann noch etwas übrig bleibt, was Sie für wichtig halten, dann sagen Sie mir das. Einverstanden?«

Die junge Frau hatte ihre Fassung zurückgewonnen und nickte zustimmend.

»Sie arbeiten seit gut zehn Jahren als medizinisch-technische Assistentin im Böblinger Krankenhaus, Sie sind alleinerziehende Mutter, Ihr Kind haben Sie tagsüber bei einer Tagesmutter untergebracht. Sie sind auf der Suche nach einer etwas größeren, aber erschwinglichen Wohnung, wo Sie eventuell mit jemand zusammen einziehen könnten. Sie beziehen vom Vater Ihres Kindes regelmäßig Unterhalt, so dass ihre finanziellen Verhältnisse zu Ihrer Zufriedenheit geregelt sind. Sie waren früher sportlich aktiv, beim Volleyball und im Skiclub, haben aber ihre sportlichen Aktivitäten in den letzten beiden Jahren wegen ihrer Tochter aufgegeben. Auch Ihr Freundeskreis ist dadurch kleiner geworden, aber ohne irgendwelche hässlichen Auseinandersetzungen. Sie haben auch sonst mit niemandem Streit gehabt und können sich auch jetzt nicht denken, warum irgendjemand einen Anschlag auf Sie machen sollte. Stimmt das so?«

Sie nickte.

»Und jetzt noch zu den Details. Sie stellten Ihr Auto abends um sechs dort ab, wo es immer steht, und dort stand es die ganze Nacht. Um Sie herum parken immer dieselben Nachbarn. Der Fahrer, der sich zu dicht vor Sie hingestellt hat, hat sein Cabrio später abgestellt. Jeder von Ihnen hat sozusagen seinen Stammplatz. Die Autos können von den Häusern her eingesehen werden, allerdings liegen die meisten

Wohnräume eben nicht an der Straßenseite, und das Viertel ist nachts sehr wenig belebt.«

Er machte eine Pause und fragte dann: »Wollten Sie dem noch etwas hinzufügen?«

»Eigentlich nicht. Mir fällt nichts ein. Mein Leben ist doch so normal. Ich weiß nicht, warum …«

Wieder verlor sie die Fassung.

»Es ist so absurd«, brachte sie heraus. »Warum passiert das mir, ausgerechnet mir?«

»Ich weiß es nicht. Ich kann Ihnen leider nicht weiterhelfen, aber ich verspreche Ihnen, dass wir alles Mögliche tun, um die Erklärung zu finden. Ich würde Ihnen übrigens raten, psychologische Hilfe in Anspruch zu nehmen. Das steht Ihnen jetzt zu.«

Andrea Lorenz schaute blicklos an Kupfer vorbei und nickte leicht mit dem Kopf.

»Psychologische Hilfe«, sagte sie leise, »vielleicht brauche ich das wirklich. Es kann nicht so weitergehen.«

»Und wenn Ihnen noch irgendetwas einfallen sollte oder Ihnen irgendetwas besonders Angst macht, dann müssen Sie mich sofort anrufen, auch außerhalb meiner Dienstzeit. Die spielt in so einem Fall keine Rolle.«

Kupfers Worte schienen einen beruhigenden Eindruck auf die junge Frau gemacht zu haben. Als sie wegging, wirkte sie doch ein wenig gefasster als bei ihrer Ankunft.

Kupfer schaute ihr nach, wie sie graziös mit leicht schwingenden Hüften zur Treppe ging.

Er hatte nicht den Eindruck gehabt, dass ihm Andrea Lorenz Theater vorspielte. Ihre Ahnungslosigkeit war echt.

Kupfer setzte alle Hebel in Bewegung. Er erkundigte sich nach dem Vorbesitzer des Passats. Es war ein achtzigjähriger biederer Rentner, dem der Anschlag absolut nicht gegolten haben konnte. Im Viertel, wo Andrea Lorenz wohnte, gab es viele junge Paare mit Kindern, junge Beamte, höhere Angestellte, Geschäftsführer kleinerer Unternehmen, Ärzte, Lehrer. Es waren durchweg Vertreter der Mittelschicht, und niemand, aber auch gar niemand war polizeibekannt. Kupfers sämtliche Ansätze, in ihren Lebensumständen eine Spur von dunklen Geschäften zu finden, verliefen sich im Leeren.

Die Kfz-Abteilung des Landratsamts wurde bemüht, einen alten Passat wie den von Andrea Lorenz in diesem Wohnviertel zu suchen oder ein ähnliches Fahrzeug mit einer Kfz-Nummer, die man mit der ihren hätte leicht verwechseln können. Aber auch so etwas war nicht zu finden. Es ergab sich einfach nichts, was auch nur den schwächsten Ansatz für eine Erklärung geliefert hätte.

19

Kupfer stand vor einer Mauer. Seine Anfragen über die Herkunft von Gerlinde Krumms plötzlichem Reichtum blieben ohne zufriedenstellendes Ergebnis. Das habe alles seine Richtigkeit, wurde ihm gesagt. In den letzten zwei Monaten seien mehrere fünf- und sechsstellige Beträge auf dem Konto der alten Dame eingegangen, alle seien von einem Nummernkonto in der Schweiz gekommen, und Kupfer wisse ja, dass das Bankgeheimnis für die Schweizer eine heilige Kuh sei. Wenn das Guthaben dort nicht eindeutig als Fluchtkapital zu erkennen sei, bestehe für die Schweizer überhaupt keine Verpflichtung, über die Kontenbewegungen oder gar den Kontoinhaber Informationen weiterzugeben.

»Mal rein theoretisch gesprochen«, setzte der Filialleiter Armin Schröpp zu einer Belehrung an, als ginge es um eine gottgegebene Tatsache, »wenn es hier um Erträge gehen sollte, die an der Wall Street, in Hong Kong oder etwa in Singapur erwirtschaftet worden sind, dann sind die Schweizer uns gegenüber zu überhaupt nichts verpflichtet.«

»Erwirtschaftet?«, fragte Kupfer.

»Ja, erworben durch Kauf und Verkauf, also erwirtschaftet. Wieso?«

»So habe ich das Wort nie verstanden. Aber danke, man lernt ja nie aus.«

Der Filialleiter lächelte selbstgefällig, legte seinen Terminkalender auf sein Clipboard und signalisierte das Ende des Gesprächs, indem er seinen Füllfederhalter einsteckte.

»Aber was mit den sechsstelligen Beträgen alles bezahlt worden ist, das müssen Sie mir wohl sagen«, verlängerte Kupfer den Termin.

Schröpp griff sich ans Doppelkinn und zögerte kurz.

»Ja, natürlich, selbstverständlich«, sagte er dann, und Kupfer beobachtete, wie sich für einen kleinen Moment seine Beißmuskulatur spannte. Er drehte seinen Stuhl dem Monitor zu und beugte sich über das Keyboard.

»Da gibt es mehrere kleine Barabhebungen – im Zehntausenderbereich«, las er langsam vom Bildschirm ab, »und dann eine große Überweisung an einen Immobilienhändler und dreihunderttausend an eine Frau Laura Hensler.«

»Dreihunderttausend? Gleichzeitig mit der Zahlung an den Immobilienhändler?«

»Fast. Zwei Tage später.«

»Aber die Dreihunderttausend liegen jetzt nicht auf einem Girokonto herum?«

»Um Gottes Willen, das wäre ja sündhaft dumm. Nein nein, die haben wir verzinst angelegt, mit Entnahmeplan.« Er drehte seinen Stuhl wieder Kupfer zu.

»Aha. Das heißt, wenn Frau Hensler zum Beispiel eine Hypothek bedienen müsste, dann könnte sie regelmäßig einen gewissen Betrag entnehmen, während der Rest sich weiter verzinst?«

»Genauso läuft es. Kann ich noch etwas für Sie tun?« Seinem Ton war anzuhören, dass er ein Nein erhoffte.

»Ja, eine Frage hätte ich jetzt fast vergessen. Gab es nach dem 10. November auf Frau Krumms Konto noch Eingänge aus der Schweiz?«

Der Filialleiter wandte sich ein weiteres Mal dem Monitor zu.

»Ja, Anfang Dezember nochmals 200 000 Euro«

»Und Zahlungen?«

Er nickte.

»An ein Möbelhaus, aber nur 23 985 Euro.«

Er warf Kupfer einen forschenden Blick über die Schulter zu. Aber der zuckte mit keiner Miene und bat um einen Kontoauszug. Schröpp druckte ihn aus und überreichte ihn Kupfer.

»Immer wieder gerne«, tat er Kupfers Dank mit professioneller Freundlichkeit ab.

Kupfer blieb unschlüssig vor der Bank stehen. Er hätte große Lust gehabt, sofort zu Laura Hensler zu gehen und ihr von seinem Notizblock knallhart die Zahlen vorzulesen, die er von der Immobilienagentur und der Volksbank bekommen hatte. Aber das wäre nicht klug gewesen, das wusste er. Es war bei seinem Besuch neulich schon deutlich gewesen, dass sie nicht die Wahrheit sagte. Die Dreistigkeit, mit der sie ihn angelogen hatte, hatte er ihr doch nicht zugetraut. Und genau das ärgerte ihn. Er mochte sich gar nicht daran erinnern, dass er sehr gerne zu der attraktiven jungen Frau gegangen war. Einem heruntergekommenen Mann gegenüber wäre er zweifellos misstrauischer gewesen. Diesen Mangel an Professionalität musste er sich vorwerfen, und das war bitter. Wenn er mit sich wieder ins Reine kommen wollte, dann musste er diesmal gewitzter vorgehen. Ihr nun die Fakten um die Ohren schlagen, ging gar nicht. Er musste eine feinere Strategie finden, um ihr Lügengebäude zum Einsturz zu bringen.

Es war kurz nach vier. Da würde er Laura Hensler noch nicht zu Hause antreffen. Eine halbe Stunde würde er wohl noch warten müssen, und das war gut so. Das ließ ihm Zeit, seinen Ärger hinunterzuschlucken und sich in aller Ruhe eine Gesprächsstrategie zurechtzulegen. Ab und zu tat er das, obwohl er wusste, dass sich seine Strategie am Ende immer spontan nach der augenblicklichen Situation richtete.

In der nächsten Bäckerei beruhigte er sich mit einem Kaffee und einer Butterbrezel. Er genoss diese Pause und fand die notwendige Gelassenheit, um sich ein paar Formulierungen zurechtzulegen.

Das Wetter war seit seinem letzten Besuch schlecht gewesen. Trotzdem waren dem Haus zwei Wochen Baufortschritt deutlich anzusehen. Das Gerüst der Gipser war inzwischen abgebaut worden, und wo neulich nur Schotter gelegen hatte, erreichte man nun die Haustür über einen breiten Weg aus rötlichen Formsteinen. Am Bordstein stand ein Lieferwagen, ein weißer Mercedes Sprinter, der offensichtlich einem Autoverleih gehörte. Zwei junge Männer waren eben dabei, einen Lattenrost auszuladen.

Kupfer parkte eine gute Autolänge dahinter. Er nickte den beiden aufmunternd zu und ging ihnen voran zur Haustür. Sie stand offen. Schnell stieg er in den zweiten Stock hinauf. Laura Henslers Wohnungstür war ebenfalls weit geöffnet und wurde von einem kleinen Holzkeil in ihrer Position gehalten. Jetzt ziehen die Kolleginnen tatsächlich ein, dachte Kupfer, die Hensler wird sogar Vermieterin. Er blieb auf der Schwelle stehen und klopfte an den Türpfosten.

»Kommen Sie bitte herein, ich kann gerade nicht.«

Er ging der Stimme nach. In einem kleinen Zimmer gegenüber der Wohnungstür stand Laura Hensler auf einem Stuhl, fest darauf konzentriert, einen Vorhang in eine Gardinenschiene einzufädeln. Kupfer war schon direkt hinter ihr, als sie sich endlich, die Gardine noch haltend, nach ihm umdrehte. Wie vom Donner gerührt, ließ sie einen Moment die Gardine los, so dass die letzten Röllchen, die sie eingefädelt hatte, wieder von der Schiene rutschten. Schnell griff sie danach, wobei ihr Stuhl ins Kippeln kam.

»Vorsicht, Frau Hensler«, sagte Kupfer ruhig und hielt den Stuhl fest. »Die schlimmsten Unfälle passieren im Haushalt bei so gefährlichen Übungen wie dieser hier. Grüß Gott!«

»Einen Moment bitte, Sie sehen ja, dass Sie zu keinem günstigen Zeitpunkt kommen«, sagte sie mit gepresster Stimme.

»Lassen Sie sich nur Zeit und hängen Sie die Gardine vollends auf. Es wäre doch schade, wenn alles wieder herausrutschen würde. Lassen Sie sich ja nicht von mir hetzen.«

Mit diesen Worten ergriff er den Teil der Gardine, der noch nicht eingefädelt war, und hielt ihn etwas hoch, damit die junge Frau ihre Arbeit mit weniger Mühe zu Ende bringen könnte.

»Das freut mich doch jetzt richtig, dass ich Ihnen bei der Verschönerung Ihres Heims behilflich sein kann«, flötete er.

Sie schaute misstrauisch über die Schulter auf ihn hinunter. Mit seiner Unterstützung wäre sie wesentlich schneller vorangekommen, wenn ihr seine Anwesenheit nicht so unangenehm gewesen wäre. Kupfer sah, wie ihre Hände zitterten und die Röllchen nicht mehr so einfach ihren Weg in die Schiene fanden. Verkrampft hielt sie den Atem an.

»Sie müssen bei so einem kniffligen Geschäft ganz ruhig durchatmen. Das macht eine ruhige Hand«, spielte er den freundlichen Coach und konnte sehen, wie sie sich auf die Unterlippe biss. Schließlich hatte sie ihre Arbeit erledigt und stieg vom Stuhl.

»Was wollen Sie von mir?« Ein aggressiver Unterton war nicht zu überhören.

»Das lässt sich nicht in einem Satz sagen.«

Einer der beiden jungen Männer schaute herein.

»Ist was, Laura?«

»Nein, schon gut. Macht weiter. Stellt die Sachen einstweilen auf den Flur.«

Dann wandte sie sich wieder Kupfer zu.

»Also, was wollen Sie?«

»Da muss ich ein bisschen ausholen. Es gibt da ein paar Unstimmigkeiten in Ihren Aussagen, über die wir miteinander reden sollten.«

»So? Zum Beispiel?«

»Können wir uns nicht hinsetzen?«, wich Kupfer aus, worauf sie wortlos ins Wohnzimmer voranging.

Das Wohnzimmer war inzwischen perfekt eingerichtet. Zwei großformatige abstrakte Gemälde über der ausladenden Sitzgruppe gaben dem Raum eine unverwechselbare Note.

»Echt?«, fragte Kupfer.

»Echt, aber nicht gekauft, falls Sie das meinen. Sie gehören einem Bekannten, einem Maler, der mehr Bilder hat, als er lagern kann. Wie die meisten.«

»Macht sich gut, so etwas könnte ich mir auch einmal ausleihen, wenn Sie mir den Namen des Künstlers verraten würden«, sagte Kupfer.

Sein Verzögerungsmanöver machte sie nervös. Ihr Körper saß ruhig da, aber der Daumen ihrer rechten Hand rieb ständig am Zeigefinger, als würde sie vom Bezahlen reden. Kupfer nahm es mit Genugtuung war. Er fragte nichts, sondern spielte den Kunstfreund.

»Acryl oder Öl? Wohl eher Acryl. Die Oberfläche hat so etwas Trockenes an sich. Aber das hat ja auch was. Diese subtilen Nuancen dieser weißen Flächen« – er deutete auf eines der Bilder –, »die finde ich sehr gelungen. Wie verschiedene Strukturen eines Gipsbewurfes. Das kann auch nicht jeder. Abstrakt, heißt es ja, sei nicht mehr in. Aber die beiden Bilder haben trotzdem etwas Avantgardistisches an sich. Sehr gut! Da kann man Ihnen nur gratulieren.«

»Sie gehören mir doch gar nicht«, sagte sie etwas verwirrt.

»Aber der Raum drum herum. Kunst braucht ihren Raum, das wissen Sie doch, und Ihr Wohnzimmer, könnte man sagen, passt ideal um diese Bilder herum. Und das Zimmer ist doch Ihres, das kann ich doch sagen, auch wenn wir die Besitzverhältnisse noch nicht ganz miteinander geklärt haben.«

Ihre Augenlider zuckten fast unmerklich. Der Daumen hörte auf, den Zeigefinger zu reiben. Sie sagte nichts, schob die Unterlippe vor und blickte auf die Bilder, als wären sie eben erst aufgehängt worden. Es entstand eine Pause.

Kupfer wartete darauf, dass sie ihn wieder ansehen würde, aber sie schaute nur an ihm vorbei.

»Wussten Sie übrigens«, setzte er deshalb in freundlichem Tonfall neu ein, »dass es auf Herrn Krumms funkelnagelneuer digitaler Spiegelreflexkamera ein paar hübsche Bilder von Ihnen gibt? Nein? Dabei sind es wirklich schöne Bilder von Ihnen. Sie sind sehr fotogen, mein Kompliment! Auf einem, zum Beispiel, drehen Sie in einem großen leeren Zimmer mit ausgebreiteten Armen eine Pirouette. Es war aber nicht diese Wohnung hier. Es war in einem Haus mit fertig angelegtem Vorgarten. Es sieht ganz so aus, als wären Sie mit Herrn Krumm zusammen auf Wohnungssuche gewesen.«

Jetzt wandte sie sich Kupfer zu und zuckte trotzig mit den Schultern.

»Kann schon sein. Na und?«

»Ich frag mich halt, liebe Frau Hensler, warum Sie ausgerechnet den Mann, mit dem Sie zweifellos zusammenleben wollten, bei unserer letzten Begegnung so schlecht gemacht haben. Sie haben mir den Eindruck vermittelt, Herr Krumm sei nur ein unzuverlässiger und unberechenbarer Loser gewesen, mit dem es keine Zukunft gegeben hätte. Dabei war er doch sicher ein sehr liebenswürdiger Mensch, und man soll doch über Tote nichts als Gutes sagen.«

»Dass Sie jetzt versuchen, mir ein schlechtes Gewissen zu machen, ist das Letzte, was ich brauchen kann«, sagte sie Kupfer gerade ins Gesicht.

»Verzeihung, das will ich wirklich nicht. Ich verstehe nur nicht, wie eine hübsche Frau wie Sie so hässliche Lügen erzählen kann.«

Damit schien Kupfer sie besonders gereizt zu haben.

»Okay, ich gebe zu, wir waren noch zusammen. War's das dann?« Der Ärger in ihrer Stimme war nicht zu überhören.

»Nein, leider nein«, sagte Kupfer ruhig. »Das war nur ein Detail, wenn auch ein interessantes. Wissen Sie, liebe Frau Hensler, mich interessiert vor allem Folgendes: Ihr Lebensgefährte – oder Lebensabschnittsgefährte, ich weiß ja nicht –

Theo Krumm jedenfalls, der am 10. November mitten im Schönbuch ermordet wurde – dass mir das sehr leid tut, sagte ich schon –, hat Mitte Oktober diese Wohnung mit Geld bezahlt, das seiner Großtante, einer Frau Gerlinde Krumm, Insassin eines Pflegeheims, gehört haben soll, und als Wohnungseignerin zeichnen Sie, Frau Hensler. Sechzig Prozent des Kaufpreises hat Herr Krumm sofort an den Immobilienhändler überwiesen, weitere 300 000 landeten bei Ihnen und wurden mit einem Entnahmeplan angelegt. Und besonders interessant finde ich, dass es auch nach Herrn Krumms Tod noch Kontenbewegungen gegeben hat. Wollen Sie das selbst nachlesen?«

Er zog die Kontoauszüge aus der Tasche und streckte sie ihr entgegen. Sie lehnte kopfschüttelnd ab.

»Ist auch unnötig. Sie sind ja bestens informiert.« Er steckte sie wieder ein.

»Warum haben Sie so getan, als könnten Sie nicht einmal für die Miete allein aufkommen?«

Sie verhakte ihre Hände ineinander und blickte mit zusammengekniffenen Augen an Kupfer vorbei. Nur die Schritte der beiden jungen Männer im Treppenhaus waren zu hören.

»Sie brauchen keine Angst zu haben«, sagte Kupfer, als wollte er sie trösten. »Wir wissen, dass Sie Ihren Freund nicht umgebracht haben. Das steht nach der DNA-Analyse fest.«

Überrascht schaute sie ihn an.

»Sie haben von mir eine DNA …?«

»Routinesache in solchen Fällen«, bestätigte Kupfer trocken. »Aber meinen Sie nicht, dass es nun das Einfachste wäre, wenn Sie mir diesen Wohnungskauf mit allem Drum und Dran erklären würden?«

»Theo hat die Wohnung mit dem Geld seiner Großtante gekauft.«

»Da sagen Sie mir nichts Neues. Warum ist die Wohnung auf Ihren Namen eingetragen?«

»Das ist halt so«, holte sie stöhnend aus und erklärte dann Satz für Satz in belehrendem Ton: »Theo sollte das Vermögen seiner Großtante erben. Und weil das nicht die direkte Linie gewesen wäre, hätte er viel Erbschaftssteuer zahlen müssen, auch bei einer Schenkung. Sie glauben ja nicht, wie das Finanzamt sonst zugreifen würde. Deswegen hat sie ihm die Wohnung bezahlt und auf meinen Namen laufen lassen, denn wenn sie auf den Namen Krumm laufen würde, dann wäre die Sache für das Finanzamt zu durchsichtig. So haben wir es probiert. Vielleicht hätte es auch geklappt. Das ist alles.«

»Schön für Sie! Glück im Unglück sozusagen. Wenn die Wohnung nicht auf Sie eingetragen worden wäre, dann würde sie jetzt Frau Krumm gehören. Das freut mich für Sie. Ich verstehe bloß nicht, warum die Großtante Gerlinde jetzt erst so großzügig war? Sie haben mir doch neulich erzählt, dass Ihre Beziehung mit Herrn Krumm vor allem darunter litt, dass Sie keine gemeinsame Wohnung finden konnten, die für sie bezahlbar gewesen wäre. Warum ist denn damals die Großtante nicht eingesprungen?«

»Weil sie halt nicht wollte. Sie hatte panische Angst zu verarmen«, antwortete sie in einem Ton, als würde sie etwas Selbstverständliches erklären. »Wie Sie sicher auch wissen, findet man das bei alten Leuten immer wieder, gerade auch bei denen, die viel Geld in der Hinterhand haben. Theo hat sie jahrelang bekniet, ihm eine Wohnung zu finanzieren. Er war sogar bereit, ihr jeden Monat einen gewissen Betrag als Miete zu überweisen. Das hätte sich für uns immer noch gerechnet. Aber sie blieb ängstlich auf ihrem Geldsack hocken, bis er ihr endlich die Sache mit der Umgehung der Erbschaftssteuer klarmachen konnte.«

Kupfer fiel auf, dass sie auf einmal wie gedruckt redete, ohne auch nur einen kleinen Moment nach einem Wort zu angeln. Diese Story hatte sie sich offensichtlich gut zurechtgelegt.

»Frau Hensler, wissen Sie, dass ich im Pflegeheim war und versucht habe, mit Frau Krumm zu reden? Ich kann mir nicht vorstellen, dass man sie noch von einem solchen Schachzug überzeugen konnte. Mir hat sie nur gesagt, dass sie mit Theo zusammen davonlaufen will, und zwar in die Schweiz, weil dort das Geld auf der Straße liegt.«

»Natürlich ist sie verwirrt«, stimmte ihm die junge Frau zu. »Ich selbst kann auch nicht mehr vernünftig mit ihr reden, obwohl sie mich früher kannte und gernhatte. Aber Theo konnte es. Das war phänomenal. Er war ihre einzige Freude. Vielleicht wurde sie deshalb immer klar im Kopf, wenn er mit ihr sprach.«

Kupfer schien ihre Antwort zu ignorieren und fragte weiter: »Sie kennen doch sicher Theos Elternhaus, dieses winzige Einfamilienhäuschen in Döffingen?«

Sie nickte.

»Und Sie wissen auch, dass Theos Mutter wieder arbeitet?«

Sie zog die Stirn kraus und schaute Kupfer fragend an. Sie wusste nicht, worauf er hinauswollte.

»Sehen Sie, das sind doch recht kleinbürgerliche Verhältnisse, wo man kein großes Vermögen im Hintergrund vermuten würde. Da die Großtante Gerlinde ja keine Kinder hatte, hätte sie doch Theos Vater bei der Finanzierung eines größeren Hauses helfen können.«

»Das hat sie doch auch. Das Haus steht auf ihrem Grundstück. Sonst hätte es Theos Vater gar nicht bauen können.«

»So, so«, sagte Kupfer und nahm sich stillschweigend vor, diese Aussage zu überprüfen. »Aber jetzt würde mich doch noch interessieren, woher der Wohlstand dieser Großtante kommt. Wissen Sie das?«

»Natürlich, Theo hat es oft erzählt. Gerlinde Krumm hatte einen zwölf Jahre älteren Bruder, Albert Belser hieß er; sie selbst war ein Nachkömmling. Und dieser Bruder ist 1931 nach Brasilien ausgewandert, weil er in Deutschland keine Chancen für sich sah. Er muss ein geschickter Händler gewesen sein, der eine Nase für lohnende Geschäfte hatte. Die einzelnen Umstände kenne ich nicht. Ich weiß nur, dass er in den Edelsteinhandel eingestiegen ist und bis 1939 Rohedelsteine nach Deutschland geliefert hat und nach 1945 wieder. Er hatte keine Familie, und als er in den Sechzigerjahren bei einem Autounfall ums Leben kam, hat seine Schwester alles geerbt. Während des Krieges hatte er sein ganzes Vermögen in die Schweiz geschafft, und da liegt sicher noch viel Geld, das Theo geerbt hätte.«

»Ist das wahr? Das ist ja eine tragische Geschichte. Unglaublich, wie viel Unglück manchmal in einer einzigen Familie passiert.«

Kupfer nahm wahr, wie sich ihre Augen für den Bruchteil einer Sekunde weiteten. Dann hatte sie sich wieder im Griff.

»Erst kommt derjenige um, der diesen Reichtum zusammengetragen hat«, fuhr er fort, »und dann wird der ermordet, der den ganzen Segen hätte erben können. Man würde es nicht glauben, wenn es nicht wahr wäre.«

»Tja, so war es eben. Sonst kann Ihnen nichts Weiteres sagen«, versuchte sie das Kapitel abzuschließen, indem sie bedauernd die Schultern hochzog und ihre Handflächen zeigte.

Aber Kupfer hakte weiter nach.

»Da bleibt aber doch noch etwas Merkwürdiges übrig. Die alte Dame sagte mir, dass Theo alles Schriftliche für sie erledigte und sie schon lange nichts mehr unterschreibt. Und trotzdem gibt es auf ihrem Konto nach Theos Tod noch einen Eingang von 200 000 Euro, aber nicht nur das, sondern von dem Betrag wurden Ihre schönen Möbel hier bezahlt. Haben Sie dafür eine Erklärung?«

Nun wurde Laura Hensler doch etwas rot und zögerte mit ihrer Antwort.

»Über die Toten soll man nichts als Gutes sagen, haben Sie vorher gesagt«, sagte sie schließlich. »Und es fällt mir schwer … gut, ich muss zugeben, dass das nicht ganz einwandfrei war. Es war nämlich so: Theo hatte ein paar von seiner Großtante unterschriebene Blankoüberweisungen. Und … ach, Sie wissen es sowieso schon, mit einer davon habe ich meine neuen Möbel bezahlt. Aber das war ganz in seinem Sinn, das hatten wir gemeinsam vorgehabt. Und seine Großtante hatte ja auch versprochen, dass sie ihm für ein paar neue Möbel Geld geben würde, wenn er erst die Wohnung hätte.«

»Und Sie haben ihn dann sozusagen stillschweigend beerbt.«

Sie schaute vor sich nieder und verhakte wieder ihre Finger ineinander.

»Und die 200 000? Was hatten Sie mit denen vor?«

»Nichts, absolut nichts. Die liegen ja noch auf Frau Krumms Konto.«

»Und da sollten sie auch liegen bleiben«, sagte Kupfer.

»Bitte zeigen Sie mich nicht an«, bat sie mit einem Augenaufschlag. »Ich zahle die 24 000 Euro ja auch zurück.«

»Was Sie zurückzahlen müssen, ist nicht meine Sache. Mir geht es um keine solche Kleinigkeit wie Ihre Möbel, sondern um Mord. Beenden wir für heute unser Gespräch. Je nachdem, was sich noch ergibt, werde ich noch einmal auf Sie zukommen.«

Sie sah vor sich hin und nickte, als wollte sie ihm zustimmen.

»Gut«, sagte er im Aufstehen, »ich fertige über unser Gespräch ein Protokoll an und muss dann aber noch einmal vorbeikommen und Sie unterschreiben lassen.«

»Das ist nicht nötig«, sagte sie schnell. »Ich muss morgen ohnehin in die Stadt.«

»Aber Sie wissen, dass wir ganz am Ende der Talstraße zu finden sind?«

»Ja, ich weiß. Es macht mir nichts aus. Ich komme bei Ihnen gleich morgen früh vorbei.«

Aha, dachte Kupfer, hier will sie mich absolut nicht mehr sehen. Als er die Wohnung verlassen wollte, war das Treppenhaus blockiert. Die beiden jungen Männer schleppten einen kleinen Schrank herauf. Da drehte sich Kupfer noch einmal zu Laura Hensler um und sagte: »Es freut mich, dass tatsächlich jemand bei Ihnen einzieht. Sonst wäre diese Wohnung doch ein wenig zu groß.«

»Ja«, antwortete sie und lachte dabei, obwohl es dafür keinen Grund gab. »Eine Bekannte, die auch in der Klinik arbeitet, zieht bei mir ein.«

Damit verschwand sie in ihrer Wohnung.

»Kann man Ihnen helfen?«, fragte Kupfer die beiden jungen Männer, die mühsam den kleinen Schrank um die Ecke kanteten.

»Danke, nein. Es geht schon.«

»Darf man fragen, wer von Ihnen hier einzieht?«

»Keiner«, keuchte der eine.

»Wer dann?«

»Ein Kollegin von Laura, Andrea Lorenz«, sagte der andere.

»Soso«, sagte Kupfer und trat auf die Seite, damit die beiden Andrea Lorenz' Schrank durch die Wohnungstür bugsieren konnten.

20

»Klöppner hat Sie gestern sprechen wollen. Ich habe gesagt, dass ich nicht weiß, wo Sie sind.«

»Herr Staatsanwalt Dr. Klöppner heißt das, bitte«, sagte Kupfer und räusperte sich laut.

»Dann eben Dr. Klöppner.«

»Wann war das?«

»Gegen fünf.«

»Da hatte ich mein Handy leise gestellt, weil ich beim Gardinenaufhängen helfen musste.«

»Aber nicht daheim?«

»Nein, bei der hübschen Frau in der neuen Wohnung.«

»Haben Sie wieder ein Taschentuch entwendet?«

Darauf antwortete Kupfer nicht.

»Und wie war die Teestunde diesmal?«, fragte Paula Kussmaul weiter.

»Nichts war's mit Teestunde. Aber umso interessanter. Stellen Sie sich vor, Theo Krumms Großtante ist richtig reich. Sie hat einen älteren Bruder beerbt, ihren einzigen, der von

1931 bis zu seinem Tod in den Sechzigerjahren in Brasilien im Edelsteingeschäft rumgemacht hat und dabei richtig edelsteinreich geworden ist. Er war ein armer einsamer Mensch und hatte niemanden auf der Welt als seine kleine Schwester Gerlinde. Und so hat sie das ganze Vermögen geerbt, das jetzt noch zum größten Teil in der Schweiz gebunkert ist. Und deswegen wollte die gute Tante Gerlinde mit ihrem Theo in die Schweiz, weil es dort Geld gibt.«

»Und das ist die Wahrheit?«

»Nichts als die Wahrheit.«

»Und Angela Merkel ist Miss Germany.«

»Habe ich da was verpasst? Von welchem Schönheitswettbewerb ist hier die Rede?«, fragte Feinäugle, der eben hereinkam. Er hatte den letzten Satz gehört und wusste ihn einzuordnen.

»Du hättest dabei sein sollen, als ich die schöne Laura besuchen durfte,« setzte ihn Kupfer ins Bild. »Die Frau lügt wie gedruckt. Aber der Reihe nach: Ich habe mich zuerst nach den Finanzen der alten Krumm erkundigt. Du hättest diesen Banker sehen sollen, wie er sich gewunden hat. Wenn er nicht genau gewusst hätte, dass ich auch mit einer gerichtlichen Verfügung oder einem Zettel vom Staatsanwalt kommen könnte, hätte er mir nichts gesagt. Ich sage dir, der Typ freut sich sogar über das Schweizer Bankgeheimnis und fühlt sich wie Graf Koks von der Gasanstalt, wenn er sich gnädig herablässt und uns mal ein paar Fragen beantwortet. Dass wir ein Recht darauf haben, hat er völlig verdrängt. Als der junge Krumm sich 18 000 Euro holte, um sein Auto zu bezahlen, und die Hensler von dem Konto 24 000 Euro für Möbel überwies, waren das kleine Kontobewegungen für ihn – im Zehntausenderbereich. Und wenn aus dem Schweizer Nebel heraus plötzlich Hunderttausende auf das Konto einer debilen alten Frau schneien, dann begrüßt er das als ganz normalen Geschäftsvorgang. Alles, was den Umsatz der Bank vergrößert, ist willkommen. Woher es kommt, ist ihm wurscht.«

»Und woher kommt es? Weißt du's?«

»Nicht genau, aber ich ahne es und weiß eine schöne Story. Die schöne Laura hat die Standardgeschichte von der reichen Erbtante mit nur einem Neffen in die Vergangenheit verlängert. Gerlinde Krumm, die ihren ganzen Reichtum ihrem hilfsbereiten Großneffen Theo zur Verfügung stellte, war nämlich ihrerseits die einzige Erbin ihres einsamen Bruders, der in Brasilien mit Edelsteinen ein Vermögen machte. Und dann diese Tragik! Dieser erfolgreiche Wertschöpfer, Großonkel Albert, konnte seinen Reichtum nicht mehr voll genießen, weil er bei einem Autounfall ums Leben kam, die Erbin kann ihn nicht mehr genießen, weil sie den Geldsegen nicht mehr begreift, und der Großneffe hat auch nicht mehr viel davon, weil er aus völlig unerklärlichen Gründen ermordet wird, direkt nachdem ihn der warme Regen etwas angefeuchtet hat.«

Feinäugle schüttelte lächelnd den Kopf. »Lebt Rosemarie Pilcher eigentlich noch?«

»Soviel ich weiß, ja«, sagte Paula Kussmaul.

»Dann schicken wir ihr diese Story als Exposé für einen Roman. Die schöne Laura darf sich den Titel ausdenken.«

»Und zwar mit ihrer Mitbewohnerin zusammen«, sagte Kupfer.

»Was für eine Mitbewohnerin?«

»Andrea Lorenz.«

»Jetzt schlägt's aber dreizehn.«

»Und deswegen bin ich ganz scharf auf eine Hausdurchsuchung bei den beiden Damen. Klöppner erwartet ohnehin meinen Anruf. Mal sehen, vielleicht erwische ich ihn gleich.«

Kupfer hatte die Nummer kaum gewählt, da hielt er sich den Hörer zehn Zentimeter vom Ohr weg. Feinäugle und Paula Kussmaul konnten mithören, ohne dass Kupfer den Lautsprecher anstellte.

»Sehr gut, dass Sie mich sofort anrufen. Es geht natürlich um die Angelegenheit mit dem Lenkgetriebe. Mir ist sehr daran gelegen, dass dieser hässliche Fall von Pfuscherei bald geklärt wird. Wie weit sind Sie denn damit?«

»Leider nicht weiter als bei unserem letzten Gespräch. Ich sagte Ihnen doch schon, dass es hierbei um technische Details geht, von denen wir Kriminalisten wenig verstehen. Das ist Sache der Gutachter. Und wenn die Gutachter den Mechaniker belasten, dann akzeptieren wir das, aber genauso gut das Gegenteil.«

»Untersuchen Sie doch das Umfeld, die Szene, wenn es etwas Derartiges gibt.«

»Herr Dr. Klöppner, das haben wir doch schon, und Sie wissen doch, dass wir personell nicht so ausgestattet sind, dass wir auf diesen Fall noch sehr viel Zeit verschwenden können. Wir haben ein ganz anderes Problem. Es besteht die Möglichkeit, dass der Schönbuchmord mit dem Handgranatenanschlag auf die junge Mutter zusammenhängt. Um diesen Zusammenhang offenlegen zu können, wäre eine Hausdurchsuchung der nächstliegende Schritt. Frau Lorenz, der der Anschlag galt, ist nämlich bei Frau Hensler eingezogen. Und ihre Wohnung wurde von dem Mann bezahlt, der im Schönbuch ermordet worden ist. Und dabei ist ganz klar, dass das Mordopfer sich das Geld widerrechtlich angeeignet …«

»Haben Sie weitere Anhaltspunkte?«

»Nein. Wir suchen eine Festplatte, die wir in dieser Wohnung zu finden hoffen.«

»Lieber Herr Kupfer, bitte schicken Sie mir einen schriftlichen Antrag, den ich dann gerne prüfe und eventuell ans Gericht weiterleite. Das scheint ja eine vage Annahme zu sein, und Sie wissen, wenn keine Gefahr im Verzug ist …«

»Doch. Ich sehe schon Gefahr im Verzug. Die beiden Frauen wissen doch, dass wir von der Wohngemeinschaft Hensler-Lorenz wissen. Wenn man irgendwo Material finden kann, das den plötzlichen Wohlstand des Ermordeten erklären kann, dann dort.«

»Aber deswegen kann ich nicht so einfach eine Hausdurchsuchung anordnen. Ich bitte um einen förmlichen Antrag ans Gericht. Und jetzt entschuldigen Sie mich bitte. Ich habe in fünf Minuten einen wichtigen Termin. Guten Tag!«

Ehe Kupfer diesen Gruß erwidern konnte, hatte der Staatsanwalt aufgelegt.

»Mist! Habt ihr das gehört? Ich habe keine Lust, diese ganze Geschichte aufzuschreiben. Das muss einfacher gehen.«

21

»Ich will jetzt wissen, was unsere beiden Freundinnen miteinander zu tun haben«, sagte Feinäugle und setzte sich resolut an Kupfers PC. »Darf ich?«

»Klar. Worum geht's?«

»Bei Facebook recherchieren. Wetten, dass wir da was finden? Wie alt sind die beiden?«

»Mitte dreißig.«

»Na, dann könnten wir gerade noch Glück haben.«

Kupfer und Paula Kussmaul schauten Feinäugle neugierig an.

»Facebook wurde anfangs vor allem von den Fünfzehn- bis Dreißigjährigen benutzt, sozusagen als das ›Who's Who‹ der Bedeutungslosen. Sie wollten irgendwo dabei sein und beachtet werden. Als der Facebook-Hype losging, waren die beiden Damen also noch in ihren Zwanzigern. Da haben sie sich sicher noch gepostet.«

»Aha. Und du? Bist du etwa auch bei Facebook?«, fragte Kupfer.

»Klar, aber nur, um auszuprobieren, was wir damit anfangen können. Ich habe natürlich nur das absolute Minimum über mich gepostet, und schon gar kein deutliches Foto.«

Feinäugle loggte sich bei Facebook ein.

»Ab und zu recherchiere ich damit, manchmal bringt es was, aber nur manchmal. Die meisten, die da drin sind, sondern nur Banalitäten ab. Sie brauchen ihren Auftritt halt für ihr Ego. Es schmeichelt doch wahnsinnig, wenn man bei seinem Namen eine lange Liste von Friends stehen hat. Dass das aber nicht mehr bedeutet, als dass man vielen Leuten halt über den Weg gelaufen ist, macht sich in dieser Pseudogemeinschaft niemand klar.«

»Aber hört man nicht immer wieder, dass so eine Liste ein Ansatz zu einem Netzwerk sein kann?«, warf Kupfer ein.

»Vielleicht anderswo. Aber diese Friends-Listen bei uns hier haben garantiert nichts mit richtigen Netzwerken zu tun. Um ein effektives Netzwerk aufzubauen, muss man schließlich mehr wollen, als nur sich selbst darzustellen. Und wer will hier schon mehr? Das deutsche Facebook nennt sich zwar soziales Netzwerk, ist aber zu einer starken Hälfte nichts als eine Exhibitionistenplattform. Eine politische Generation Facebook wie in den arabischen Staaten gibt es bei uns nicht.«

»Aber es wurden auch schon Demonstrationen über Facebook organisiert. Oder irre ich mich da? Und was ist mit den Flashmobs?«

»Demonstrationen? Wo denn? Mindestens keine wichtigen. Am typischsten für die deutsche Facebook-Gemeinde scheinen mir die Flashmobs zu sein. Es ist zwar witzig, wenn sich zum Beispiel auf dem Tübinger Marktplatz schlagartig mehr als hundert Pärchen um den Hals fallen und herumknutschen. Das macht Spaß, da guckt man gerne zu. Aber es ist belanglos. Facebook bewegt in unserm Land eigentlich nichts, obwohl es Millionen Nutzer hat. Meistens werden nur Belanglosigkeiten mitgeteilt oder die Leute verabreden sich fürs Wochenende. Wie oberflächlich das ist, kannst du an den Friends-Listen sehen. In manchen Cliquen läuft offensichtlich ein Wettbewerb, wer die längste Friends-Liste vorweisen kann. Ich habe von einer gehört, die sich mit 928 Freunden brüstet.«

»Wenn sie die alle im Kopf hat …«, kommentierte Kupfer.

»... dann wird es eng im Oberstübchen«, führte Feinäugle lachend den Satz zu Ende. »Und apropos brüstet«, fuhr er fort, »mein Neffe Olaf, der ist gerade vierundzwanzig, der redet immer vom Cyber-Fleischmarkt und hat mir neulich Bilder von Mädchen gezeigt, die mit ihm zusammen Abitur gemacht haben. Da haut es dich glatt um. Mädchen, die zum Teil ein Einserabitur gemacht haben, präsentieren sich in knappen Bikinis oder mit einer neuen Frisur und lächeln wie die Nutten auf den einschlägigen Fernsehkanälen. Dass sie noch etwas anhaben, ist fast nicht mehr selbstverständlich.«

»Du erwartest aber nicht, dass du von der Lorenz und der Hensler solche Nuttenfotos findest?«

»Nein, das nicht, mich interessieren ihre Relations. Wenn wir Glück haben, dann haben sie sich dort in ihren späten Zwanzigern selbst präsentiert, oder wir finden sie auf Fotos von anderen, die dort ihren Lifestyle zur Schau stellen.«

»Gut, dann mach mal.«

Feinäugle gab »Laura Hensler« in die Suchfunktion ein, und schon erschien ihr Name neben einem netten Foto.

»Das Foto muss ein paar Jahre alt sein«, bemerkte Kupfer.

»Offensichtlich. Die schöne Laura hält ihre Selbstdarstellung nicht gerade auf dem neuesten Stand. Da fehlen einige Updates, könnte man sagen. Aber das ist verständlich. Sie wusste ja inzwischen, wo sie hingehörte – wenigstens bis zu Krumms Tod.«

Laura Hensler wurde am 30. Mai 1977 geboren, machte 1996 am Schönbuch-Gymnasium in Holzgerlingen ihr Abitur, begann dann eine Ausbildung zur Krankenschwester und arbeitete eine unbestimmte Zeit in der Uni-Klinik in Tübingen. Weitere Angaben fehlten. Mit ihren weniger als fünfzig Friends stellte sie sich als eine mäßige Facebook-Nutzerin dar und hatte schon lange nicht mehr über dieses Netzwerk kommuniziert.

»Sehr ergiebig ist das nicht«, meinte Kupfer.

»Jetzt warte doch. Da ist auch noch die Friends-Liste.«

Dabei klickte er auf die eingeklammerte 47 hinter »Friends«, und die gesamte Liste öffnete sich in der Mitte des Bildschirms.

»Siehst du, wen wir da finden? Andrea Lorenz. Und wenn die Relation nicht relativ alt ist, dann will ich Hugo heißen. Jetzt geben wir mal unsere Freundin Andrea ein.«

Auch Andrea Lorenz war keine sehr aktive Facebook-Nutzerin, aber ihre Daten gaben genug her. Ebenso alt wie Laura Hensler, hatte sie mit ihr zusammen in Holzgerlingen am Schönbuch-Gymnasium ihr Abitur gemacht. Auch ihr Foto zeigte sie als Mittzwanzigerin. Ihre Friends-Liste zählte nur dreißig Namen.

»Sie waren Schulkameradinnen.«

»Beste Freundinnen, die jetzt zusammenziehen?«

»Schon möglich. – Und war's das schon?«, fragte Kupfer.

»Nein, im Gegenteil. Jetzt fangen wir erst an. Vielleicht finden wir einen Lifestyle-Exhibitionisten, der die beiden kannte. Manchmal musst du dich im Kreis herumklicken, um etwas zu finden. Ein bisschen Geduld lohnt sich immer.«

»Zwei Freundinnen aus einer Schönbuchgemeinde, beide in medizinischen Berufen, eine nachweislich mit dem Toten aus dem Schönbuch liiert – man könnte fast meinen, wir kommen der Sache näher«, sinnierte Kupfer vor sich hin. »Andererseits kann ich mir nicht vorstellen, dass die Lorenz so blöd ist, dass sie bei der Hensler einziehen würde, wenn sie tatsächlich Dreck am Stecken hätte. Aber wer weiß? Mach mal weiter.«

Feinäugle verglich die beiden Friends-Listen.

»Da schau her. Da gibt es einen Jürgen Halbritter, der kommt bei beiden vor.«

Dabei handelte es sich um Dr. med. Jürgen Halbritter, Jahrgang 1974, der 1993 am Eberhard-Ludwigs-Gymnasium in Stuttgart Abitur gemacht hatte und in Tübingen ab 1994 Medizin studierte. Allem Anschein nach war er sehr bedacht darauf, seinen Facebook-Account auf dem neuesten Stand zu halten. Man konnte erfahren, wie begeistert er von seinem neuen Blackberry war, dass er unbedingt auf das nächste Grönemeyer-Konzert gehen müsse, weil er das letzte aus dienstlichen Gründen versäumt habe, dass er im August zum

Kitesurfen in Tarifa gewesen sei – »Andalusien ist cooool« – und im März unbedingt zum Heliskiing in die Rocky Mountains wolle. Dafür suche er allerdings noch einen Mitreisenden. Und außerdem habe er – dies musste die Weltöffentlichkeit unbedingt wissen – endlich seinen ersten Halbmarathon geschafft, »uffff«. Daneben bot Dr. med. Jürgen Halbritter 120 Fotos an.

»Dieser Typ ist nicht ganz unbescheiden.«

»Ein aufgeplusterter Gockel ist das! Es fehlt bloß noch, wie viele Frauen er in letzter Zeit flachgelegt hat. Für diese geballten Erfolgsnachrichten ist er eigentlich schon zu alt. Das sollte er doch nicht mehr nötig haben.« Feinäugle schüttelte verständnislos den Kopf.

Unter Dr. Halbritters Fotos fanden sie ein interessantes Bildchen, das wohl älteren Datums war. Es stammte aus seiner Tübinger Zeit und zeigte eine nette Gruppe junger Leute, die vergnügt auf einem Stocherkahn saß. Es war vom Bug aus aufgenommen, so dass man Halbritter im Muskelshirt sah, wie er eben, leicht nach vorn gebeugt, mit der Stoßstange zu einem kräftigen Schub ansetzte. Im Hintergrund waren der Hölderlinturm und die Trauerweide bei der Anlegestelle zu sehen.

»Ein Sommertag in Tübingen. Das sollten wir uns auch einmal gönnen. Dieser Halbritter könnte uns ja spazierenstochern,« witzelte Kupfer.

Rechts und links von dem kräftigen Stocherer saß jeweils ein Pärchen. Die beiden Herren hatten einen Arm um ihre Damen gelegt, hielten ein halbvolles Sektglas in der freien Hand und prosteten, wie auch die Damen, dem Fotografen zu. Die vier Personen waren wohlbekannt. Überraschend war nur die Paarung: Ferdinand Lipp hatte Laura Hensler im Arm, während Theo Krumms Besitzerstolz sich auf Andrea Lorenz bezog.

»Und da tut dieses verlogene Weibsstück, als hätte sie Ferdinand Lipp nicht gut gekannt. Wir werden ihr das Bildchen zeigen müssen.«

»Und wer ist diese hübsche zierliche Frau ohne Partner, diese unbemannte?«

»Das möchte ich auch gerne wissen. Entweder gehört sie zu Halbritter oder zu dem, der das Bild gemacht hat.«

Rechts im Vordergrund saß eine schmalschultrige junge Frau mit kurzgeschnittenem dunklem Haar, die ironisch lächelnd in die Kamera schaute. In der einen Hand hatte auch sie ein Sektglas. Mit der anderen präsentierte sie die Sektflasche. Sie hielt sie mit der Öffnung nach unten. »Leider schon leer«, schien ihr Lächeln zu sagen.

»Die sieht pfiffig aus«, meinte Kupfer.

»Vor allem aber schaut sie direkt in die Kamera. Ideal! Über das Gesicht könnte man die Gesichtserkennungs-Software laufen lassen. Sollen wir die nicht einmal einsetzen?«

»Wir? Ich habe mich noch nie damit beschäftigt«, gab Kupfer zu.

»Ich mich auch nicht. Aber ich habe einen guten Draht zu dem betreffenden Kollegen beim LKA, der sich da eingearbeitet hat.«

»Gut. Dann schick ihm das Foto, wenn du den Antrag zwingend begründen kannst.«

»Ganz einfach: Wir sagen, dass es sich hier um eine Schlüsselfigur in einem Mordfall handeln könnte.«

»Und könnte es das?«

Feinäugle zuckte mit den Achseln.

»Ehe wir jetzt beim LKA einen Antrag auf Gesichtserkennung stellen, drucken wir das Bild aus und zeigen es Erika Krumm. Mal sehen, ob sie das Mädchen kennt.«

Dann schauten sie sich noch an, was von Theo Krumm bei Facebook zu finden war. Es war nicht viel: Jahrgang 1976, Abi 1995 am Goldberg-Gymnasium Sindelfingen, Rettungssanitäter in Stuttgart. Wohnort Böblingen.

»Über seine Tübinger Zeit sagte er schon gar nichts mehr. Die hat er weggedrückt«, konstatierte Kupfer. »Und keine Fotos. Da hätte er eigentlich seinen Account kündigen können.«

»Hätte er, hat er aber nicht. So läuft das meistens, wenn jemand stirbt. Der digitale Fußabdruck bleibt erhalten. Es kann gut sein, dass er sich irgendwann löschen wollte. Aber das ist halt nicht so einfach. Facebook ist eine Falle: Du bist schnell drin, kommst aber nicht so schnell wieder raus. Und so gibt manch einer seine Bemühungen auf. Jetzt, wo Krumm tot ist, kümmert sich niemand mehr darum. Da bleibt er drin, solange Facebook besteht. Amen«, erklärte Feinäugle.

22

»Ich komm heute Abend später heim«, sagte Kupfer zu Marie, als er vom Frühstück aufstand.

»Schon wieder? Du Armer. Kannst du nicht einen jungen Kollegen dort hinschicken?«

»Nein, es handelt sich um die Mutter des Ermordeten. Das Gespräch muss ich schon selbst führen.«

»Warum bestellst du sie nicht ins Büro?«

»Weil mir die arme Frau leid tut. Ich glaube, ich erspare ihr viel Aufregung, wenn ich zu ihr hingehe. Ich probiere einfach, sie heute nach Feierabend zu erwischen. Daheim ist sie bestimmt entspannter, da kommt mehr dabei heraus.«

Der Tag verging mit Nachforschungen über den illegalen Waffenhandel, denn die Herkunft der Handgranate, die man an Andrea Lorenz' Auto gefunden hatte, war keineswegs geklärt, was Kupfer beunruhigte. Seit er wusste, dass Andrea und Laura in einer Eigentumswohnung lebten, deren Finanzierung Theo Krumm mit welchen Mitteln auch immer auf die Beine gestellt hatte, glaubte er nicht mehr daran, dass der Anschlag jemand anderem als Andrea gegolten hatte. Aber eine Erkenntnis hatte sich aus dieser Ansicht noch nicht ergeben. Noch gab es keinerlei Anhaltspunkte.

Den ganzen Tag durchforschte Kupfer Protokolle von Verhören, in denen illegaler Waffenhandel eine Rolle gespielt hatte. Da war von Pistolen, Maschinenpistolen und Sturmgewehren die Rede gewesen, aber Handgranaten waren in letzter Zeit weder in der Böblinger noch in der Stuttgart Szene aufgetaucht. Die stundenlange Lektüre war umsonst.

Interessant war nur der Bericht, der vom KTU kam. Seinem Antrag, das Kriminaltechnische Untersuchungsamt möge die Wirkung einer solchen Handgranate auf eine baugleiche Autokarosserie experimentell untersuchen, war man nachgekommen. Auf einem abgelegenen Versuchsgelände hatte man im Radlauf eines Passats eine solche Splittergranate detonieren lassen. Die Auswirkungen hätten nicht verheerender sein können. Den Kotflügel riss es auseinander, Blechstücke wirbelten durch die Luft. Teile aus dem Fußraum des Fahrzeugs wurden durch den Fahrgastraum geschleudert und zerfetzten den Fahrersitz. Der Inhalt des Eisenkörpers, 3500 kleine Stahlkugeln, wurde mit 7000 Meter pro Sekunde durch die Gegend geschossen, zehnmal schneller als eine Pistolenkugel, wie der Sprengstoffexperte erläuterte. Diese winzigen Kugeln machten mit den Splittern des Granatengehäuses zusammen aus der Karosserie ein Sieb. Andrea Lorenz wäre am Steuer ihres Wagens zerfetzt worden, und es war anzunehmen, dass auch die kleine Mia in ihrem Kindersitz auf der Rückbank zumindest lebensgefährlich verletzt worden wäre. Kupfer betrachtete fassungslos das beiliegende Foto.

»Wer sich das ausgedacht hat, hat entweder keine Ahnung von dem, was er anrichtet, oder ist eine absolut skrupellose Bestie«, schloss Kupfer angewidert, nachdem er den Bericht Paula Kussmaul vorgelesen hatte.

»Und das auch noch in einer Wohnsiedlung! Wenn man sich vorstellt, wie viele Leute das hätte treffen können!«

»Ich mag mir das gar nicht vorstellen. Sonst geht es mir noch wie Theo Krumm. Seine Mutter erzählte mir, dass er nach manchen schlimmen Einsätzen die Bilder nicht mehr los geworden ist und zur Flasche griff.«

Paula Kussmaul runzelte die Stirn und schaute ihrem Chef nachdenklich in die Augen, wobei sie leise mit dem Kopf nickte.

»Ich weiß, was Sie denken«, sagte sie.

»Was denk ich?«

»Sie denken, dass Sie einen Bericht angefordert haben, den Sie lieber nicht gelesen hätten. Solche Bilder hat man nicht gern im Kopf.«

»So ungefähr hätte ich es auch formuliert.«

Gegen fünf Uhr griff Kupfer nach dem Foto von der Stocherkahnfahrt, das Feinäugle ausgedruckt hatte, und fuhr nach Döffingen zu Erika Krumm. In der Dämmerung waren dicke Wolken heraufgezogen. Bis auf das erhellte Küchenfenster direkt neben dem Eingang lag das Haus im Dunkeln. Erika Krumm war ebenso überrascht wie verunsichert, als sie Kupfer vor ihrer Tür stehen sah.

»Guten Abend, Frau Krumm. Entschuldigen Sie bitte, dass ich mich nicht angemeldet habe, und ich gehe auch sofort wieder, wenn ich zu einem unpassenden Zeitpunkt komme. Es ist so: Ich habe ein paar Fragen, die möglichst bald geklärt werden sollten.«

Die Frau schaute Kupfer mit ängstlicher Anspannung an und gab ihm die Hand.

»Kommen Sie herein«, sagte sie und ging drei unsichere Schritte voraus. Dann drehte sie sich um und fragte etwas verlegen: »Macht es Ihnen etwas aus, wenn wir uns in die Küche setzen? Ich bin eben erst heimgekommen, und im Wohnzimmer ist es noch kalt.«

»Gerne, wie Sie möchten.«

Sie führte Kupfer in ihre kleine Wohnküche, wo es wohlig warm war, und bot ihm einen Platz auf der gepolsterten Eckbank an. Wortlos nahm sie die Glaskanne mit frischem Kaffee aus der Kaffeemaschine und stellte sie vor Kupfer auf die rotweißkarierte Wachstuchdecke.

»Sie trinken doch eine Tasse mit, oder?«, fragte sie, ohne Kupfer anzusehen.

»Ja, danke.«

Dann setzte sie sich ihm gegenüber und goss umständlich den Kaffee ein. Erst als sie ihm die Tasse hinüberreichte, nahm sie Blickkontakt zu ihm auf. Sie schaute ihm schweigend in die Augen. Nur ihr Spiel mit dem Kaffeelöffel verriet ängstliche Anspannung. Das Gespräch musste beginnen.

»Frau Krumm, ich kann Ihnen leider noch keine Antwort geben, wenn Sie mich nach dem Täter fragen. Und doch stehen wir nicht mehr am Anfang unserer Ermittlungen. Wir sind auf ein paar Umstände gestoßen, die helfen können, die aber auch noch weiter aufgeklärt werden müssen. Und dabei können Sie uns unterstützen.«

Erika Krumm nickte verständnisvoll.

»Wie stehen Sie persönlich zu Theos Großtante?«

»Zu Tante Gerlinde? Spielt die denn eine Rolle?«

»Möglicherweise. Aber das ist alles noch sehr unklar.«

»Mit ihr habe ich sehr wenig zu tun. Sie war die Tante meines Mannes. Ich habe sie bei Familienfesten ab und zu getroffen. Sehr nahe waren wir uns nie. Inzwischen ist sie in einem Pflegeheim untergebracht und kennt mich wahrscheinlich gar nicht mehr. Ich war ungefähr vor einem Vierteljahr das letzte Mal dort, da konnte ich mich mit ihr kaum mehr verständigen.«

»Aber Theo war doch öfter bei ihr?«

»Ja. Theo schon. Theo war ihr Ein und Alles. Seine Großeltern starben, als er noch klein war, und da war Tante Gerlinde dann seine Ersatzoma. Wir konnten ihn immer wieder zu ihr bringen, manchmal übers Wochenende und, wenn er Ferien hatte, auch einmal ein paar Tage in der Woche. Sie hatte mehr Zeit für ihn als wir, das muss ich zugeben. Uns war das auch ganz recht. Der Junge war bei ihr gut aufgehoben. Mei Buole, hat sie immer gesagt, wenn sie von ihm redete. Den Theo hat sie immer erkannt. Er konnte auch noch mit ihr reden.«

»Kannten Sie auch ihren Bruder, der in Brasilien war?«

»Was für einen Bruder? Sie hatte keinen Bruder, nur eine Schwester, und die ist vor ein paar Jahren verstorben. Wie kommen Sie auf diesen Bruder?«

»Es hat uns jemand erzählt, dass Gerlinde Krumms älterer Bruder 1931 nach Brasilien ausgewandert ist und im Edelsteinhandel sehr reich geworden ist. Nach seinem Tod in den Sechzigern soll sie als seine einzige Verwandte sein Vermögen geerbt haben.«

»So ein Blödsinn! Wer hat Ihnen so was erzählt? Tante Gerlinde war immer eine arme Frau und ist es jetzt noch. Wir sagten oft zu ihr, dass sie Theo nicht so viel schenken soll. Sie brauchte ihr Geld für sich selber. Wenn sie nicht ein paar steinige Äcker geerbt hätte, die sie hat verkaufen können, dann wüsste ich nicht, wer jetzt das Pflegeheim bezahlen sollte. Sie arbeitete jahrelang in einer Schnellreinigung in Böblingen. Da verdient man nicht viel. Und das mit dem reichen Bruder ist eine verlogene Geschichte.«

»Das dachten wir uns schon. Aber dass ihr Sohn sich in gewisser Weise um sie kümmerte und für sie Geldgeschäfte erledigte, das stimmt doch?«

»So genau weiß ich das nicht, aber es könnte schon sein. Er war immer sehr lieb zu ihr. Und wenn sie jemand vertraut hat, ja, dann wohl Theo.«

Sie schaute nachdenklich vor sich hin und nickte abwägend. Es entstand eine Pause.

Kupfer räusperte sich schließlich und schnitt ein anderes Thema an.

»Warum ich eigentlich gekommen bin: Wir haben im Internet ein Foto gefunden, von dem wir etwas über das Umfeld Ihres Sohnes erfahren können. Und da wollte ich Sie um Ihre Hilfe bitten.«

Dabei reichte er ihr das Foto und fragte: »Zu wem gehörte Theo nun wirklich?«

»Tja, wenn ich das sagen könnte!« Erika Krumm seufzte tief. »Wissen Sie, das Schlimme für meinen Theo war, dass das mit den beiden Mädchen immer hin- und hergegangen ist. Die vier da« – sie deutete auf das Stocherkahnfoto –, »die haben sich in Tübingen kennengelernt, als Theo noch Medizin studiert hat. Mir hat er natürlich nicht alles erzählt. Aber ich habe schon gemerkt, dass er einmal mit der einen gegangen ist und dann wieder mit der anderen.«

»Warum? Konnte er sich nicht für eine entscheiden?«

»Soviel ich weiß, war Theo zuerst in Andrea verliebt, aber der wäre dieser Lipp da lieber gewesen. Und der nahm mit, was er kriegen konnte, einmal die Andrea, dann wieder die Laura. Und mein Theo war halt nur die zweite Wahl für die beiden Mädchen. Ich habe das alles nicht verstanden, bis Theo dann eines Tages völlig fertig zu mir kam. Das war das einzige Mal, dass ich ihn wirklich trösten musste. Sonst hat er ja alles mit sich selbst abgemacht. Aber damals war er lange Zeit mit Andrea zusammen gewesen und hat gemeint, dass sie bei ihm bleibt. Das hatte aber nur so ausgesehen, weil der Lipp damals für ein Jahr im Ausland war. Und dann kam der Kerl zurück und hat ihm die Frau ausgespannt. Und das Schlimmste für ihn kam dann noch hinterher. Andrea wurde schwanger, und dann ist der doch nicht bei ihr geblieben. Aber mein Theo wollte sie dann auch nicht mehr.«

»Hat er sich danach mit Laura Hensler getröstet?«

Sie nickte.

»Lipp hat ihm also die Frau ausgespannt. Ich dachte, die beiden waren Freunde.«

»Das ist schon lange vorbei. Nachdem Theo sein Medizinstudium aufgesteckt hatte, haben sich die beiden ja nicht mehr oft gesehen. Die trafen sich bloß noch, wenn eines der Mädchen was zu feiern hatte. Hier, sehen Sie, diese Stocherkahnfahrt war wahrscheinlich so ein Fest. Vielleicht hat die eine Geburtstag gehabt und die anderen alle eingeladen. Und Theo ging dann halt mit, ob er wollte oder nicht, weil er immer unsicher war und Angst hatte, dass er irgendwann allein dasteht. Er war unglücklich. Es ist zum Heulen.«

»Vielleicht ist alles doch nicht ganz so traurig, wie Sie es sehen. Etwas kann ich Ihnen noch sagen, was Sie vielleicht ein wenig tröstet. Laura und Theo waren anscheinend in letzter Zeit zusammen und wollten zusammenziehen. Theo war zuletzt vielleicht sogar ein bisschen glücklich.«

Erika Krumm traten die Tränen in die Augen.

»Das hätte ich mir so für ihn gewünscht. Aber dann ... warum bloß, warum?«

»Wir wissen es noch nicht, aber wir werden es herausfinden. Noch eins wollte ich Sie fragen: Kennen Sie das dritte Mädchen auf dem Foto?«

»Das ist 's Judithle, eine aus seiner Klasse. Die war einmal sein Schwarm, vielleicht sogar sein erster, Judith Schwenk.«

Sie schaute es einen Moment genau an und sagte dann: »Ich hab gar nicht gewusst, dass er in Tübingen noch Kontakt mit ihr hatte. Warten Sie mal einen Moment.«

Dann ging sie in ihr Wohnzimmer und kam mit einem Fotoalbum zurück. Sie blätterte darin herum.

»Da, schauen Sie her, ein Klassenfoto von 1992. Da waren sie gerade sechzehn. Und in der ersten Reihe steht sie, klein und zierlich, aber der blitzt die Gescheitheit aus den Augen.«

Kupfer verglich die beiden Fotos. Die langen ungeschnittenen Haare des Mädchens auf dem Klassenfoto konnten nicht darüber hinwegtäuschen: Es war dasselbe ovale Gesicht mit der schmalen Nase und den weitgestellten dunklen Augen.

Weil Kupfer ganz sichergehen wollte, bat er um eine Lupe und betrachtete das Bild noch genauer. Viel gab das Klassenfoto nicht her. Trotzdem glaubte er, auf dem Gesicht einen Anflug des ironischen Lächelns zu erkennen, mit dem das Mädchen auf dem Stocherkahn den Fotografen gemustert hatte.

»Das ist sie. Zweifellos. Wissen Sie, wie sie zu der Gruppe gehörte?«

»Keine Ahnung. Ich weiß bloß, dass mein Theo vorm Abitur mit ihr gegangen ist. Und dann war's auf einmal aus. Ich hab nicht einmal gewusst, dass sie sich in Tübingen noch einmal begegnet sind.«

»Hat sie auch Medizin studiert?«

»Ich weiß nicht. Aber ich glaube nicht. Das hätte ich dann doch erfahren.«

Kupfer verabschiedete sich und fuhr nach Hause. Er hätte mit seinen neuen Erkenntnissen zufrieden sein können. Aber der trostlose Schmerz dieser Frau bewegte ihn.

Er war froh, dass er sich nicht dazu hatte hinreißen lassen, ihr etwas von den finanziellen Machenschaften ihres Sohnes zu sagen. Es wäre für sie zu viel gewesen. Für schonungslose Offenheit war es noch zu früh, falls sie überhaupt jemals angezeigt sein sollte.

23

Kupfer und OW trafen sich nach längerer Zeit wieder einmal in der Böblinger Mineraltherme. Sie hatten einen günstigen Zeitpunkt erwischt. Als sie die Finnische Sauna betraten, saßen dort nur zwei jüngere Frauen, die sofort aufstanden und der Türe zustrebten.

»Wir wollen Sie aber nicht vertreiben«, sagte OW.

»Nein, nein, keine Angst, Sie vertreiben niemanden. Wir sind vielleicht schon länger hier drin, als für uns gut ist«, sagte die eine lachend und schloss die Tür hinter sich.

»Fein«, sagte OW, »jetzt hat man hier seine saubere Ruh und muss sich kein Gequatsche anhören.«

Kupfer brummte zustimmend, und die beiden machten sich auf der zweitobersten Stufe lang. Eine ganze Weile war Stille.

»Heute redest du aber gar nichts«, sagte OW nach einer Weile.

»Du aber auch nicht.«

»Bei mir gibt es ja auch nicht viel zu erzählen, oder willst du wissen, was ich heute eingekauft habe oder was Emma morgen kocht?«

Keine Antwort. Der Schweiß rann über die Haut, der Sand rann durch die Sanduhr, zehn Minuten vergingen.

»Dir geht doch wieder etwas im Kopf herum«, klopfte OW auf den Busch.

»Hmm«, kam es von Kupfer.

»Und was?«

»Der Handgranatenanschlag auf diese MTA«, sagte er und stützte sich auf den Ellbogen, so dass er seinen Gesprächspartner sehen konnte. »Ich komme damit nicht weiter. Weit und breit um sie herum gibt es niemand, der in eine so finstere Angelegenheit verwickelt sein könnte, dass ihn jemand hätte hochgehen lassen wollen. Ich kann mir einfach nicht vorstellen, wo diese geballte kriminelle Energie herkommt.«

»Hast du mir nicht schon einmal von einem ähnlichen Fall erzählt? Wie seid ihr damals auf den Täter gekommen?«

»Über die Herkunft der Handgranate. Übrigens war das damals auch ein jugoslawisches Ei.«

»Na siehste!«

»Ja, es geht wohl wieder nur über die Herkunft«, sagte Kupfer, der gleich verstand, was OW meinte. »Nur müssen wir diesmal hier suchen, hier im Umkreis. Ich glaube nämlich nicht, dass sich jemand, sagen wir mal in Frankfurt an der Oder, in Bautzen oder irgendwo an der tschechischen Grenze, eine Handgranate besorgt, um bei uns hier einen Anschlag zu machen. Der oder die Attentäter waren ja allem Anschein nach nicht sehr clever, sonst hätten Sie den Mechanismus so eingerichtet, dass das Ei auf jeden Fall hochgeht. Solche einfachen Geister, meine ich, benutzen immer das, was unmittelbar vor ihrer Nase liegt. Meine Frage lautet also, wo ist die Szene, in der man ohne weiteres für dreißig oder fünfzig Euro eine Handgranate bekommt, und da will mir nichts einfallen.«

»Vielleicht macht das Spaß, so etwas herauszufinden«, sagte OW, der nach wie vor auf dem Rücken lag und zur Decke hoch sprach.

»Mir nicht. Keine Zeit. Ich habe ja noch andere Fälle an der Backe.«

»Schick ein paar junge Kollegen los.«

»Schön wär's. Personalmangel. Niemand hat Zeit.«
»Aber ich.«
»Du? Bist du sicher, dass dir die Hitze hier drin bekommt?«
»Absolut.«
»Spinner.«

Dass Kupfer ihn einen Spinner genannt hatte, konnte OW nicht abhalten. Jetzt gerade erst recht! Der graue Schatten, den sein Dreitagebart auf seine weichen winterbleichen Wangen legte, ließ ihn zwar weniger gepflegt aussehen, aber nicht so verwahrlost, wie er es gern gehabt hätte. Er hatte auch in den letzten drei Tagen seine Nägel weder geputzt noch geschnitten und sich, entgegen seiner sonstigen Gewohnheit, sogar für Dreckarbeiten im Haushalt erwärmt – zu Emmas nicht geringer Verwunderung.

Er holte seinen alten Parka aus dem Schrank mit den abgelegten Kleidern, wo er auch seine ausgebeulte braune Kordhose fand, die er eigentlich nur noch zur Gartenarbeit anziehen wollte. Und ein paar ausgelatschte braune Halbschuhe gab es dort auch noch.

Schwierig war die Sache mit der Brille. Er vertauschte sein modernes randloses Modell mit einer älteren, mit der er natürlich nicht so gut sehen konnte. Bedenklicher noch war allerdings die Tatsache, dass die Brille zwar altmodisch, aber keineswegs billig aussah. Aber sie musste es tun, eine andere hatte er nicht.

All das legte er an, stellte sich vor den Spiegel, band sich einen ausgefransten roten Schal um, setzte eine schwarzwollene Dockermütze auf, die ihm etwas zu klein war, und sagte zu Emma: »Ich zieh jetzt los.«
»Wo willst du hin?«
»Nach Böblingen, mit der S-Bahn, weißt du doch.«
Fassungslos musterte sie ihn von oben bis unten und sagte dann energisch: »So läufst du mir nicht in der Stadt herum.«
»Hier doch nicht. Nur in Böblingen.«

»Nicht einmal bis zum Bahnhof.«

»Dann musst du mich hinfahren.«

Emma fuhr ihn zum Bahnhof, drehte kopfschüttelnd um und fuhr, ohne sein Abschiedswinken zu beachten, nach Hause zurück.

OW kaufte sich im Zeitungsladen eine Bildzeitung und setzte sich in den Zug.

Er war sich nicht schlüssig, wo er mit seiner Suche beginnen sollte. Kupfer hatte sein Vorhaben nicht ernst genommen und deswegen nicht mehr gesagt, als dass er sich in den Kneipen des Böblinger Bahnhofsviertels ja ruhig einmal amüsieren könnte, falls ihm das tatsächlich Spaß machen sollte. Und vielleicht wären auch die Spielhallen ganz unterhaltsam. Also wohin?

OW überquerte die Straße und steuerte die erste beste Kneipe an.

Es war gegen elf. Ein stämmiger Angestellter mit rasiertem Kopf und doppeltem Ohrring stellte eben die Stühle wieder auf den Boden und guckte unfreundlich, als OW sich auf einen Barhocker setzte.

»Morgen«, grüßte OW.

Keine Antwort. Der Mann nahm systematisch einen Stuhl nach dem anderen vom Tisch, und erst als das ganze Lokal wieder ordentlich bestuhlt war, stellte er sich OW gegenüber hinter die Bar.

»Und?«

»Ein Bier, bitte.«

»Pils oder Export?«

»Weizen.«

»Hell, dunkel, Hefe?«

»Ein dunkles Hefe.«

»Hättst du ja gleich sagen können.«

OW faltete die Bildzeitung auseinander und tat so, als ob er lesen würde. Dann bekam er sein Bier. Abends zu Hause mochte er das dunkle Hefeweizen ganz gerne, aber morgens um elf in einer schmuddeligen Kneipe eigentlich nicht. Er nippte daran, stellte es auf die Seite und brütete weiter über der Zeitung. Der Mann hinter der Bar polierte Gläser und warf OW immer wieder einen kritischen Blick zu.

»Wartest du auf einen?«

»Nee, wieso?«

»Dein Bier wird schal.«

OW setzte das Glas an und nahm einen langen Schluck.

»Ziemlich ruhig hier«, sagte er dann.

»Was hast du erwartet? Die wo arbeiten, haben keine Zeit, und die andern kein Geld. Das lief hier schon besser, kann ich dir sagen.«

OW schob die Unterlippe vor und nickte verständnisvoll.

»Und du? Hartz IV oder Schicht?«

»In Rente.«

»Ah. Und früher?«

»Maler. In einer Lackiererei. Karosserien und so was.«

»Hab ich auch mal gemacht. Beim Daimler. Scheißjob. Hab ich aufgesteckt. Da bin ich doch lieber hier. Wo warst du?«

»Hm, in einem Betrieb – in so einem Betrieb, der Sonderlackierungen macht. Nicht hier. In so einem Kaff bei Nagold.«

»Ah.«

OW vertiefte sich wieder in die Bildzeitung, um weiteren Fragen auszuweichen, trank schnell sein Bier aus, zahlte und ging.

In der Bahnhofstraße sah er, dass die Spielhalle schon geöffnet war. Da er schon einmal hier war, ging er hinein. Der Raum war zur Straße hin abgedunkelt und künstlich beleuchtet. Als die Tür hinter OW zufiel, hätte er meinen können, es sei Mitternacht und nicht kurz vor Mittag. Zwei junge Ausländer spielten Billard, ein dritter stand an einem Spielautomaten. Niemand schien OW wahrzunehmen. Er stellte sich vor einen Spielautomaten und warf einen Euro ein. Der Automat schluckte seine Münze, ratterte etwas, zeigte eine Schelle, ein Blatt und ein Herz und verstummte. So ging es mehrere Male, bis OW kein Kleingeld mehr hatte. Er blickte sich suchend um. In einer Ecke gab es so etwas wie eine Kasse. Er ging hin und wechselte einen Zehner. Dann spielte er weiter, gewann zwischendurch ein paar Euro, die er aber wieder verlor. Und so ging es hin und her, bis er endlich den Eindruck hatte, beim augenblicklichen Stand nicht allzu viel verloren zu haben, so dass er jetzt den Zeitpunkt gekommen sah, wo er aufhören könne. Er spielte nicht weiter, blieb aber im Lokal, holte sich eine Cola, stand herum wie bestellt und nicht abgeholt und nahm kleine Schlückchen aus der Flasche, als wollte er sich an ihr zwei Stunden festhalten. Niemand sprach ihn an. Die Billardspieler lösten sich an den Automaten ab, kamen und gingen. Schließlich war es schon halb zwei, und OW wusste nicht, warum er sich länger hier aufhalten sollte.

Auf dem Heimweg merkte er, dass er die ganze Zeit sehr angespannt gewesen war. Und was hatte er erreicht? Er war müde und leicht benebelt, hatte Hunger und musste sich eingestehen, dass er genauso gut hätte zu Hause bleiben können. Mit niemandem, der ihn weiterleiten könnte, würde er ins Gespräch kommen, wenn er nicht deutlich signalisieren würde, woran er interessiert war. Wenigstens das wurde ihm klar. Außerdem hatte er verschämt bemerkt, dass kein anderer Spielhallenbesucher auch nur annähernd so schäbig gekleidet war wie er. Mit seiner jetzigen Kostümierung würde er keinen Erfolg haben.

Gegen seine Gewohnheit erzählte er nichts, als er nach Hause kam und beantwortete Emmas Fragen ausweichend. Trotzdem ahnte sie, warum sein Unternehmen fehlgeschlagen war, und lächelte spöttisch, als er sich rasierte und seine Nägel putzte.

»Und du solltest deine neue Brille ruhig wieder aufsetzen«, war ihr einziger Kommentar.

Aber OW ließ sich nicht entmutigen. Wegen eines Fehlschlags allein wollte er nicht lockerlassen. Er wartete zwei Tage. Dann zog er sich so an wie immer, schmückte aber seine Hände mit zwei protzigen Ringen, die er vor vielen Jahren einmal als Accessoire für ein Faschingskostüm gekauft hatte.

»Ich ziehe heute noch einmal los«, sagte er nach dem Mittagessen.

»Wie du meinst. Ich kann dich nicht abhalten. Pass aber auf dich auf.«

OW nickte nur und ging zum Bahnhof.

In Böblingen strebte er zielsicher den größten Zeitungskiosk an und suchte nach den einschlägigen Presseprodukten der Waffenszene. Er war ganz überrascht, was er in dem Zeitungsregal fand: *DWJ – Deutsches Waffen Journal* Euro 5,45; *Visier* Euro 5,50; *Clausewitz* Euro 4,90; *Militär und Geschichte*, Euro 3,50 – und dann ein eingeschweißtes Heft mit CD, das *Kriegsfakten und Geheimnisse* betitelt war und 12,90 kostete. Das alles konnte man einfach so kaufen? Er war erstaunt. Nie hätte er geglaubt, dass solche Presseprodukte, die ja nicht ganz billig waren, sich auf dem Markt behaupten würden. Obwohl er das politisch bedenklich fand, stimmte es ihn momentan optimistisch. Wonach er suchte, dachte er nämlich, würde man ihm ungefähr ansehen, wenn er sich mit solcher Lektüre im richtigen Lokal an die Theke setzte. Er hoffte, nun nicht mehr danach gefragt zu werden, was er für einer sei, sondern danach, was er denn suchte.

Er kaufte sich ein *Deutsches Waffenjournal* und eine Ausgabe von *Militär & Geschichte*, letzteres, um unmissverständlich darauf hinzudeuten, dass er nicht an Jagdwaffen interessiert war.

Und nun wollte er sich Zeit lassen. Er klapperte ein paar Kneipen ab, trank da ein kleines Bier, dort einen Espresso, dann noch ein Bier, zwischendurch eine Cola, musste immer wieder auf die Toilette, hatte schon lange keinen Durst mehr und wäre auch diesmal am liebsten wieder bald nach Hause gefahren. Aber er hielt durch.

Zwischen fünf und sieben war in den Kneipen am meisten los. Viele Männer kamen direkt von der Arbeit auf ein schnelles Bier, viele schienen einander zu kennen, begrüßten sich knapp, kippten einen Kurzen und ein kleines Bier und verschwanden nach zwanzig Minuten wieder. OW meinte zu spüren, dass er sich hier in einer besonderen Szene befand, die er aber nicht beschreiben konnte. Kurz nach sieben ließ er es gut sein und fuhr nach Hause. Diesmal fühlte er sich besser.

So verbrachte er ein paar Nachmittage. Ohne genau sagen zu können, was ihn dazu veranlasste, konzentrierte er sich dabei mehr und mehr auf eine bestimmte Kneipe und eine bestimmte Spielhalle. Waren es die vereinzelten Glatzköpfe oder die langhaarigen Truckertypen, von denen er sich etwas erhoffte? Er hätte es nicht genau sagen können.

Er wusste schon nicht mehr genau, wie oft er diese Kneipe aufgesucht hatte. Vier oder fünf Mal.

Es war schon wieder Spätnachmittag. Die Szene belebte sich, und OW schielte immer wieder nach dem Eingang und der Theke hinüber. Die Gesichter einiger Stammgäste hatte er sich inzwischen so weit eingeprägt, dass er die Leute einander zuordnen konnte. An ein paar Typen, die immer wieder auftauchten, knüpfte er seine Erwartung: Einer dieser Männer würde ihn irgendwann ansprechen. Aber es kam anders.

Ein Gast, den er noch nie gesehen hatte, betrat das Lokal und ging, ohne sich umzusehen, direkt an die Theke und nahm einen Espresso. OW schätzte ihn auf Anfang fünfzig. Schon allein sein langer Wollmantel und seine gepflegten Schuhe setzten ihn deutlich von den anderen Kneipenbesuchern ab. Er sprach mit niemandem. Nur als er bezahlte, beobachtete OW, wie der Mann hinter der Theke eine fast unmerkliche Kopfbewegung in seine Richtung machte. OW senkte den Blick auf sein Waffenjournal und sah erst auf, als der Fremde ihm gegenüber Platz nahm.

Einen Moment sahen sie sich wortlos in die Augen.

»Suchen Sie was?«

»Warum fragen Sie?«

»Man merkt hier schon, wenn einer was sucht.«

»Hmm«, machte OW, schlug sein Waffenjournal zu und schob es von sich weg. »Wenn man da hineinschaut, meint man ja, man kriegt alles. Aber das täuscht wohl.«

»Irrtum. Man kriegt schon alles. Man muss nur wissen woher. Also, was suchen Sie?«

»Ein bestimmtes Ei.«

»Bundeswehrware, amerikanische oder was?«

»Nein. Es muss was anderes sein.«

»Wählerisch? Sammler?«

»Ja. Das heißt, ich selber nicht. Ich brauche das Ei für einen Sammler, einen Kumpel, der bei mir was gut hat.«

»Okay. Was aus dem Osten.«

OW schaute ihn über seinen Brillenrand an und nickte.

»Man hört, dass es Jugo-Eier gibt, ganz giftige Dinger. So was wäre schön.«

»Hundert.«

»Nein, nur eins oder zwei.«

»Hundert Euro pro Stück.«

OW schüttelte den Kopf.

»Zu teuer für ein Geschenk. Ich habe was von dreißig gehört.«

»Dreißig geht gar nicht.«

»Fünfunddreißig.«

»Fünfzig oder nichts.«

OW knurrte und nickte mit dem Kopf.

»Abgemacht?«

»Hmm.«

»Sagen wir übermorgen hier zur selben Zeit?«

»Okay.«

OW sah ihm nach. Dann machte er sich eine Notiz.

Zirka 1,80. Breitschultrig, rundes Gesicht, ganz leichter Doppelkinnansatz, rotbackig, braune Augen, buschige Augenbrauen, die über der Nasenwurzel fast zusammengehen, volles dunkles Haar, zurückgekämmt. Insgesamt gepflegtes Äußeres.

Der Mann hinter der Theke warf ihm immer wieder einen Blick zu. Als OW seinen Zettel einsteckte, kam er ungerufen zu ihm herüber und fragte: »Möchten Sie bezahlen?«

»Nein. Ich hätte gern noch ein kleines Bier«, antwortete OW und wurde sich schon im selben Moment klar darüber, dass diese Tarnung sinnlos geworden war.

Zwei Tage später saß OW wieder auf demselben Stuhl mit einem dunklen Hefeweizen vor sich. Er blätterte gelangweilt im neuen Spiegel und schaute immer wieder zum Eingang hin. Sein Glas wurde leer, die Zeit verging, und niemand kam. Er bestellte ein zweites Bier und versuchte, sich in einen Artikel über die Kreditaffäre des Bundespräsidenten Christian Wulff zu vertiefen. Da kam er auf ihn zu.

»'n Abend.«

»Hi. Konnte nicht eher. Aber es klappt.«

»Und wie komme ich ran?«

»Fünfzig für mich und Sie kriegen die Connection.«

»Sagten wir nicht fünfzig insgesamt?«

»Ja, für die Ware. Also?«

OW fühlte sich über den Tisch gezogen. Aber wenn er jetzt nicht mitspielen würde, wäre alles umsonst gewesen. Nach all der Zeit, die er geopfert hatte, durfte es ihm auf fünfzig Euro nicht ankommen. Stirnrunzelnd zog er seinen Geldbeutel aus der Tasche und legte den Fünfziger auf den Tisch, hielt aber seine Hand darauf.

»Sie müssen mir schon trauen, sonst wird es nichts«, sagte sein Gegenüber mit einem überlegenen Lächeln.

»Wie geht es jetzt weiter?«, fragte OW, ohne seine Hand von dem Geldschein zu nehmen.

»Ganz einfach. Sie treffen den Lieferanten am Freitagabend in der Autobahnraststätte Schönbuch, auf der Seite Richtung Singen. Sie kommen allein. Sie setzen sich an das Fenster zum LKW-Parkplatz hin, trinken einen Kaffee und lesen Zeitung. Der Mann kommt zwischen zehn und halb elf. Er wird sich Ihnen gegenüber hinsetzen und Sie fragen, ob er einen Blick in Ihre Zeitung werfen darf. Wenn er aufsteht, gehen Sie ihm langsam nach. Das ist alles. Vergessen Sie nicht, eine Tasche mitzubringen.«

OW schob den Schein über den Tisch. Der Makler lächelte ihm kurz zu, steckte das Geld ein und verabschiedete sich wortlos mit einem kleinen Handzeichen.

24

»Ich hab die Spur, da gibt es gar keinen Zweifel.«

»Was für eine Spur?«, fragte Kupfer, der von OWs Anruf aus ganz anderen Überlegungen herausgerissen wurde.

»Die Handgranatenspur natürlich. Ich glaube, ich treffe den Typ, der sie verkauft hat.«

»Du Spinner! Du sagst mir jetzt aber nicht, dass du tatsächlich auf eigene Faust ...«

»Doch. Genau das. Und es hat geklappt.«

OW schilderte detailverliebt seine Ermittlungsmethode, wie er es nannte, und berichtete von seinem Erfolg.

»Tolle Geschichte. Du hast sie sicher aufgeschrieben.«

»Dazu hatte ich absolut keine Zeit. Aber jetzt kommt ihr morgen Abend und schnappt euch den.«

»Wie stellst du dir das eigentlich vor? Ich ordne einen Polizeieinsatz an, weil sich einer meiner Freunde als Hobbyermittler betätigt hat? Nein, mein Lieber, so geht das nicht.«

»Wieso nicht? Das klappt garantiert.«

»Garantiert ist nie etwas. Und genau darum geht es. Ich handle mir jede Menge Ärger ein, wenn ich auf deinen Hinweis hin einen Einsatz anordne und dann nichts dabei herauskommt. So ein Einsatz kostet einen Haufen Geld, vergiss das nicht. Und was denkst du, wie sich die Kollegen freuen, wenn sie an einem Freitagabend wegen nichts und wieder nichts an einer Autobahnraststätte herumstehen müssen?«

»Schon klar, Siggi, aber ich bitte dich, tu was. Wenn jetzt nichts passiert, dann war mein ganzer Einsatz umsonst.«

»Tut mir leid. Da musst du allein hingehen.«

»Das kann ich nicht – Emma lässt mich nicht.«

Kupfer lachte laut auf.

»Es ist so«, erklärte OW, »Emma war immer dagegen, aber sie hat mich machen lassen. Ausgelacht hat sich mich allerdings schon. Aber jetzt, wo es ernst wird, sagt sie, dass ich ohne dich keinen Schritt weiter gehen soll.«

»Womit sie recht hat.«

»Also … wenn du das auch so siehst!«

Kupfer dachte nach und kritzelte eine nach innen enger werdende Spirale auf seinen Notizblock.

»Siggi, bist du noch dran?«

»Ja, ich weiß bloß nicht …«

»Komm, gib deinem Herzen einen Stoß! Mir zuliebe.«

»Okay, dir zuliebe. Aber ich komme allein. Halb privat sozusagen, und nur, damit Emma beruhigt ist. Und wenn wir dann umsonst dort gewartet haben, dann trinken wir gemütlich irgendwo ein Bier und fahren dann heim.«

»Dann morgen Abend im Rasthaus Schönbuch.«

Mit dem dichten Nebel hatte OW nicht gerechnet. Völlig unsicher bog er bei Gärtringen auf die A 81 ein und orientierte sich an den Rücklichtern eines Pkws, den er nicht einmal identifizieren konnte. Mit gerade mal siebzig Stundenkilometern ging es voran, und er befürchtete schon, die Einfahrt zum Rasthaus Schönbuch verpasst zu haben. Da erblickte er endlich das Schild und scherte erleichtert rechts raus.

Pünktlich um 22 Uhr betrat er das Rasthaus. Es war wenig belebt. Ohne sich umzusehen, ging er an die Kaffeebar gegenüber dem Eingang und ließ sich einen Milchkaffee geben. Dann, mit der Tasse in der einen und seiner kleinen Reisetasche in der anderen Hand, machte er ein paar ziellose Schritte durch den Raum, stellte sich an einen Bistrotisch, wo Zucker und Milch bereitgestellt waren, und rührte wie geistesabwesend in seiner Tasse. Schließlich schaute er auf, durchschritt die ganze Länge des Raums und setzte sich an der Stirnseite an einen kleinen Tisch. Dass er von außen gut gesehen werden konnte, seinerseits aber eine Glasscheibe vor sich hatte, die den hellen Raum spiegelte, so dass er kaum hinaussehen konnte, nahm ihm jede Sicherheit. Und wenn er mit den Händen seine Augen abschirmte und mit der Stirn die Fensterscheibe fast berührte, sah er nur zwei große Laster stehen. Sonst war alles grau. Er fühlte sich ständig beobachtet, ohne zu wissen, von wem und von welcher Seite. In den schmalen Lichtkegeln eines wegfahrenden Autos glaubte er einen Moment lang Kupfer zu sehen, wie er aus seinem Wagen ausstieg. Aber er konnte sich auch getäuscht haben. Die Lichtkegel waren zu schnell über den Parkplatz gehuscht. Nun lag er wieder in dunklem Grau.

OW blickte auf seine Zeitung, ohne wahrzunehmen, was da stand. Jedes Mal, wenn er hinter sich jemanden hörte, zuckte er so gespannt zusammen, dass er über seine eigene Reaktion erschrak. Er wollte wenigstens nach außen hin ruhig wirken, gelassen wollte er sein, aber er konnte seine Unruhe nicht unterdrücken und ärgerte sich über sich selbst. Er hatte Angst davor, dass die Augen der anderen Gäste sich auf ihn richteten und alle seine Anspannung erkannten.

Der starke Kaffee, den er zu dieser Stunde gar nicht gewöhnt war, tat ein Übriges. Er fing an zu schwitzen. Er rieb seine Hände an den Hosenbeinen, aber sie wurden nicht trocken.

War Kupfer wirklich gekommen, oder hatte er sich getäuscht? Die Ungewissheit quälte ihn. Am liebsten hätte er sich umgedreht, nach Kupfer geschaut und mit ihm Blickkontakt aufgenommen. Aber er wusste, was er damit riskiert hätte, und gab sich Mühe, weiterhin den interessierten Zeitungsleser zu mimen.

Eine Viertelstunde war vergangen, er hatte seinen Kaffee ausgetrunken und wartete immer noch darauf, angesprochen zu werden. Er stand auf und brachte seine Tasse zur Geschirrrückgabe. Dabei sah er aus dem Augenwinkel, dass Kupfer beim Haupteingang am anderen Ende des Lokals saß und ihn im Auge hatte. Das beruhigte ihn. Er holte sich eine Flasche Mineralwasser und ging an seinen Platz zurück.

OW hätte nicht sagen können, ob der Mann eben erst das Rasthaus betreten oder ob er ihn schon längst beobachtet hatte. Er sah nur plötzlich eine schlanke Gestalt vom Burger-King-Tresen her mit einem Tablett in der Hand auf sich zukommen. Er schaute kurz auf: ein Trucker wie im Bilderbuch. Hageres unrasiertes Gesicht, langes braunes Haar, ein Ohrring und eine Tätowierung am Hals, die OW erst auf den zweiten Blick als den Schwanz eines schwarzgrünen Skorpions identifizierte, dessen Körper von einem Sweatshirt mit einer grellen Aufschrift verdeckt war. Darüber trug er eine abgetragene Jeansjacke.

OW hielt den Blick gesenkt. Er konnte beobachten, wie die knochigen Finger seines Gegenübers nach den Pommes frites und dem Colaglas griffen. Er hörte ihn kauen und roch eine Mischung aus Fettdunst, Zigarettenrauch und ungewaschener Kleidung, die ihn anwiderte. Es kostete ihn Überwindung, minutenlang diesem Fremden weniger als nur einen Meter gegenüber sitzen zu bleiben. Endlich verschwanden die letzten Pommes frites von dem Teller.

»Darf ich mal in deine Zeitung schauen?«, kam es mit einem Akzent, den OW nicht bestimmten konnte.

»Gerne.«

Er schob ihm die Zeitung zu. Der Trucker schien die Zeitung durchzublättern.

»Schau, wo ich hingehe, und komm nach einer Weile nach.«

Damit stand er auf und verließ das Lokal. OW sah ihn zwischen den Lastwagenreihen verschwinden. Dann stand er auf und folgte ihm.

Als OW dem Trucker durch den Nebenausgang ins Freie folgte, wartete Kupfer ungefähr eine halbe Minute, bis er das Lokal durch den Haupteingang verließ. Er blieb einen Moment in dem schwachen Lichtschein stehen, der durch die Fenster nach außen drang. Dann ging er langsam auf den LKW-Parkplatz zu. Er hatte sich gleich bei seiner Ankunft orientiert und wusste, dass die Trucks, linker Hand im spitzen Winkel zur Durchfahrtsrichtung nebeneinander geparkt, rechts in Reihe hintereinander, eine dunkle Gasse von gut hundert Metern Länge bildeten, in die er aber bei dem sich verdichtenden Nebel höchstens dreißig Meter hineinsehen konnte.

Kupfer ging zehn Schritte, stand still und lauschte. Aber das ständige Rauschen des Verkehrs übertönte jeden anderen Laut. Wo waren OW und der Trucker hingegangen? Stehenzubleiben erschien ihm sinnlos. Also ging er leise Schritt für Schritt weiter. Immer wieder verharrte er einen Moment.

Er war noch im ersten Drittel der Gasse, als ein Motor losbrummte und eines dieser häusergroßen Ungeheuer sich rückwärts aus der Parklücke manövrierte. Kupfer musste ein paar Schritte zurücktreten, um nicht die schmutzige Wolke einatmen zu müssen, die sich schnell in der Gasse ausbreitete. Er hörte, wie der Fahrer schaltete, und schon rollte der Truck die Gasse entlang. Es gelang Kupfer gerade noch, seine Kamera zu zücken und wenigstens die Beschriftung des Lasters aufzunehmen, ehe der Nebel das Bild verwischte.

Für einen Moment befürchtete er, dass OW mitgenommen worden war. Dann wäre die Lage völlig unübersichtlich geworden. Aber er verwarf den Gedanken wieder, weil er keinen Sinn ergab. Weitergehen, weitersuchen, aufmerksam bleiben – allein darum ging es jetzt.

Da donnerte am Ende der Gasse ein Motor los. Kupfer sah die Rücklichter aufleuchten und rannte los. Er kam so nahe heran, dass er die Beschriftung des Lkws lesen konnte. Es war ein serbokroatischer Truck, der mit erstaunlicher Schnelligkeit zurückstieß, das Vollgas dröhnen ließ und röhrend vom Platz rollte.

OW rannte ihm nach, konnte noch ein Foto schießen und stand dann hustend im Gestank der Auspuffgase. Er schnappte nach Luft und musste sich gleichzeitig ein Taschentuch vor Mund und Nase halten. Dann ging er zurück zu der Parklücke, die der Lkw freigemacht hatte. Dort lag OW auf dem Boden, auf der Höhe des Führerhauses und einen halben Meter neben dem Vorderrad eines riesigen Autotransporters, ein zusammengekauertes Häuflein Elend – mit Reisetasche.

»OW, was ist? Hörst du mich?«

Er rüttelte ihn an der Schulter. OW stöhnte und drehte ihm das Gesicht zu. Das Blut lief aus seiner Nase über Mund

und Kinn. Er konnte nichts sagen und nickte nur leicht mit dem Kopf. Kupfer half ihm auf und setzte ihn in sein Auto. Dann machte er sofort Meldung: weißer Lkw mit blauroter, wahrscheinlich serbokroatischer Beschriftung auf der A 81, südliche Fahrtrichtung, so schnell wie möglich anhalten, kontrollieren und festnehmen wegen Körperverletzung –, Vorsicht, bewaffnet!

Dann brachte er OW zur Notaufnahme des Herrenberger Krankenhauses. Er wartete, bis OW verarztet war und er ihn nach Hause bringen konnte.

»Dein Auto bring ich dir dann«, sagte Kupfer, als sie in seinem Wagen saßen. Nun, wo OW versorgt war und den Schock überwunden hatte, konnte er erklären, was schiefgelaufen war. So weit zurückgebeugt, wie es die Kopfstützen zuließen, streckte er seine verpflasterte Nase in die Luft und setzte langsam, Satz für Satz, Kupfer ins Bild.

»Der muss noch einen Aufpasser dabeigehabt haben«, begann er. »Der Typ wartete außer Sichtweite vom Lokal auf mich. Dann ging er sehr langsam vor mir her. Er hat nichts geredet. Ich fand es schon komisch, dass er sich so viel Zeit ließ. Zwischen all den Trucks kriegte ich ziemlich Schiss. Ich war darauf gefasst, dass noch einer auftaucht. Dann wäre ich abgehauen. Aber da war keiner. Er geht also zu seinem Fahrzeug und winkt mir zu. Ich gehe zu ihm hin. In dem Moment klingelt sein Handy, und er nimmt das Gespräch an. Er sagt nur ein Wort, das ich nicht verstehen kann. Dann dreht er sich zu mir um und haut mir die Faust in den Magen. Ich knicke zusammen und kriege sein Knie ins Gesicht. ›Laku noć, staro‹, sagt er noch. Und dann habe ich nur noch gehört, dass er weggefahren ist, wie von Weitem. Dann warst du ja schon da.«

»Du kannst von Glück sagen, dass du mit einer dicken Nase davonkommst. Das hätte viel schlimmer ausgehen können. Das sag ich dir.«

»Ich brauch im Moment keinen Kommentar«, knurrte OW, legte seinen Kopf wieder zurück gegen die Nackenstütze und schloss die Augen.

25

Der Fahrer hatte sich an diesem Abend nicht mehr weit abgesetzt. Er war nur die siebenundfünfzig Kilometer bis zum Rasthaus Neckarburg gefahren und wollte dort seine Ruhezeit verbringen. Noch vor Mitternacht wurde er von der Autobahnpolizei geweckt. Ehe er sich's recht versah, saß er in Handschellen im Polizeiauto. Die Beweise, sechs jugoslawische Splitterhandgranaten und drei russische Stielhandgranaten, die man unter seiner Koje fand, ließen ihm keinen Raum für Ausflüchte.

Ehe Kupfer am Samstagvormittag zur Vernehmung des Truckers in die Polizeidirektion kam, hatte Polizeihauptmeisterin Dunja Kilić dank ihrer Sprachkenntnisse schon sehr viel in Erfahrung gebracht. Mit ein paar wohlüberlegten Sätzen war es ihr gelungen, Hrvoje Krajic seine Lage zu verdeutlichen. Hier würde ihn niemand herausholen, schon gar nicht der Zagreber Spediteur, für den er fuhr. Der würde schnell einen Ersatzmann finden, der den Lkw an seinen Bestimmungsort bringen würde, und ihn seinem Schicksal überlassen. Krajic wusste nur zu gut, dass er in seinem Job auswechselbar war. Wie er der deutschen Polizei beweisen sollte, dass er nur ein kleines Rädchen in einer großen Maschinerie war, wusste er hingegen nicht.

So war er nach kurzer Verstocktheit recht gesprächig geworden. Kupfer überflog die Notizen, die die Polizeihauptmeisterin in einer knappen Stunde niedergeschrieben hatte.

Hrvoje Krajic aus Karlovac war achtunddreißig Jahre alt, verheiratet und hatte vier Kinder. Als Fernfahrer arbeitete er für eine Zagreber Spedition. Der Lohn war kümmerlich, die Arbeit hart, seine Familie sah er selten. Er nahm in Belgrad, Novi Sad, Banja Luka, Tuzla oder Zagreb Ladung auf, die er irgendwo in Deutschland ablieferte. Dort wurde sein Lkw beladen und rollte unter ihm auf den Balkan zurück. Er war tagelang unterwegs, übernachtete in der Koje hinter dem Führerhaus, wusch sich in Autobahntoiletten und lebte unterwegs von Junkfood, Kaffee und Zigaretten. Schon mehrmals hatte er Schwierigkeiten bekommen, weil man ihn mit einem überladenen Lkw losgeschickt hatte. Man ließ ihn mit schlechter Bereifung fahren, das wusste er, und halste ihm so großen Zeitdruck auf, dass er seine Ruhezeiten nur mit Mühe einhalten konnte. Und jedes Mal, wenn er von der deutschen oder österreichischen Polizei erwischt worden war, hatte er sich seinen Chefs gegenüber rechtfertigen müssen, als hätte er selbst die Geldstrafe zu verantworten. Er wollte schon lange nicht mehr fahren. Er hasste diesen Job und brauchte Geld, um sich zu Hause in Karlovac die kleine Mechanikerwerkstatt aufbauen zu können, von der er schon seit seiner Kindheit träumte.

Dann, vor zwei Jahren, auf einer Fahrt von Ljubljana nach Triest, hatte er auf einem Parkplatz bei Postojna einen Bekannten getroffen, den er von seinem Militärdienst her kannte. Sie kamen ins Gespräch, und MM, wie sein Bekannter in der Szene genannt wurde, übergab ihm dann eine schwere Kiste, die er ihm kurz nach der Grenze wieder abnahm und in seinem Mercedes weitertransportierte. Für diesen kleinen Gefallen kassierte Hrvoje Krajic zweihundert Euro und verfolgte zufrieden seine Route weiter.

MM hatte immer wieder solche kleinen Aufträge für ihn. Er wurde angerufen, übernahm etwas, lieferte es wieder ab und kassierte dafür. Und nicht nur, wenn er über eine Grenze fuhr. Die meisten Aufträge konnte er sogar innerhalb der Grenzen der Länder erledigen, durch die ihn seine Fahrten führten: Serbien, Kroatien, Slowenien, Italien, Österreich und Deutschland. MM leitete ihn immer wieder anderen Leuten zu, die ihm an wechselnden Orten schwere Holzkisten oder abgeschabte Koffer übergaben, aber nie mehr, als er in seiner Koje hinter dem Führerhaus unterbringen konnte. Das war sein Privatbereich, den die Autobahnpolizei ohne besonderen Grund nicht durchsuchen durfte. Manchmal handelte es sich allerdings auch nur um Kleinigkeiten: nichts

Weiteres als ein paar Handgranaten in einer Plastiktüte, die sich auch im Handschuhfach oder unter dem Fahrersitz unterbringen ließen.

Kupfer nickte der Polizeihauptmeisterin anerkennend zu und setzte sich Krajic gegenüber.

»Sie haben sich ja schon etwas kooperativ gezeigt, gut so, da wollen wir von der Körperverletzung, die Sie sich zu Schulden kommen ließen, im Moment mal nicht reden«, sagte er, indem er seinen Blick zwischen Krajic und den Notizen hin- und herschweifen ließ.

»Das versteht er nicht alles, ich muss dolmetschen«, warf Dunja Kilić ein.

»Kann er denn gar kein Deutsch?«, fragte Kupfer.

»Doch. Bisschen«, sagte Krajic.

»Gut. Ich versuche mit Ihnen zu reden, und wenn Sie mich nicht verstehen, dann sagen Sie es. Ich glaube, Sie können sich denken, was ich Sie fragen muss. Zunächst mal: Wer hat Sie angerufen, so dass Sie den Mann niedergeschlagen haben, der Ihnen die Handgranate abnehmen wollte?«

»Kenn ich nicht.«

»Was soll das heißen?«

»Kenn ich nicht«, wiederholte Krajic und zuckte mit den Achseln.

Kupfer wurde ärgerlich und schnarrte ihn geradezu an: »Sie wollen mir weismachen, dass Sie von jemandem gewarnt wurden, den Sie gar nicht kennen. Lächerlich! Sie haben wohl immer noch nicht begriffen, in welcher Situation Sie sich befinden.«

Krajic hatte nicht alles verstanden und schaute die Dolmetscherin zwar stirnrunzelnd an, zeigte sich aber dann von ihrer Übersetzung nicht sonderlich beeindruckt. Er sagte nichts.

»Um Ihnen Ihre Situation wirklich zweifelsfrei klarzumachen, Folgendes«, fuhr Kupfer nun in sachlichem Ton fort. »In Deutschland gilt das Kriegswaffenkontrollgesetz, das in einem Fall wie dem Ihren hohe Haftstrafen vorsieht, besonders wenn der Handel auch noch im Rahmen organisierter

Kriminalität abgewickelt wurde. Und Sie scheinen mir zu einem gut organisierten Netzwerk zu gehören. Drei Jahre, fünf Jahre, wer weiß. Ich kann Ihnen nicht sagen, wie das Gericht entscheiden wird. Ich weiß nur, dass wir, die Kriminalpolizei, das Strafmaß durch unsere Darstellung etwas beeinflussen können. Sie können Ihre Lage nur verbessern, indem Sie uns etwas helfen. Also: Woher wussten Sie, dass ich Ihrem Kunden gefolgt bin?«

Für Dunja Kilić war es nicht ganz leicht, Kupfers Worte zu übersetzen. Sie nahm sich Zeit und setzte Krajic genau auseinander, was mit Kriegswaffenkontrollgesetz und organisierter Kriminalität gemeint war. Diese juristische Belehrung schien ihre Wirkung zu haben: Krajic wurde merklich nervös.

»Junger Mann, arbeitet an der Kaffeebar«, sagte er.

»Woher kennen Sie ihn? Wie heißt er?«

»Weiß nicht. Habe ihm zehn Euro und meine Handynummer gegeben. Soll aufpassen.«

»Einfach so?«

Krajic nickte.

»Verdient nicht viel. Zehn Euro viel Geld.«

»Den werden wir finden. Dort gibt es ja einen Dienstplan. Haben Sie früher schon am Rasthaus Schönbuch jemandem Waffen übergeben?«

Krajic schüttelte den Kopf.

»Oder an anderen Rastplätzen in unserer Gegend?«

Kopfschütteln.

»Wo dann?«

An einigen Orten, antwortete er. So genau könne er das nicht mehr sagen, ließ er Dunja Kilić übersetzen. Kupfer nickte freundlich, als glaubte er ihm. Dann fragte er plötzlich:

»Sie sind doch verheiratet, oder nicht?«

Krajic nickte.

»Und Sie haben Kinder?«

Krajic nickte wieder und schaute Kupfer fragend an. Er hatte doch schon Angaben über seine Familie gemacht. Was also sollte diese Frage nach seinem Familienleben?

»Wie alt sind Ihre Kinder?«

»Zwei, drei, fünf und sieben«, sagte er, offensichtlich leicht verunsichert.

»Die sind ja im selben Alter wie meine Enkel«, sagte Kupfer, als freute er sich über diesen Zufall. »Haben Sie Fotos von Ihren Kindern dabei?«

Krajic nickte.

»Zeigen Sie mir vielleicht eins?«

Krajic zog ein Foto aus seinem Geldbeutel. Es zeigte alle vier Kinder. Sie saßen nebeneinander auf einer Gartenbank und lachten fröhlich in die Kamera.

»Und jetzt übersetzen Sie bitte genau, was ich sage«, bat Kupfer die Dolmetscherin.

Er schob das Foto mit der zerfetzten Passat-Karosserie über den Tisch und legte das Foto mit Krajics Kindern daneben. Krajic wollte es sofort wieder wegnehmen.

»Halt, lassen Sie es liegen«, sagte Kupfer so schneidend, dass Krajic erschrak.

»Schauen Sie sich das bitte genau an«, fuhr er fort. »Das ist die Wirkung einer Splitterhandgranate, genau von dem Typ, den Sie Ihrem Kunden gestern Abend übergeben wollten. Glauben Sie bloß nicht, Sie fahren Sammlerstücke durch die Gegend. Das sind gefährliche Waffen.«

Er machte eine Pause, damit die Dolmetscherin aufholen konnte.

»Und nun stellen Sie sich mal ganz genau vor, was mit Ihrer Frau und Ihren Kindern passiert wäre, wenn sie in diesem Fahrzeug gesessen hätten.« Eindringlich übersetzte Dunja Kilić Wort für Wort. Kupfer beobachtete, wie sich Krajics Gesicht veränderte: Er zog die Augenbrauen zusammen und schaute auf seine Hände.

»Wir haben eine solche Handgranate im Radlauf eines Passats gefunden. Es handelte sich um einen Anschlag auf eine fünfunddreißigjährige Frau, ungefähr so alt wie Ihre, wenn ich mich nicht irre, und ein süßes kleines Mädchen von zwei Jahren.«

Kupfer schwieg eine halbe Minute und fixierte Krajic, der vor sich niederschaute und mit einer langsamen Handbewegung die beiden Fotos auf die Seite schob.

»Sie ging zum Glück nicht los. Der oder die Attentäter waren nicht geschickt genug. Herr Krajic, wir sind sicher, dass diese Handgranate nicht irgendwo anders beschafft wurde, sondern hier im engsten Umkreis. Wen haben Sie hier in letzter Zeit beliefert?«

Krajic schluckte.

»Wie lange es dauert, bis Sie Ihre Familie wiedersehen, hängt ganz davon ab, wie viel Sie uns erzählen. Das wissen Sie doch!«

Krajic wurde bleich und kaute auf seinen Lippen. Kupfer griff über den Tisch und schob das Foto mit Krajics Kindern wieder in dessen Blickwinkel. Krajic schaute zur Seite.

»Nur ein Mann. Schraubenlenne heißt er. Weiß sonst nichts«, sagte er mit tonloser Stimme.

»Wie wurde der Kontakt hergestellt?«

»Handynummer.«

»Immer dieselbe?«

Er nickte.

»Woher haben Sie die Handynummer?«

Er bekomme die Nummern der Abnehmer immer per SMS. Wer sie ihm schicke, wisse er nicht. Die SMS kämen immer von einem anderen Handy. Das gehe schon seit einem halben Jahr so.

»Und Ihr Abnehmer bekommt immer genau das geliefert, was er bestellt hat?«

Meistens, aber nicht immer. Manchmal würde er auch gefragt, was er noch dabei habe. Er habe den Eindruck, dass hinter seinem Abnehmer eine ganze Gruppe von Interessenten steht.

»Und was haben Sie ihm geliefert?«

»Armeepistolen, Munition, Schnellfeuergewehre. Handgranaten nicht so oft.«

»Sie hatten ja nicht nur die eine Handgranate dabei. Für wen sind die anderen?«

»Andere Leute. Soll treffen weiter südlich, am Rastplatz bei Engen.«

Kupfer reichte ihm das Handy, das man ihm abgenommen hatte.

»Und jetzt rufen Sie die Leute dort an und sagen, dass Sie eine Panne haben und erst am Montagabend dort sein können, und zwar so, dass die Ihnen auch glauben.«

Dunja Kilić übersetzte diese Anweisung. Kupfer lehnte sich zurück und verfolgte mit steinerner Miene, wie Krajic nun tat, was von ihm verlangt wurde. Dieser griff zögernd nach seinem Handy, hielt einen Moment inne, als müsste er seinen ganzen Mut zusammennehmen, atmete hörbar einmal durch und wählte. Er redete in seiner Muttersprache, aber Dunja Kiliæ bestätigte, dass er Kupfers Anweisungen genau befolgt hatte.

»Landsleute also«, sagte Kupfer vor sich hin. Dann sagte er eine Weile nichts. Krajic war sein Schweigen unheimlich. Er wurde nervös und fragte, ob er rauchen dürfe, was ihm gestattet wurde. Kaum hatte er den ersten langen Zug inhaliert, da beugte sich Kupfer vor und sagte bestimmt:

»So, und jetzt rufen Sie diesen Schraubenlenne an, oder wie er heißt, den Typ, den Sie vorher erwähnt haben. Sie bieten ihm Armeepistolen und 500 Schuss Munition an. Machen Sie ihm ein günstiges Angebot und bestellen Sie ihn für morgen Abend an die Raststätte Schönbuch. So viel Deutsch können Sie doch?«

Überrascht zuckte Krajic zusammen. Kupfer durchbohrte ihn mit seinem Blick.

»Ich will herausbekommen, welche Bestien die Handgranate an dem Passat angebracht haben, und Sie, Krajic, helfen mir dabei.«

Kupfers Tonfall hatte genügt. Dunja Kilić hatte diesen Satz noch nicht ganz übersetzt, da suchte Krajic bereits die Nummer in seinem Adressbuch. »Hier Krajic … habe Ware … zwei Pistolen … 9 mm … ja, auch Munition, fünfhundert … Preis wie immer … willst du nicht … dann Hälfte jetzt, andere Hälfte, wenn du verkauft hast … morgen Abend zehn Uhr …

bin auf Parkplatz wo immer … musst anklopfen … Hälfte gleich auf die Hand … gut … bis dann.«

»Gut«, sagte Kupfer. »Sie fahren heute noch in unserer Begleitung Ihren Lkw in Position. Den Rest erledigen wir.«

Ehe Kupfer sich um irgendetwas anderes kümmerte, sorgte er dafür, dass er den Angestellten der Raststätte Schönbuch-West, von dem Krajic gewarnt worden war, sprechen konnte. Er rief die Geschäftsleitung an und gab sich als Privatmann aus.

»Ich muss gestern Abend kurz nach zehn Uhr bei Ihnen an der Kaffeetheke meine Brieftasche liegen gelassen haben. Ist die vielleicht gefunden worden?«

»Tut mir leid. Mir ist nichts bekannt. Wissen Sie, wenn so etwas vorkommt, handeln unsere Angestellten selbstständig. Sie legen gewöhnlich die Fundsache auf die Seite und warten, bis sich jemand meldet.«

»Ja, verstehe. Wann kann ich denn den jungen Mann erreichen, der gestern Abend Dienst hatte?«

»Das ist nicht nötig, dass Sie warten, bis er morgen Abend seinen Nachtdienst wieder antritt. Alle unsere Angestellten können Ihnen weiterhelfen, falls Ihre Brieftasche tatsächlich bei uns gefunden worden ist.«

»Ganz herzlichen Dank. Jetzt habe ich doch wenigstens ein bisschen Hoffnung. Wissen Sie, ich wollte nur bis Horb weiterfahren, aber ich war so müde, dass ich unbedingt eine Kaffeepause brauchte. Ich hatte Angst, dass ich es sonst nicht mehr bis nach Hause schaffen würde. Und wenn man so müde ist, lässt man schon mal etwas liegen. Aber ich muss heute noch einmal nach Böblingen. Das trifft sich gut. Da kann ich ja auf der Rückfahrt bei Ihnen anhalten und nachfragen.«

»Ja ja, schon gut. Ich glaub's Ihnen ja. Erkundigen Sie sich bei unseren Angestellten«, sagte die Dame etwas schmallippig und ließ merken, dass sie eine Fortsetzung des Gesprächs für überflüssig hielt.

»Ganz ganz herzlichen Dank«, sagte Kupfer noch einmal und legte auf.

26

Von zwei Polizisten begleitet, fuhr Krajic seinen Lkw vom Rastplatz Neckarburg zurück auf den Parkplatz am Rasthaus Schönbuch. Er wurde fast an der gleichen Stelle abgestellt, an der er am Abend zuvor gestanden hatte. Danach wurde Krajic in seine Zelle zurückgebracht.

Kupfer gelang es mit ein paar Telefonaten, von einer internationalen Spedition aus der Region einen großen Lkw auszuleihen, der, nach seinem Kennzeichen zu schließen, von weither kam. Er wurde direkt neben Krajics Fahrzeug geparkt. Die beiden Laster standen der Fahrspur zugewandt, die direkt zur Ausfahrt führte. In jedem Lkw saßen zwei Kriminalbeamte. Auf der gegenüberliegenden Seite dieser Fahrspur warteten zwei weitere Einsatzkräfte in einem VW-Bus.

Die Beamten hatten sich seit dem frühen Abend auf dem Gelände aufgehalten und ständig das Kommen und Gehen um sich herum beobachtet, um sicher zu gehen, dass sie nicht beim Einsteigen in Krajics Lkw von den Zielpersonen beobachtet wurden. Ab neun Uhr hatten sie nach und nach Stellung bezogen. Der Dienstwagen, in dem Kupfer saß, hatte getönte Scheiben und ein Stuttgarter Kennzeichen. Vorsichtshalber war er nicht so weit herangefahren, dass er den Ort des geplanten Geschehens hätte überschauen können. Aber er stand in Funkverbindung mit den Beamten in dem VW-Bus, die einen guten Blick auf die Szenerie hatten.

Zwanzig vor zehn waren alle in Stellung. Kupfer saß in seinem Dienstwagen und wartete. Er war gespannt und unruhig. Es war immer dasselbe: Wenn es darum ging, eine Falle zu stellen, war er in seinem Element. Fast genussvoll zog er dann an allen verfügbaren Strippen und freute sich, wenn er verschiedene Kräfte auf ein Ziel hin bündeln konnte. Es verschaffte ihm ein Hochgefühl, wenn seine Ideen zusehends Gestalt annahmen. So war es auch diesmal gewesen. Aber nun hier sitzen und die Falle überwachen, Spannung und Unsicherheit aushalten, das lag ihm gar nicht. Er wäre lieber zu Hause gewesen und hätte sich den Erfolg der Aktion einfach melden lassen. Aber dieser Fall war sein Fall, und es war obendrein Samstag. Da hatte er nicht einmal Feinäugle fragen können, ob er ihn bei diesem Einsatz vertreten wollte. Außerdem hatte er ein seltsames Gefühl in der Magengrube, ein Gefühl, das er sich nicht erklären konnte. War es der Nachklang des Vorabends? Sagte ihm sein Unterbewusstsein, dass dieser Ort einfach nicht der Schauplatz einer erfolgreichen Aktion sein konnte? Er verwarf den Gedanken wieder und schaute auf die Uhr. Nur noch zehn Minuten, falls die Zielpersonen pünktlich waren.

Aus dem Rasthaus kamen zwei Männer in Turnschuhen, engen Jeans und Kapuzenpulli.

»Achtung. Zwei Personen bewegen sich vom Restaurant zum Parkplatz hin.«

»Verstanden.«

Kupfer lauschte. Nichts. Nichts als das minimale Rauschen des Sprechfunkgeräts.

Dann hörte er, wie hinter der Lkw-Reihe ein Pkw startete. Der Motor heulte auf, als würde ein Rennen gefahren, als das sportliche Gefährt der Ausfahrt zuraste. Dann war es wieder still.

Die Minuten verstrichen. Es wurde zehn Uhr, viertel nach zehn, halb elf.

Kupfer knirschte mit den Zähnen. Indem er tief durchzuatmen versuchte, kämpfte er gegen den drückenden Ärger in seiner Magengegend an. Viertel vor elf blies er die Aktion ab.

Der Fehlschlag machte ihn zerknirscht. Auf seine Weise fühlte er sich ebenso angeschlagen wie sein Freund OW am Abend zuvor. Wieso war diese Aktion gescheitert? Was hatte er übersehen?

Vielleicht war es falsch gewesen, Krajic die Leute anrufen zu lassen, die bei Engen auf eine Lieferung warteten. Wahrscheinlich haben sie ihm nicht geglaubt, musste er sich sagen. Irgendetwas muss im Hintergrund abgelaufen sein, das sich seinem Blick entzog. Es gab wohl ein Netzwerk, das seinen Plan durchkreuzt hatte.

»Ich hab's verbockt, ich hab's irgendwie verbockt und weiß nicht wie«, war das Erste, was Kupfer sagte, als er am Sonntagnachmittag OWs Auto vom Autobahnparkplatz abgeholt hatte und seinem Freund einen Besuch abstattete.

Er erzählte ihm, dass Krajic verhaftet und auch schon ein erstes Mal verhört worden war.

Mit seinem Brillenhämatom, der verpflasterten Nase und den geschwollenen Lippen machte OW immer noch einen bedauernswerten Eindruck.

»Es geht schon wieder. Es sieht schlimmer aus, als es ist«, sagte er tapfer. Aber man hörte gut, dass ihn das Sprechen noch etwas Mühe kostete.

»Er trägt seine Schmerzen mit vorbildlicher Fassung«, spottete Emma Wolf. »Es bleibt ihm ja auch gar nichts anderes übrig nach seinem heldenhaften Vorstoß ins kriminelle Milieu.«

»Immerhin hat der Vorstoß zu etwas geführt«, wollte ihn Kupfer verteidigen.

»Und der Stoß in sein Gesicht auch, wie man sieht«, konterte Emma. »Früher war er nicht so leichtsinnig. Ich weiß gar nicht, wie das noch wird, wenn er noch älter wird.«

»Ja, ja, ja«, sagte OW genervt, »ich war leichtsinnig und ich wage mich auch nie mehr so weit vor, aber eine interessante Erfahrung war die ganze Aktion doch, wenn man sie insgesamt betrachtet.«

»Ja, ja«, sagte Emma etwas resigniert, »wenn du nur immer eine Geschichte zu erzählen hast. Ich lass euch beide jetzt lieber allein.«

Damit verließ sie das Zimmer, und die eigentliche Manöverkritik konnte beginnen.

»Ich will dich nicht auch noch ärgern«, begann OW, »aber wenn ihr euren Einsatz gemacht hättet, als ich …«

»Hör auf«, winkte Kupfer ab. »Dann hätten wir auch nur den Krajic erwischt. Außerdem ist das Schnee von gestern.

Was mich jetzt interessiert, ist, warum das schiefgelaufen ist. Wir wissen doch, was Krajic am Telefon gesagt hat. Daran kann es fast nicht gelegen haben.«

»Vielleicht hat er ein Code-Wort benutzt«, mutmaßte OW.

»Sicher nicht auf Deutsch. Was er zu diesem Schraubenlenne gesagt hat, war so einfach. Das kann ich mir nicht vorstellen. Ich müsste unsere Dolmetscherin fragen, ob sie sich an etwas erinnert, was ein Hinweis sein könnte.«

»Vielleicht war es die Sprache selbst. Es könnte doch abgesprochen gewesen sein, dass sich Krajic auf Kroatisch melden muss, wenn er in Schwierigkeiten steckt.«

»Hmm«, machte Kupfer nachdenklich. »Alles möglich. Und trotzdem weiß ich nicht, was ich in dieser Situation hätte anders machen sollen. Irgendwas musste ich ja tun. Wenn er bei seinen nächsten Abnehmern nicht angekommen wäre, hätte das schließlich auch Staub aufgewirbelt.«

»Jedenfalls habt ihr den Krajic. Das ist doch was.«

»Ja, und die Dienstzeit von dem, der ihn gewarnt hat. Den knöpfe ich mir heute Abend noch vor. Und dann müssen wir nach diesem Schraubenlenne schauen.«

»Lenne kommt vielleicht von Leonhard.«

»Könnte sein. Ich lasse morgen mal die Telefonbücher durchforsten.«

Sie entwickelten weitere Theorien zu diesem Fall, bis Emma sie zum Kaffee rief und einen leckeren Apfelkuchen auftischte.

27

Am selben Abend um zehn war die Raststätte fast leer. Kupfer schätzte, dass höchstens zehn Gäste in dem Restaurant saßen, allein oder zu zweit. Hinter der Kaffeetheke stand der junge Mann, den er sprechen wollte. Kupfer hätte ihn nicht wiedererkannt, da er ihn vor zwei Tagen gar nicht beachtet hatte. Nun aber schaute er ihn genau an: Er war knapp zwanzig Jahre alt, groß und schlank. Sein gescheiteltes rotblondes Haar fiel ihm in Strähnen über die Augen, so dass er sie immer wieder nach hinten strich. Trotz dieser tickartig wiederholten Bewegung machte er auf den ersten Blick in seiner Arbeitskleidung eine gute Figur. Das weiße Hemd ließ ihn allerdings noch bleicher wirken, als er ohnehin war.

Kupfer ging die Sache langsam an, indem er sich einen Cappuccino bestellte. Als der junge Mann die Tasse auf die Theke stellte, betrachtete Kupfer seine schmalen Hände. Sie sahen weich aus wie die eines Büromenschen. Aber seine langen Fingernägel waren grau, als hätte er es nicht geschafft, sie ganz sauber zu kriegen, was Kupfer an längst vergangene Zeiten erinnerte. Es war vor fast vierzig Jahren gewesen. Da hatte er sich von seinem spärlichen Gehalt als erstes eigenes Auto einen uralten Käfer geleistet, an dem er länger herumbasteln musste, als er mit ihm fahren konnte. Und wenn er dann zum Dienst hetzte, hatten seine Fingernägel auch so grau ausgesehen.

Kupfer zahlte, blieb an der Theke stehen und nahm den ersten Schluck. Der junge Mann schaute ihn abwartend an, als erwartete er eine weitere Bestellung.

»Hatten Sie nicht auch vorgestern Abend Dienst?«, fragte Kupfer wie nebenbei.

»Ja. Warum?«

»Ist das nicht ein bisschen langweilig, wenn so wenig Kundschaft da ist?«

»Ja, manchmal schon.«

»Und Sie sind auch noch allein hier, oder nicht?«

»Klar. Eine zweite Kraft würde sich um diese Zeit nicht lohnen.«

Kupfer hatte bis jetzt in seiner Tasse herumgerührt und seinen Gesprächspartner kaum angesehen. Nun aber blickte er ihn prüfend an und sagte: »Dann waren Sie das also«, und zog seine Dienstmarke aus der Tasche. »Kriminalpolizei. Bitte weisen Sie sich aus.«

Im ersten Moment stand der Junge wie schockgefroren da, keine tickartige Kopfbewegung mehr, obwohl ihm seine Haare über die Augen hingen. Dann griff er in seine Gesäßtasche und nahm mit zitternden Händen seinen Personalausweis aus dem Geldbeutel.

Es handelte sich um Joachim Drescher, geboren am 17. März 1990 in Böblingen, wohnhaft in Aidlingen.

Schon während Kupfer seinen Ausweis ansah, gewann der Junge seine Fassung zurück.

»Und was wollen Sie von mir?« Seine Frage klang frech.

»Nicht viel«, sagte Kupfer ganz ruhig. »Ich wollte mir nur mal ansehen, wer vorgestern Abend für lumpige zehn Euro einen Waffenschmuggler vor der Polizei gewarnt hat.«

»Was? Ich weiß nichts von einem Waffenschmuggler.«

»Aber von einem Trucker, der Ihnen zehn Euro geboten hat, wenn Sie ihn anrufen.« Er streckte seine Hand aus. »Ich bitte um Ihr Handy.« Dann aber schien er sich anders zu besinnen. »Oder behalten Sie es. Wir haben ja das Handy des Waffenschmugglers und können feststellen, von wem er angerufen wurde. Übrigens wissen wir von ihm, dass Sie ihn angerufen haben. Wieso tun Sie so etwas?«

Er zuckte mit den Achseln.

»Zehn Euro für einen kleinen Gefallen. Warum nicht? Ich verdiene hier nicht so viel.«

»Ist das Ihr einziger Job?«

»Nein.«

»Und wo arbeiten Sie noch?«

»Das wechselt. Mal hier, mal dort.«

In diesem Moment kam Kundschaft. Kupfer legte seine Karte auf die Theke und sagte: »Übermorgen um elf sehe ich Sie. Die Adresse steht drauf. Bei Ihrer Beschäftigungslage kann ich ja sicher sein, dass Sie sich freimachen können.«

Dann ging er.

Mit den Mobiltelefonanbietern hatte Kupfer bisher keine guten Erfahrungen gemacht. Er hasste es, »von Jingles oder Primitivmusik beschallt«, wie er es nannte, zu warten, bis einer der Callcenter-Sklaven sich meldete: »Guten Tag, mein Name ist Brrrrrrrr. Was kann ich für Sie tun?« Er wollte nicht von solch einer menschlichen Sprechmaschine auf den Datenschutz aufmerksam gemacht werden. Und der schriftliche Weg über Staatsanwalt Dr. Klöppner schien ihm auch nicht gangbar. Der würde nur wieder umständlich nachbohren, warum denn diese Anfrage, die eine heikle Verletzung des Datenschutzes darstellte, unbedingt sein müsse. Daher war er fest entschlossen, nicht der Handynummer nachzugehen, die Krajic angerufen hatte, sondern Schraubenlennes Identität auf konventionellerem Weg herauszufinden. Wozu gab es immer noch gedruckte Telefonbücher, hatte er sich gesagt und Paula Kussmaul angestellt.

Sie hatte inzwischen sämtliche Telefonbücher der Region nach einer Mechaniker- oder Kfz-Werkstatt Leonhard durchgesehen, aber absolut nichts gefunden.

»Leonardo, Leonardt, Leonhard in allen denkbaren Schreibweisen samt Leone bringen alle nichts. Der Kerle muss anders heißen«, sagte sie.

»Dann bleibt uns nur unser Fotoalbum«, folgerte Kupfer und ließ eine Auswahl aller Fotos von Leuten zusammenstellen, gegen die in den letzten Jahren in Verbindung mit Vergehen, die mit Werkstätten zu tun gehabt hatten, ermittelt worden war.

»Das Nächstliegende ist sicher der Kfz-Bereich.«

Paula Kussmaul setzte sich an den Computer und stellte eine Auswahl von Bildern zusammen. Sie zeigten Männer aus dem ganzen Land, und das in beträchtlicher Zahl.

»Mein lieber Mann, das Album ist ganz schön dick geworden. Man sollt's nicht meinen«, fasste sie ihren Eindruck zusammen, als sie damit fertig war.

»Da sieht man's wieder: Unser Ländle ist halt ein Autoland«, antwortete Kupfer. Dann ließ er Krajic in die Polizeidirektion Böblingen holen, forderte für alle Fälle die Dolmetscherin an und setzte ihn vor einen Bildschirm.

»Und jetzt, Herr Krajic, schauen Sie sich die Fotos an und sagen mir, wer der Schraubenlenne ist. Sie verstehen mich doch?«

»Ja, Schraubenlenne gucken.«

Kupfer ließ Kaffee kommen und erlaubte Krajic auch zu rauchen, um ihn, soweit es möglich war, aus seiner Zellendepression herauszuholen. Er befürchtete eine längere Sitzung, bei der Krajics Konzentration erheblich nachlassen könnte. Umso angenehmer war er überrascht, als Krajic schon bei der dritten Zigarette seinen Zeigefinger auf das Foto eines ungefähr dreißigjährigen dunkelhaarigen Mannes mit schmalem Gesicht richtete.

»Schraubenlenne, der«, sagte er, wobei ihm der Rauch aus Mund und Nase quoll.

»Sind Sie sicher, oder sollen wir Ihnen noch mehr Fotos zeigen?«

»Keine Fotos mehr. Bin sicher. Ist Schraubenlenne.«

Der Mann, den Krajic als Schraubenlenne identifiziert hatte, hieß Bernd Lemgruber, war einunddreißig Jahre alt, ohne Beruf und lebte von wechselnden Gelegenheitsarbeiten. Er war seit kurzem polizeibekannt. Wenn er nicht gerade einen anderen Job hatte, reparierte er in einer Garage in Aidlingen Autos und betrieb einen schwunghaften Handel mit gebrauchten Fahrzeugteilen, die er sich auf Schrottplätzen holte und die daher nicht immer technisch einwandfrei waren.

»Der Schmierölfall, die Akte vom Schmierölfall!«, rief Kupfer ganz aufgeregt.

»Was ist jetzt los?«, fragte Paula Kussmaul.

»Mit dem hatten wir schon einmal das Vergnügen, und den rufen sie garantiert Lemme und nicht Lenne. Vom Namen Lemgruber her. Der hat doch dieses defekte Lenkgetriebe für den Corsa geliefert, mit dem der junge Familienvater gegen den Brückenpfeiler geknallt ist. Da hätte ich eigentlich draufkommen müssen. Na, diesen Kunden schauen wir uns jetzt aber genau an.«

Und als er in die Akte schaute, sagte er vor sich hin: »Ohne feste Anstellung. Und dann noch von Aidlingen, wie der Kerl an der Kaffeetheke. Das passt doch.«

Krajic verstand die Aufregung nicht ganz genau, begriff aber sehr wohl, dass es über Lemgruber alias Schraubenlemme eine Ermittlungsakte gab und es für ihn selbst besser wäre, wenn er nichts verschweigen würde. Gespannt beobachtete er Kupfer, als könnte er ihm die Gedanken vom Gesicht ablesen.

Dieser wandte sich ihm wieder zu und schaltete einen Recorder ein.

»Sie wissen doch sicher noch, was Sie Schraubenlemme geliefert haben?«

»Kaffee, bitte«, sagte Krajic, dem klar wurde, dass er nicht mehr lange gebraucht würde.

»Okay«, sagte Kupfer lächelnd und goss ihm nach. »Aber noch einmal: Was haben Sie ihm verkauft?«

»Gewehre, Pistolen, Munition.«

»Auch Handgranaten?«

»Auch. Nur einmal.«

Kupfer schob das Foto einer jugoslawischen Splitterhandgranate über den Tisch.

»Von diesem Typ?«

»Ja. Aber nur zwei.«

»Und wann war das?«

»Weiß nicht genau. Vor ein paar Wochen vielleicht.«

»Noch im Sommer?«

»Nein. Im Herbst. Vor vier Wochen.«

»Und Sie sind sicher, dass Sie ihm zwei solche Handgranaten verkauft haben und nicht nur eine?«

Krajic nickte.

28

Der Montagmorgen war sehr frisch. Die Sonne drang allmählich durch den Nebel und leckte zögernd den Reif von den Dächern. Trotzdem war die breite Tür der Doppelgarage hochgeklappt. Ein älterer Opel Corsa mit grellen Rallyestreifen stand über einer Montagegrube. Sein doppelter Auspuff sollte ihn wohl als frisiertes Kraftpaket zu erkennen geben. Daneben stand ein funkelnagelneues Quad. Sogar seine Bereifung glänzte noch etwas und wies keinerlei Schmutzspuren auf. Kupfer las die Zulassungsnummer und lächelte spöttisch: BB-JD 173.

Bernd Lemgruber stand mit dem Rücken zur Tür und wühlte klappernd in einem der Regale herum, welche die Innenwände der Garage fast ganz bedeckten. Er war so auf seine Suche konzentriert, dass er Kupfer und Feinäugle nicht kommen hörte.

»Guten Morgen, Herr Lemgruber«, grüßte Kupfer laut.

Lemgruber drehte sich um und konnte seinen Schrecken nicht verbergen. Er atmete hörbar ein und hielt kurz die Luft an. Offensichtlich erinnerte er sich sehr ungern an seine letzte Begegnung mit Kupfer und seinem Kollegen, die ihn damals nach seinem Handel mit gebrauchten Fahrzeugteilen befragt hatten. Er grüßte nicht zurück, sondern fragte trotzig: »Und? Was wollen Sie? Ich habe Ihnen doch schon tausend Mal gesagt, dass das verdammte Lenkgetriebe nicht von mir stammt.«

»Darum geht es auch gar nicht. Wir wollen uns nur nach einem Ihrer Bekannten erkundigen. Schauen Sie her, Sie kennen doch den Herrn.«

Mit diesen Worten hielt er ihm ein Foto von Krajic hin. Lemgrubers Gesicht blieb reglos.

»Besonders gut scheint Herr Krajic Sie allerdings nicht zu kennen. Oder rufen Sie ihn Hrvoje? Aber egal, wie Sie ihn rufen. Jedenfalls nannte Krajic Sie Schraubenlenne. Das kann doch nicht stimmen. Muss das nicht Schraubenlemme oder Schrauberlemme heißen? Schrauberlemme passt doch besser.«

Lemgruber schwieg.

Feinäugle überließ das Gespräch ganz seinem Kollegen. Mit offenem Mantel und den Händen in den Taschen ging er hin und her wie jemand, der vor dem Bahnhof auf einen

Freund wartet. Das mochte Lemgruber gar nicht. Immer wieder schaute er sich unsicher nach Feinäugle um.

»Sie wollen es mir nicht sagen? Gut, dann halt nicht. Ich werde mich in der Szene erkundigen. Dafür erklären Sie mir jetzt etwas anderes. Immer wenn Krajic freitagabends an der Raststätte Schönbuch Halt macht, ruft er Sie an. Das wäre unter Freunden etwas Normales, wenn dann im Lokal ein fröhliches Zusammentreffen stattfinden würde. Stattdessen geht Krajic aber immer mutterseelenallein in die Dunkelheit hinaus. Und Sie können uns vielleicht erklären, warum dann ihr Freund Joachim Drescher immer aufpasst, dass Krajic von niemand verfolgt wird.«

Lemgruber sagte nichts und blickte Kupfer hasserfüllt an.

»Übrigens ein hübsches Quad, das sich Ihr Freund geleistet hat. Sieht funkelnagelneu aus.«

Lemgruber fuhr plötzlich herum und schnarrte Feinäugle an: »Lassen Sie Ihre Finger von meiner Werkbank. Dazu haben Sie kein Recht.«

Feinäugle hatte plötzlich sehr konzentriert gewirkt. Zielstrebig war er auf die kleine Werkbank in der Ecke zugegangen, hatte eine kleine Zange aus ihrer Aufhängung genommen und damit ein kleines Stück von einem Kupferdraht abgezwickt, der aufgerollt zwischen den Werkzeugen an der Wand hing.

»Ein so winziges Stück Materialprobe müssen Sie uns schon zugestehen«, sagte Feinäugle ruhig, bog das Drahtstück zu einem handlichen Ring und steckte es in einen kleinen Beweismittelbeutel.

»Also, Herr Lemgruber, was läuft da?«, setzte Kupfer wieder an.

Lemgruber machte ein paar Mal den Mund auf, als schnappte er nach Luft.

»Ich sage nichts mehr ohne meinen Anwalt«, stieß er dann hervor.

»Auch recht, Herr Lemgruber, auch recht. Sie kriegen bald einen, und zwar einen Pflichtverteidiger. Wir verhaften Sie wegen Beihilfe zum bandenmäßigen illegalen Waffenhandel. Und was noch dazukommt, das sehen wir dann. Ein Stückchen von Ihrem Kupferdraht haben wir ja.«

Was Krajic ausgesagt hatte, fügte sich ins Bild. Wenige Tage, nachdem er Lemgruber die Handgranaten geliefert hatte, war der Anschlag auf Andrea Lorenz verübt worden. Dazu kam das Ergebnis der Untersuchung des Kriminaltechnischen Untersuchungsamts. Nach der Materialprüfung stand eindeutig fest, dass der Kupferdraht aus Lemgrubers Garage genau dieselbe Zusammensetzung hatte wie der, der bei dem Anschlag verwendet worden war.

»Das ist natürlich kein zwingender Beweis«, sinnierte Kupfer, »aber doch ein kleines Mosaiksteinchen im Gesamtbild. Wenn die beiden Drahtstücke nicht von derselben Sorte wären, dann hätten wir allerdings ein Problem gehabt.«

»Haben wir aber nicht. Wenigstens nicht in diesem Sinn«, stimmte ihm Feinäugle zu. »Und noch was Nettes«, sagte er und legte ein Fax auf den Tisch. »Die Anfrage bei der Kraftfahrzeugzulassungsstelle hat ergeben, dass Joachim Drescher sein Quad nur ein paar Tage nach dem Anschlag angemeldet hat. Da, lies mal.«

»Na, da schau her. Ein Quad ATV 600 ccm Hunter für fast 6000 Euro. Unser armer Kaffeeboy! Sicher ist seine Erbtante gestorben. Dem müssen wir unser Beileid aussprechen.«

»Das wird bestimmt lustig. Obwohl, der scheint mir eine kleinere Figur in diesem Spiel zu sein. Auch wenn er jetzt auf einmal Geld hatte. Ich glaube auch nicht, dass er uns wegläuft. Wo soll er denn hin?«

»Wenn er verduften wollte, könnte er sich höchstens dort verstecken, wo all die Waffen gelandet sind. Abstrakt gesprochen: Der Hilfsvermittler flieht auf die Kundenseite. Um die müssen wir uns kümmern.«

»Schon wegen der zweiten Handgranate«, pflichtete ihm Feinäugle bei. »Ich schlage vor, wir recherchieren mal in der rechtsradikalen Szene. Es gibt meiner Ansicht nach nur zwei

Möglichkeiten: Entweder kam Lemgrubers Kundschaft aus allen möglichen Ecken, dann haben wir Pech gehabt, oder seine Abnehmer sind ein organisierter Kreis, dann wäre der Fall überschaubarer. Und diesen Kreis würde ich in der rechtsradikalen Szene suchen.«

Feinäugle machte eine Pause.

»Weiter, weiter. Ich höre dir zu«, sagte Kupfer, der ihn gespannt ansah.

»Wir holen uns Hilfe beim LKA, und zwar von dem Spezialisten für Gesichtserkennung. Ein biometrisches Foto von Lemgruber haben wir ja. Wenn wir Glück haben, fischt uns die Software ein paar Fotos heraus, auf denen wir Lemgruber im Kreis der üblichen Verdächtigen sehen, bei einem Hatecore-Konzert oder so etwas. Dann wüssten wir wenigstens, ob er Verbindungen nach rechts außen hat und kämen eventuell an seine Kundschaft ran. Mag sein, dass wir da ein bisschen mit der Stange im Nebel rühren, aber einen Versuch ist es doch sicher wert.«

»Der Aufwand wäre nicht groß«, meinte Kupfer, »gute Idee. Von ihrem Lebenslauf und ihrer Situation her gesehen, könnten beide einen starken Hang nach rechts haben. Und die rechte Szene rüstet auf, das stimmt. Kümmer dich bitte drum.«

Joachim Drescher kam am Dienstag um elf pünktlich in die Polizeidirektion. Nach seinen dunklen Augenringen und den geröteten Lidrändern zu urteilen, hatte er sehr wenig geschlafen.

»Geht es Ihnen nicht gut? Sie sehen schlecht aus. Wie lange haben Sie heute Nacht gearbeitet?«

Darauf sagte Drescher nichts. Er schaute an Kupfer vorbei zum Fenster hinaus.

»Sie sind aber heute nicht sehr gesprächig, und ich möchte mich doch mit Ihnen über Ihren kroatischen Bekannten unterhalten. Seit wann kennen Sie Hrvoje Krajic?«

Drescher schaute Kupfer nicht einmal an.

»Nun gut. Damit Sie wissen, worum es geht«, begann Kupfer, »will ich Ihnen etwas erklären: In unserem Land gibt es das sogenannte Kriegswaffenkontrollgesetz, das den Verkauf von Kriegswaffen unter Strafe stellt. Und nicht nur das, schon allein der Versuch, Kriegswaffen zu kaufen, ist strafbar. Ebenso strafbar macht sich …«

»Wieso erzählen Sie mir das?«, unterbrach ihn Drescher frech. »Ich habe noch nie eine Kriegswaffe angefasst und schon gar nicht gekauft oder verkauft.«

Kupfer ließ sich davon nicht beeindrucken.

»Ebenso strafbar macht sich derjenige«, machte er mit gesteigerter Lautstärke weiter, »der zu einem solchen Handel beiträgt. Und das, Herr Drescher, tut auch derjenige, der Schmiere steht.«

»Ich bin nicht Schmiere gestanden«, protestierte er.

»Das kommt drauf an, was man darunter versteht«, entgegnete Kupfer gelassen.

»Ich habe nichts getan.«

»Richtig. Ja, Sie haben meistens nichts getan«, sagte Kupfer und merkte, dass er sein Gegenüber etwas durcheinanderbrachte. »Ich meine ja nicht, dass Sie an irgendeiner Ecke aufgepasst und durch die Finger gepfiffen haben, als es gefährlich wurde, sondern dass Sie in den allermeisten Fällen, wie gesagt, nichts taten. Sie blieben brav hinter Ihrer Kaffeetheke stehen und mussten meines Wissens nur ein einziges Mal, das heißt ausnahmsweise, einen kurzen Anruf tätigen. Und indem Sie in allen anderen Fällen nicht anriefen, haben Sie den Handel auf dem Parkplatz ermöglicht. Ihr Nichtstun war das Signal dafür, dass der Handel in aller Ruhe abgewickelt werden konnte.«

»Pfff«, machte der junge Mann, und Kupfer war sich nicht sicher, dass er verstanden worden war.

»Wollen Sie etwa sagen, dass Hrvoje Krajic uns angelogen hat? Sein Handy spricht übrigens Bände.«

Stummes Achselzucken.

»Heute Morgen habe ich außerdem schon Ihr neues Fahrzeug bewundert. Gleich sechshundert Kubik, ein ganz schönes Kraftpaket, und relativ teuer. Als ich Sie am Sonntagabend hinter Ihrer Kaffeetheke stehen sah und Sie mir auch noch erklärten, dass zehn Euro für Sie viel Geld seien, hätte ich nicht gedacht, dass Sie sich so ein Fahrzeug leisten, das übrigens nicht sehr praktisch ist. Warten Sie mal, bis es noch ein wenig kälter wird.«

»Was geht Sie das an? Ich kann mir kaufen, was ich will.«

»Natürlich. Kaufen Sie nur, was Sie wollen, wenn Sie sich das leisten können. Ich finde nur den Zeitpunkt auffällig. Kurz zuvor hatte Ihr Freund Lemgruber zwei jugoslawische Handgranaten gekauft. Eine davon haben wir gefunden. Die andere suchen wir noch. Wem liefert Lemgruber diese Waffen?«

»Weiß ich doch nicht. So gut kenne ich den auch wieder nicht.«

»Herr Drescher, so kommen wir doch nicht weiter«, sagte Kupfer, als wollte er sich aufs Bitten verlegen. »Sagen Sie mir doch einfach, woher Sie das Geld für das Quad haben.«

»Lange angespart. Was denn sonst.«

Nun beugte sich Kupfer vor und schlug einen schärferen Ton an.

»Jetzt passen Sie mal gut auf, Herr Drescher. Es war nicht schwer, die Bank ausfindig zu machen, wohin Ihr kümmerliches Gehalt überwiesen wird. Und die Staatsanwaltschaft hat uns gerne den Gefallen getan, diese Bank in Ihrem Fall des Bankgeheimnisses zu entheben.«

Mit diesen Worten zog er das Fax eines Bankauszugs aus einem Aktendeckel.

»Diesen Bankauszug haben wir gestern bekommen. Sie erinnern sich bestimmt: Vor vier Wochen noch hatten Sie zweitausend Euro Miese, aber dann kam der warme Regen: einmal achttausend und dann noch einmal viertausend. Und von diesem Konto haben Sie das Quad bezahlt, bar, einfach so, als wär's ein billiges Fahrrad. Da würden Sie sich an unserer Stelle doch auch fragen, was hinter diesem plötzlichen Geldsegen steckt, oder?«

Joachim Drescher schaute vor sich nieder und ließ sein Haar über die Augen hängen. Ein Zucken ging durch sein Gesicht, seine Backenmuskeln zeichneten sich unter seiner bleichen Haut ab. Langes verbissenes Schweigen.

»Sie wollen mir nichts sagen? Gut, dann muss ich mich gedulden. Aber zunächst mal verhafte ich Sie wegen Beihilfe zum illegalen Handel mit Kriegswaffen und wegen des Verdachts, an einem Mordanschlag beteiligt zu sein.«

Bei Kupfers letzten Worten zuckte Drescher zusammen. Dann saß er wie versteinert da, bis er abgeführt wurde.

29

Inzwischen hatte Feinäugle Lemgrubers biometrisches Foto mit dem entsprechenden Antrag ans LKA geschickt, darauf gefasst, ein paar Tage warten zu müssen. Aber schon am übernächsten Tag bekam er eine CD mit Bildern zugestellt. Erfreut griff er zum Telefon und bedankte sich.

»Arg viel ist es nicht, was ich dir schicken konnte«, erklärte der Kollege aus Bad Cannstatt. »Keine Bilder von der rechten Szene, nur vom Fußball. Euer Kunde ist offensichtlich VfB-Fan. Aber vielleicht nützen euch die Fotos trotzdem was. Jetzt guck sie dir halt mal an. Viel Spaß dabei.«

Wo Lemgruber seine Freizeit verbrachte und sein Geld ausgab, war leicht zu überschauen. Verschiedene Fotos zeigten ihn unter den VfB-Fans in der Mercedes-Benz-Arena, beim Public Viewing auf dem Schlossplatz in Stuttgart, bei Bundesligaspielen in Karlsruhe und Freiburg, bei Motocrossrennen, bei harmlosen Rockkonzerten wie zum Beispiel beim Rock am Ring. Immer wieder tauchte Joachim Drescher neben ihm auf.

»Und?«, fragte Kupfer, der gerade dazukam, als sich sein Kollege durch die erste Hälfte durchgeklickt hatte. »Wie sieht es aus in der rechten Szene?«

»Fehlanzeige. Die beiden sind wohl unzertrennlich. Aber zur rechten Szene gehören sie nicht. Lemgruber und Drescher sind VfB-Fans, falls dich das interessiert. Hoffentlich ist das keine Zeitverschwendung, was ich da …« Dann blieb ihm das Wort im Hals stecken.

»Was ist?«

»Das Foto von der Stocherkahnfahrt. Da, schau, das Mädchen, das wir nicht identifiziert haben, guckt genau in die Kamera.«

Feinäugle machte zusätzlich Lemgrubers Passfoto auf.

»Jetzt haut's mich aber um. Sie hat das gleiche Gesicht – Lemgruber, Modell weiblich. Wer ist das?«

»'s Judithle, da schau her«, sagte Kupfer überrascht.

»Du kennst die?«

»Nein, aber ich habe dieses Foto doch Erika Krumm gezeigt, und die sagte, das Mädchen sei 's Judithle. Aber ich habe nicht genau nachgefragt. Mehr weiß ich im Moment auch nicht. Aber morgen klärt sich das.«

Von einem wahren Jagdfieber erfasst, klickte sich Feinäugle durch die restlichen Bilder und wurde noch einmal fündig. Auf einem weiteren Bild, das in einem Fußballstadion aufgenommen worden war, war ein älterer Mann zu sehen, der mit einem Plastikbecher in der Hand seinen Idolen zuzujubeln schien, allem Anschein nach Judiths Vater.

30

»Ich muss Sie unbedingt noch einmal sprechen«, sagte Kupfer zu Erika Krumm am Telefon. Diesmal wollte er nicht unangemeldet vor der Tür stehen.

»Haben Sie ihn immer noch nicht?«, fragte Theos Mutter mit einem halb wehleidigen, halb vorwurfsvollen Unterton.

»Nein, leider nein, aber wir sind dran.«

»Was wollen Sie denn noch von mir wissen?«

»Das kann ich Ihnen nicht am Telefon sagen. Ich muss Ihnen zwei Fotos zeigen. Wann kann ich zu Ihnen kommen? Wann würde es Ihnen passen?«

»Sie brauchen nicht zu mir zu kommen. Ich bin morgen sowieso in der Stadt wegen einem Arzttermin. Da kann ich anschließend bei Ihnen vorbeikommen. Am Spätvormittag. Passt das?«

Kupfer stimmte zu. Ihm war es nur recht, dass er nicht wieder so viel Zeit auf der Strecke lassen musste.

Der Vormittag war sonnig, aber kühl. Als sich Erika Krumm gegen elf an der Pforte der Polizeidirektion meldete, hatte sie rote Wangen und atmete hörbar.

»Sind Sie zu Fuß gekommen?«, fragte Kupfer verwundert.

»Ja, es ist ja nicht so weit vom Bahnhof her, und der Arzt hat gemeint, ich soll mehr zu Fuß gehen. Spazierenlaufen soll ich. Bloß mit wem? Das hat er mir nicht gesagt. Wissen Sie, wenn man so allein ist wie ich, hat man öfters einfach keine Lust.«

»Heute haben Sie ja wenigstens Glück mit dem Wetter. Ist das nicht ein schöner Tag?«, meinte Kupfer, um etwas Unverbindliches zu sagen. Erika Krumm ging nicht darauf ein. Sie schwieg, bis sie Kupfer gegenübersaß.

»Möchten Sie einen Kaffee?«

»Nein, danke, ich bin immer noch ein wenig erhitzt.«

»Oder ein Glas Wasser?«

»Ja, ein Wasser, das wäre gut. Danke.«

Als Kupfer ihr einen Becher Wasser reichte, schluckte sie eine Tablette.

»Zur Beruhigung«, beantwortete sie seinen fragenden Blick. »Seit Theo nicht mehr da ist, finde ich keine Ruhe, ich bin nervös, dann wieder ruhig, aber lustlos. Wissen Sie, es ist ja nicht so, dass Theo mich jeden Sonntag besucht hätte. Aber allein der Gedanke, dass es ihn gab, hat mir schon geholfen. Aber jetzt …«

Sie sah vor sich hin und schüttelte traurig den Kopf.

»Wie ich Ihnen schon am Telefon sagte, arbeiten wir mit aller Kraft an diesem Fall«, begann Kupfer ohne weitere Umschweife. »Nur muss ich leider sagen, dass sich bisher wenig geklärt hat. Im Gegenteil, der Fall wird immer komplizierter. Und ich habe mich bei Ihnen gemeldet, weil Sie uns vielleicht an einem wichtigen Punkt weiterhelfen können. Ich habe Ihnen schon einmal dieses Foto gezeigt.«

Kupfer legte das Foto von der Stocherkahnfahrt vor ihr auf den Tisch.

»Und dazu möchte ich Sie fragen, was sie über das Mädchen da im Vordergrund wissen. ’s Judithle haben Sie sie genannt, wenn ich mich richtig entsinne.«

»Ja«, sagte sie, »das ist ’s Judithle. Was ist mit der?«

»Das wissen wir noch nicht. Vielleicht gar nichts. Wir sind bloß in einem anderen Zusammenhang auf das Foto von einem jungen Mann gestoßen, der ihr sehr ähnlich sieht. Da, schauen Sie sich das an.«

Er legte Bernd Lemgrubers Passfoto daneben.

»Den kenn ich auch«, sagte sie sofort, »das ist Bernd Lemgruber. Hat er was angestellt?«

»Wieso fragen Sie das?«

»Ich hab mal gehört, er hätte Schwierigkeiten mit der Polizei. Und jetzt wieder?«

Kupfer nickte.

»Ich darf Ihnen aber nicht sagen, warum. Woher kennen Sie ihn?«

»’s Judithle und der, das sind Halbgeschwister.«

»Ach«, fuhr es Kupfer heraus. Erika Krumm sah ihn verwundert an.

»Sind Sie sicher?«

»Absolut«, sagte Erika Krumm ruhig. »’s Judithle und mein Theo sind miteinander in die Schule gegangen, das hab ich Ihnen ja schon neulich gesagt, aufs Gymnasium, ab der fünften Klasse. Sie hat ja damals schon lang nicht mehr Lemgruber geheißen. Das war nämlich so: Ihre Mutter hat sich vom Lemgruber scheiden lassen und ihren Mädchennamen wieder angenommen. Sie hat das alleinige Sorgerecht zugesprochen bekommen und nicht wollen, dass die Judith nach ihrem Vater heißt. Deswegen hießen Mutter und Tochter wieder Schwenk. Der Lemgruber, das war kein Rechter, der hat gesoffen. Schon kurz nach der Scheidung hat er eine geheiratet, die in Böblingen in einer Wirtschaft bedient hat. Die hat von ihm den Bernd bekommen. Aber die ist auch nicht bei ihm geblieben, mitsamt dem Bub. Aber eine gute Mutter war die halt nicht. Die hat den Bub nicht arg mögen, weil er so arg seinem Vater gleichsieht, wie 's Judithle auch. Die sind dem Lemgruber wie aus dem Gesicht geschnitten. Gut ausgesehen hat er ja, das muss man ihm lassen.« Sie machte eine Pause und sagte dann: »Ich weiß gar nicht, was aus dem Lemgruber geworden ist.«

»Was war er von Beruf?«

»Ich weiß nicht genau. Er hat irgendwo in einem Lager geschafft, Gabelstapler gefahren und so was. Sie war aber eine feine Frau, sie arbeitete immer in einer Arztpraxis am Empfang. Ich glaube, das hat einfach nicht gepasst. Er sagte immer, dass er im Dreck arbeiten muss und sie im weißen Kittel herumsitzt und nichts tut für ihr Geld. Ein Prolet war das.«

Kupfer horchte auf.

»Woher wissen Sie das alles?«

»Weil 's Judithle oft bei uns war und manchmal was erzählt hat. Die ist gern zu uns gekommen und war oft bei uns. Manchmal ist sie lange bei uns gesessen, wenn ihre Mutter ungeschickt Dienst hatte. Sie war doch Theos erste Freundin, vielleicht sogar seine erste Liebe.«

Kupfer schwirrten mit einem Schlag so viele Gedanken durch den Kopf, dass er Mühe hatte, äußerlich emotionslos weiterzufragen.

»Wann war das?«, fragte er trocken.

Erika Krumm wiegte nachdenklich den Kopf hin und her.

»Wann das genau losging, kann ich Ihnen nicht einmal sagen. Theo ging mit vierzehn zur Nabu-Jugend. Er hat sich für den Naturschutz interessiert, und wenn er irgendwie Zeit gehabt hat, dann war er unterwegs und hat Vögel beobachtet und Pflanzen gesammelt. Sie machen sich keine Vorstellung davon, was der Bub mit vierzehn, fünfzehn für ein Wissen hatte. Er war Feuer und Flamme. Und da war 's Judithle auch dabei. Ich weiß noch, wie er sie nach einem Ausflug in den Hochschwarzwald das erste Mal mit heimgebracht hat. An dem Tag haben beide davon geredet, dass sie einmal Biologie studieren wollten. Aber daraus ist ja nichts geworden, mindestens beim Theo. Was sie gemacht hat, weiß ich gar nicht. Sie ist ein blitzgescheites Mädchen. Wenn der Theo nur bei ihr geblieben wäre!«

»Wie alt waren die beiden, als er sie mit nach Hause brachte?«

Erika Krumm dachte kurz nach.

»Fünfzehn oder sechzehn. Sie war sehr hübsch, und ich hab mich gefreut, dass der Theo so eine nette Freundin hat.«

»Und wie lange waren die beiden befreundet?«

»Mindestens bis zum Abitur, also mindestens drei Jahre, würde ich sagen. Ich glaube, das ging erst auseinander, als Theo als Zivi bei den Rettungssanitätern war. Aber so genau weiß ich es nicht. Es sei halt aus, hat er gesagt. Er würde jetzt sein Studium machen und sie ihres. Mehr hat er nicht gesagt. Das war merkwürdig. Er hatte mir vorher immer so viel erzählt, und auf einmal nichts mehr, gar nichts. Wahrscheinlich hat er von mir keine peinlichen Fragen hören wollen, weil er daran schuld war, dass es auseinanderging. Wenn's anders gewesen wäre, hätte er sicher irgendwann mal etwas gegen sie gesagt. Das hat er aber nie. Kein Wort.«

»Und die beiden sind immer mit der Nabu-Jugend weggewesen?«

»Nein, nicht nur. Eine Zeitlang waren sie unzertrennlich. Auch in der Schule. In der Abi-Zeitung hat man sie als Liebespaar des Jahrgangs dargestellt. So war das. An den Wochenenden haben sie immer was miteinander unternommen, sie haben Radtouren oder Wanderungen gemacht. Ich hab mich darüber gefreut, dass sie nicht die ganze Zeit in die Disko gegangen sind. Das sind sie manchmal auch, aber nur selten.«

Kupfer traute sich kaum weiterzufragen, weil er befürchtete, dass Erika Krumm hellhörig würde. Aber dann sagte er sich, dass sie die Beschreibung, die der Förster von der Frau in Tatortnähe gegeben hatte, nicht kannte, und stellte die Frage, die ihm seit dem Stichwort »Nabu-Jugend« auf der Zunge lag.

»Frau Krumm, wir wissen von Theos Kollegen, dass er sich im Schönbuch gut auskannte. Waren die beiden auch manchmal dort?«

»Ja, klar, häufig sogar. Dort sei es viel schöner als im Schwarzwald. Vor allem im Goldersbachtal …«

Sie konnte auf einmal nicht weitersprechen. Tränen traten in ihre Augen. Sie zückte ihr Taschentuch.

»Auch im Goldersbachtal«, brachte sie schluchzend heraus. »Wenn 's Judithle wüsst, dass der Theo gerade dort …«

Weiter kam sie nicht. Kupfer ließ ihr Zeit, sich zu fassen.

»Nehmen Sie noch einen Schluck Wasser, Frau Krumm«, sagte er dann fürsorglich. »Es tut mir leid, dass ich Sie mit all dem noch einmal konfrontieren musste. Aber ich bin Ihnen sehr dankbar. Sie helfen mir wirklich weiter. Wissen Sie noch mehr über Judiths Halbbruder?«

»Wenig. Ich erinnere mich bloß daran, dass sie uns erzählt hat, dass ihr Bruder ohne Abschluss von der Realschule abging und Schwierigkeiten hatte, eine Lehrstelle zu finden. Wenn ich's richtig weiß, wollte er eine Mechanikerlehre machen. Aber ob daraus etwas geworden ist, kann ich nicht sagen.« Sie zuckte mit den Achseln.

»Gut«, sagte Kupfer, »mehr brauchen wir über den jungen Mann im Moment auch nicht zu wissen. Mich interessiert nur noch eines: Wie kommt Judith auf diesen Stocherkahn? Zu wem gehörte sie? Und wieso lacht sie fröhlich in die Kamera neben ihrem ehemaligen Freund, der so stolz seinen Arm um ihre Nachfolgerin legt?«

»Das überrascht mich auch. Dazu kann ich Ihnen aber nichts sagen, leider. Offensichtlich war sie mit ihm völlig fertig.«

»Aber wie es aussieht, hat ihm das nichts ausgemacht«, ergänzte Kupfer.

»Nein, das wohl nicht. Die waren fertig miteinander. Schade.«

»Noch eine letzte Frage: Wissen Sie, wo ich Judiths Mutter erreichen kann?«

»Auf dem Friedhof«, sagte Erika Krumm langsam. Es fiel ihr schwer, das auszusprechen. »Ich habe vor ein paar Jahren die Todesanzeige in der Zeitung gelesen.«

»Woran stirbt eine Frau in diesem Alter? Krebs?«

»Nein. Soviel ich weiß, an einem Schlaganfall. Sie war schwer zuckerkrank gewesen.«

Kupfer bedankte sich bei Erika Krumm und begleitete sie zur Pforte. Die Sonne stand inzwischen im Zenit, und es war etwas wärmer geworden.

»Sind Sie sicher, dass Sie zu Fuß gehen wollen?«

Sie nickte.

»Bei dem schönen Wetter! Wissen Sie, Herr Kupfer, an irgendwas muss man sich noch freuen. Sonst geht es gar nicht mehr.«

Dann drehte sie sich um und ging zum Bahnhof.

31

Kupfer fand sich nach ein paar Minuten in seinem Büro wieder. Wie er dorthin gekommen war, wusste er nicht mehr, so wirr waren die Gedanken in seinem Kopf herumgekreist. Nun hatte er ein Stück Papier vor sich liegen und kritzelte drei Linien darauf, die im spitzen Winkel in einem Punkt zusammenliefen. Es sah aus wie ein V, das in der Mitte durch einen senkrechten Strich in zwei Hälften geteilt war. Dann benannte er die drei Linien: Schmieröl, Handgranate und Schönbuchmord. Unter das geteilte V setzte er ein Fragezeichen.

»Aus drei mach eins«, sagte er zu Feinäugle, als dieser ins Büro kam, und hielt ihm seine Kritzelei vor die Nase. Feinäugle zog die Brauen zusammen und betrachtete Kupfers Kritzelei im ersten Moment verständnislos.

»Die drei Fälle sollen einer sein?« Der Zweifel stand in sein Gesicht geschrieben.

»Ja, das meine ich.«

»Du willst aber nicht sagen, dass du schon beweisen kannst, dass es da einen Zusammenhang gibt?«, fragte Feinäugle skeptisch.

»Noch nicht. Aber genau die Darstellung dieses Zusammenhangs ist von jetzt an das Ziel unserer Ermittlungen. Halt dich fest, damit es dich nicht umhaut. Erstens: Das partnerlose Mädchen auf dem Stocherkahn heißt Judith Schwenk und ist nicht nur Lemgrubers Halbschwester, sondern auch Theo Krumms Jugendliebe. Zweitens: Das Liebespaar Theo und Judith hat seine Freizeit nicht in Diskos verbracht, sondern in der freien Natur. Als Naturfreaks waren sie bis zum Abitur Mitglied der Nabu-Jugend und haben mit anderen zusammen, aber auch allein, viele Ausflüge unternommen, unter anderem auch in den Schönbuch. Folgerung: Theo Krumm und Judith Schwenk kannten sich im Schönbuch gut aus. Und Judith Schwenks Mutter war schwer zuckerkrank. Und damit wusste die Tochter, die sehr gescheit sein soll, sicher mehr über Insulin als du und ich. Was sagst du nun?«

Feinäugle runzelte schweigend die Stirn und griff nach dem Foto von der Stocherkahnpartie, das immer noch auf dem Tisch lag. Er schaute es einen Moment kopfnickend an.

»Eine schlanke Frau, eher klein, aber von einer sportlichen Figur – so ähnlich hat doch der Förster diese Frau beschrieben, der er in der Nähe des Tatorts begegnet ist. Das könnte vom Typ her irgendwie passen. Aber trotzdem. Denk doch mal: Nach vielen Jahren machen sie ausgerechnet im November eine Nostalgiewanderung durch den Schönbuch, und bei dieser Gelegenheit spritzt sie ihn ab. Absurd ist das!«

»Zumindest, solange wir nicht mehr über die Frau erfahren und über alles, was zwischendurch passiert ist.«

»Aber woher?«

»Nicht von den beiden anderen Damen auf dem Foto. Von denen lass ich mich nicht mehr anlügen, wenn ich es vermeiden kann. Wir müssen mit diesem Dr. Halbritter Kontakt aufnehmen.«

»Gut. Den kontaktier ich über Facebook. Und außerdem lasse ich die GSE-Software auf dieses Foto ansetzen. Das Bild ist dafür gut genug, und sie blickt auch genau in die Kamera.« Er schaute das Foto an und lachte dann überlegen. »Damit tust du uns einen großen Gefallen, Judithle.«

»Okay, das übernimmst du. Bis wir das Ergebnis bekommen, können wir bloß Vermutungen anstellen. Seit dem Gespräch mit der Krumm geht mir so manches durch den Kopf.«

»Und?«

»Wenn ich bei der Jugendliebe beginne, komme ich überhaupt nirgends hin. Es kann doch nicht sein, dass eine junge Frau ihre erste Liebe umbringt, oder? Es sei denn, er hat sie so verletzt, dass sie zur Psychopathin wurde. So etwas soll es schon gegeben haben. Aber für mich scheidet das erst einmal aus. Setzen wir lieber beim Handgranatenattentat an. Gehen wir mal davon aus, dass Lemgruber oder Drescher, vielleicht auch beide, die Bastelarbeit mit der Handgranate abgeliefert haben, dann könnte ich mir, rein theoretisch, die junge Dame als Drahtzieherin im Hintergrund vorstellen.«

Feinäugle nickte zustimmend und tippte mit dem Zeigefinger auf das Foto.

»Ja. Auf dem Foto sehen wir, dass sie Andrea Lorenz kennt, und vielleicht ist sie eifersüchtig, weil Andrea ihr ihren Jugendschwarm weggeschnappt hat.«

»Das wäre aber ein bisschen krass, oder?«

»Schon, aber krass ist die ganze Geschichte ohnehin. Und denk mal, wenn sie tatsächlich fähig wäre, ihren Halbbruder zu so etwas anzustiften, wäre sie dann nicht auch fähig gewesen, Theo Krumm umzubringen?«

»Und genau das glaube ich einfach nicht. Es sei denn …« Kupfer stützte den Kopf in seine Hände und blickte vor sich hin.

»Es sei denn, sie hat noch ein ganz anderes Motiv, das wir nicht kennen«, führte Feinäugle seinen Satz zu Ende.

»Vielleicht aber doch«, sagte Kupfer nach kurzem Schweigen. »Es steht doch zu neunzig Prozent fest, dass Theo Krumm ermordet wurde, weil er sich ein Vermögen unter den Nagel gerissen hat. Es geht also um viel Geld. Wir müssen jetzt fragen, wie 's Judithle ins Spiel kommt. Das Stocherkahnfoto ist nichts als eine Momentaufnahme. Wie sich diese Beziehungen weiterentwickelt haben, sehen wir nicht und müssen das jetzt in Erfahrung bringen. Zu wem gehört Judith Schwenk auf diesem Foto, und wie ging es mit ihr weiter? Und wo ist sie überhaupt? Das müssen wir klären. Auch wenn ich sie mir als Täterin nicht so recht vorstellen kann.«

»Denk mal an die Aktion Overkill.«

»Was?«

»Aktion Overkill. So sagte doch unser Tübinger Kollege, weil Theo mehr als einmal umgebracht wurde: mit K-o-Tropfen und Insulin, und dann wurde er auch noch erstickt. Er hat doch vermutet, dass der Täter oder die Täterin vor der physischen Überlegenheit des Opfers Angst hatte. Unter dem Aspekt kann ich mir eine kleine zierliche Person sehr wohl als Täterin vorstellen.«

»Das klingt plausibel«, sagte Kupfer nachdenklich, »und doch finde ich es unglaublich. Das würde dir genauso gehen, wenn du mit Erika Krumm gesprochen hättest. Wie muss sich dieses Mädchen in den letzten fünfzehn Jahren verändert haben, falls sie es tatsächlich war? Das ist für mich schwer vorstellbar.«

»Für mich aber nicht«, sagte Feinäugle sehr bestimmt. »Nimm es bitte nicht persönlich, Siggi. Es ist einfach so: Wenn ich mit der Krumm geredet hätte und dir dann die bloßen Fakten mitgeteilt hätte, dann würde ich zweifeln und du wärst überzeugt. Reduzier einfach alles, was dir die Krumm erzählt, auf ein paar knallharte Fakten und vergiss das Gespräch selbst, dann siehst du klar.«

»Wahrscheinlich hast du recht. Zu viel Empathie verklebt einem manchmal den Verstand.«

»Macht nichts. Deshalb arbeiten wir ja nie allein.«

Feinäugle konnte Dr. Jürgen Halbritter mühelos aufspüren. Sein Facebook-Auftritt machte es möglich. Lauthals verkündete er dort, dass er zu den jungen Ärzten gehöre, die nach ihrer Ausbildung an deutschen Universitäten in die Schweiz ausgewandert waren. Einen Grund dafür nannte er nicht. Feinäugle schickte ihm eine Mail mit der Bitte, sobald es ihm möglich sei, ihn bei der Polizeidirektion Böblingen anzurufen. Seine Aussage würde im Zusammenhang einer wichtigen Ermittlung benötigt.

Halbritter meldete sich schon am nächsten Tag und zeigte sich über die Anfrage überrascht. Außerdem hatte Feinäugles Formulierung seine Neugier geweckt.

»Was verschafft mir die Ehre? In welchem Kriminalstück bieten Sie mir eine Rolle an?«, fragte er, als handelte es sich um eine Einladung zum Landespresseball.

»Das darf ich Ihnen leider nur in Umrissen skizzieren. Uns ist bekannt, dass Sie Dr. Ferdinand Lipp kannten. Vielleicht haben Sie schon erfahren, dass Dr. Lipp bei einem Autounfall ums Lebens gekommen ist.«

»Ja, davon habe ich gehört. Sehr bedauerlich.«

»Es hat einige seltsame Vorfälle gegeben, die mit dem Nachlass von Dr. Lipp zusammenhängen könnten, weshalb wir allen möglichen Spuren nachgehen müssen. Um es kurz zu machen, wir sind bei Ermittlungen auf ein Foto auf Ihrer Facebook-Seite gestoßen, zu dem wir einige Fragen haben. Sitzen Sie zufällig vor einem PC mit Netzzugang?«

Halbritter bejahte diese Frage.

»Dann gehen Sie doch bitte auf Ihre Facebook-Seite. Es handelt sich um ein Foto, das in Tübingen auf einem Stocherkahn aufgenommen wurde. Sie stochern den Kahn, und auf dem Kahn sitzen Dr. Lipp und Theo Krumm in Begleitung von zwei Mädchen. Erinnern Sie sich an das Foto?«

»Ja, ich glaube, ich weiß, was Sie meinen. Ich rufe es auf.«

Feinäugle hörte Halbritter klicken.

»So«, sagte er nach kurzer Pause. »Ich habe es vor mir. Mein Gott, ist das lange her! Ich hoffe, ich kann Ihnen helfen. Worum geht es?«

»Es geht um die junge Dame, die im Vordergrund sitzt und genau in die Kamera schaut. Kennen Sie die?«

»Ja, an die erinnere ich mich sogar gut, das ist Judith Schwenk. Und auch an den Tag erinnere ich mich gut. Es war nämlich der Ausklang meiner Examensfeier, also am Tag danach. Lipp und ich hatten damals engen Kontakt durchs Studium, aber diesen anderen Typ, wie hieß er noch …«

»Theo Krumm.«

»Richtig. Diesen Theo Krumm hatte ich vorher nicht gekannt. Er war wohl dabei, weil er zu der einen Frau gehörte, und die war wieder nur dabei, weil sie mit Lipps Freundin befreundet war.«

»Und Judith Schwenk?«

»Die kam mit Ansgar Hoffmann, meinem WG-Genossen, der das Bild aufgenommen hat. Er und sie studierten BWL oder Volkswirtschaft, so genau weiß ich es nicht mehr. Er war im Studium weiter als sie, weil sie vorher eine Banklehre gemacht hatte.«

»Das ist sicher?«

»Ja, ich erinnere mich daran, weil wir die ganze Zeit herumflachsten: Wir, die Mediziner würden das Geld verdienen, und die Wirtschaftler würden es für uns anlegen und vermehren, damit sie ihren Teil davon abkriegten. Wenn wir ans große Geld wollten, sagten sie, dann sollten wir uns mit ihnen gutstellen. Vor allem Judith war sehr witzig. Das Mädchen war pfiffig. Wir haben sehr viel gelacht an diesem Nachmittag.«

»Und wie ging es dann mit den beiden weiter?«

»Das kann ich Ihnen leider nicht sagen. Wir haben uns aus den Augen verloren. Er ging kurze Zeit später von Tübingen weg, ich glaube nach Berlin, und so hat sich der Kontakt aufgelöst. Sie haben Glück, dass ich das Foto nicht schon lange herausgenommen habe. Vielleicht hänge ich dran, weil es mich an meine Examensfeier erinnert. Und so ist es halt: Man postet immer wieder mal was Neues und vergisst ganz, die alten Bilder herauszunehmen, obwohl sie niemand mehr anguckt. Aber jetzt scheint das Foto auf einmal noch einem guten Zweck zu dienen.«

»Ja, als Anhaltspunkt für uns. Halten Sie es für möglich, dass Judith Schwenk und Lipp später ein Paar waren?«

»Davon weiß ich nichts. Ich hatte ja schon jahrelang keinen Kontakt mehr mit ihm. Aber möglich wäre es schon. Diese Judith war ja sehr attraktiv, und Lipp war für solche Reize durchaus empfänglich. Und falls sie beide in Tübingen waren, warum nicht?«

»Noch eine wichtige Frage: Hatten Sie den Eindruck, dass Theo Krumm und Judith Schwenk einander kannten?«

»Dazu kann ich Ihnen leider nichts sagen. Wenn ich jetzt nicht das Foto wieder angeschaut hätte, hätte ich diesen Typ völlig vergessen. Er sagte nicht viel, er wirkte sehr gehemmt, auch wenn er auf dem Bild so tut, als wäre er ganz locker. Aber abgesehen davon hatte ich schon den Eindruck, dass sich alle andern seit langem kannten. Aber ob Judith und dieser Theo einander kannten, das kann ich wirklich nicht sagen. Mehr weiß ich nicht. Ich hoffe, ich habe Ihnen ein bisschen geholfen. Wenn Sie noch weitere Fragen haben, dann dürfen Sie mich gerne anrufen. Sprechen Sie auf meinen Anrufbeantworter, dann rufe ich zurück«, schloss Halbritter das Gespräch ab.

»Jedes Bisschen hilft. Vielen Dank. Auf ein eventuelles Wiederhören«, sagte Feinäugle, legte auf und hielt ein paar Punkte schriftlich fest.

Die Gesichtserkennungssoftware und der Experte, der damit operierte, hatten ganze Arbeit geleistet. Er hatte alle Gesichter auf dem Foto, eins nach dem anderen, eingerahmt, angeklickt und durchs Internet gejagt und lieferte nun eine CD ab, deren Bilderbestand eine anstrengende Sichtung benötigte.

»Um Gottes Willen! Wie viele Bilder sind das?«

»Hunderte, befürchte ich. Solche Typen wie Lipp hinterlassen eben eine breite Spur«, sagte Feinäugle zufrieden. »Ich klick mich durch und kopiere heraus, was für uns interessant ist. Aber das kann dauern.«

Lipps breite Spur führte zum einen an berühmte Orte wie New York, Sydney, Kalifornien, wo er sich vor dem Hintergrund markanter Monumente hatte fotografieren lassen. Zum anderen war er beim Surfen und Skilaufen zu sehen, und eine ganze Reihe von Fotos zeigte ihn beim Tennis: Aufnahmen von Rückhand- und Überkopfschlägen, vom Einzel- und Doppelspiel und natürlich auch vom After-Match-Drink.

Ein Foto schien Feinäugle besonders interessant: Es zeigte Lipp, wie er zusammen mit einem gleichaltrigen Mann und zwei Frauen auf der Terrasse eines Cafés saß und fröhlich in die Kamera lachte. Alle vier waren im Tennisdress. Er druckte es aus und zeigt es Kupfer.

»Schau mal, Lipp beim Drink nach einem Match im gemischten Doppel.«

Kupfer warf nur einen flüchtigen Blick auf das Foto. Dann umfasste er seinen Kopf mit beiden Händen und schüttelte ihn gleichzeitig. Feinäugle schaute ihn mit offenem Mund verwundert an.

»Was bin ich für ein Esel! Na ja, es ging mir nicht so gut bei dem Gespräch«, sagte Kupfer vor sich hin und begann hektisch in seinen Unterlagen herumzukramen.

»Willst du mir nicht sagen, was ist?«

»Doch, gleich, einen Moment bitte.«

Er blätterte sich durch einen vollgeschriebenen Notizblock.

»Hier, da habe ich es eigenhändig aufgeschrieben: ›Tennispartnerin Jude oder Judy, sehr sportlich.‹ Das hat mir Dr. Breitfeld erzählt. Jetzt ist es mir wie Schuppen von den Augen gefallen. ›Judith‹ war dem Lipp wohl zu biblisch, ist ja auch nicht so cool wie ›Jude‹ oder ›Judy‹. Vielleicht habe ich es deshalb übersehen, oder ich werde jetzt doch zu alt für unsern Job.«

»Blödsinn«, versuchte Feinäugle ihn zu trösten. »Das hast du doch an dem Tag aufgeschrieben, an dem du aus Versehen mit der S-Bahn bis Herrenberg gefahren bist?«

»Ja, allerdings.«

»Dann mach dir deswegen keinen Kopf. Nicht nur Empathie kann unseren Verstand verkleben …«

Er führte den Satz nicht zu Ende, sondern lachte nur.

»Ich weiß schon, auch Rotz.«

»Genau. Nimm's leicht und guck nicht so belämmert.«

»Fffff«, machte Kupfer. »Ich finde es schon bedenklich, dass mir mein Kollege bei ein und demselben Fall zweimal sagt, dass mein Verstand verklebt ist, völlig egal wodurch.«

»Komm, steck's weg. Außerdem hattest du Fieber, wenn ich mich richtig erinnere. Wichtig ist nur, dass wir die Verbindung zwischen Judith Schwenk und Lipp kennen, vielleicht war sie recht eng. Das könnte sich klären, wenn wir an die Festplatte herankommen.«

Daneben hatten sich in den Accounts verschiedener Friends unzählige Bilder gefunden, die Lipp auf Parties zeigten, wo er immer wieder mit anderen Frauen zu sehen war. Bilder mit Laura Hensler oder Andrea Lorenz waren eher selten, und Theo Krumm war auf Lipps eigenen Fotos nirgends zu sehen, dafür aber ein paar Mal auf den Fotos Dritter. Diese Bilder deuteten darauf hin, dass auch Theo Krumm mit beiden Frauen in enger freundschaftlicher Verbindung gestanden hatte.

»Jetzt verstehe ich erst richtig, was mir die schöne Laura über ihre Beziehung zu Theo Krumm erzählt hat. Dieses Hin und Her, von dem sie geredet hat, ging wahrscheinlich gar nicht von Krumm aus, sondern von ihr. Lipp wäre ihr wahrscheinlich lieber gewesen, und immer, wenn sie sich da Hoffnungen machen konnte, schob sie den armen Theo auf die Seite.«

32

»Ich hoffe nur, diese Aktion wird nicht so ein Fehlschlag wie der nächtliche Einsatz an der Autobahnraststätte«, sagte Staatsanwalt Dr. Klöppner herablassend, als Kupfer ihn wegen der Hausdurchsuchung bei der neuen Wohngemeinschaft Hensler-Lorenz anrief. Kupfer blieb nichts anderes übrig, als seinen Ärger über diese Spitze hinunterzuschlucken.

»Ein Polizeiaufgebot in der Wohnung von zwei harmlosen Frauen, und am Ende kommt nichts dabei heraus – das wäre doch sehr peinlich. Meinen Sie nicht?«

»Es kommt aber etwas dabei heraus, so sicher wie das Amen in der Kirche, das garantiere ich Ihnen.«

»Und wie können Sie da so sicher sein?«

»Genau das möchte ich Ihnen erklären. Hier die Fakten: Erstens hat sich der Ermordete am Vermögen seines ehemaligen Freundes die Finger schmutzig gemacht, zweitens hat er die Festplatte aus dessen PC verschwinden lassen, und die brauchen wir unbedingt. Drittens hat die Interferenzholographie ergeben, dass Krumms Mörderin nach Krumm in Lipps Wohnung war. Wahrscheinlich hat auch sie die Festplatte gesucht. Viertens hat Krumm nachweislich die Wohnung bezahlt, in der die beiden Damen wohnen, obwohl er nie Geld gehabt hat. Und schließlich hat eine der beiden Bewohnerinnen ein Kind, dessen Vater Ferdinand Lipp ist. Das hat sie uns bis jetzt übrigens verschwiegen. Außerdem wurden nach Krumms Tod noch Zahlungen geleistet, die darauf hindeuten könnten, dass mindestens eine der beiden Damen noch Zugang zu den Geldquellen hat, die Krumm angezapft hatte. Das allein müsste meiner Ansicht nach schon reichen.«

»Aber Ihre Ansicht …«

»Ich weiß, meine Ansicht ist nicht maßgebend. Es kommt aber noch mehr hinzu: Lipps Freundin Judith Schwenk ist die Halbschwester von Lemgruber, der dem verhafteten Kroaten zwei Handgranaten abgekauft hat. Lemgruber und sein Freund Drescher hatten nach dem Handgranatenanschlag plötzlich so viel Geld auf ihren Konten wie nie zuvor. Theo Krumm war in seiner Jugend mit Judith Schwenk liiert, und last not least hatte Lipp Beziehungen zu allen drei Frauen, mit denen wir es zu tun haben.«

»Ich muss zugeben, das ist sehr beeindruckend, Herr Kupfer. Nur legt das noch keinen Mordverdacht gegen die beiden Damen nahe.«

»Natürlich nicht. Das habe ich doch nie behauptet.« Kupfer wurde lauter, als er wollte. »Ich bin aber absolut überzeugt davon, dass wir in dieser Wohnung etwas finden, was den ganzen Hintergrund klärt«, redete er etwas gedämpft weiter. »Jetzt springen Sie doch bitte einmal in Ihrem Leben über Ihren Schatten, ich bitte Sie. Auf meine Verantwortung.«

»Leicht gesagt, Herr Kupfer, sehr leicht gesagt. Sie wissen doch, dass die Verantwortung gar nicht bei Ihnen liegen kann. Aber sagen wir einmal so: Wir beantragen die Hausdurchsuchung auf Ihr Gesuch hin, und sollten wir sie umsonst angeordnet haben, dann müssten Sie in diesen Dingen zukünftig mit unserer gesteigerten Zurückhaltung rechnen.«

»Danke. Damit kann ich leben. Bis wann …?«

»Morgen im Lauf des Tages. Guten Tag.«

Laura Hensler war sichtlich erschrocken, als gleich drei Kriminalbeamte vor ihrer Wohnungstür standen. Einen Moment sah sie Kupfer mit offenem Mund an.

»Schon wieder Sie?«

Kupfer nickte lächelnd.

»Aller guten Dinge sind drei, Frau Hensler. Darf ich Ihnen meine Kollegen Seiler und Aberle vorstellen? Guten Abend, übrigens.«

Laura Hensler blieb der Gruß im Hals stecken. Sie stand unschlüssig da und wischte sich die Hände an ihrer Küchenschürze trocken. Es roch nach gekochtem Broccoli und Kurzgebratenem, Popmusik war zu hören.

»Es täte mir leid, wenn wir einen ungünstigen Zeitpunkt erwischt hätten. Wir wollten nur sichergehen, dass Sie zu Hause sind, und wollten Ihnen ersparen, extra Urlaub nehmen zu müssen.«

Mit diesen Worten überreichte er ihr den Durchsuchungsbeschluss.

Ihre Augen flogen über das Blatt. Sie hätte gefasst gewirkt, wenn das leichte Zittern ihrer Hand den Briefbogen nicht so sehr hätte vibrieren lassen.

»Ich verstehe das nicht. Warum?«

»Wir suchen Unterlagen über die Finanzierung Ihrer Wohnung.«

»Die können Sie gerne haben. Sie wissen doch sowieso schon alles«, sagte sie patzig.

»Nein, nicht alles. Frau Hensler, machen Sie es doch sich und uns leicht und geben Sie uns einfach, was wir suchen.«

»So? Was denn?«

»Wir sind überzeugt davon, dass wir bei Ihnen das finden, was wir in Theo Krumms Wohnung vermisst haben, nämlich eine Festplatte und wahrscheinlich auch ein Notebook.«

Sie zuckte mit den Achseln.

»Sie müssen uns schon hereinlassen.« Kupfer deutete auf das Schreiben in ihrer Hand. Sie trat auf die Seite. Andrea Lorenz zeigte sich unter einer Tür. Sie hatte das Gespräch offensichtlich mitgehört. Unsicher erwiderte sie Kupfers Gruß und wich seinem Blick aus.

»Lassen Sie sich nicht stören. Machen Sie einfach mit dem weiter, was Sie eben tun wollten. Das ist Ihr gutes Recht«, unterrichtete Kupfer die beiden Frauen in formellem Ton.

»Andrea, guckst du bitte mal nach der Wäsche?«, fragte Laura Hensler. »Ich schaue solange nach dem Essen und passe auf Mia auf.«

Sie ging ins Kinderzimmer, kam mit Mia auf dem Arm wieder heraus und verschwand in der Küche.

»Na dann schauen Sie sich eben um«, sagte sie noch und schloss die Tür hinter sich.

Kupfer schickte seine beiden Kollegen in die beiden großen Zimmer am Ende des Korridors. Dann klopfte er an die Küchentür. Laura Hensler öffnete einen Spalt. Sie hatte das Kind auf dem Arm und einen Schaumlöffel in der freien Hand.

»Ich dachte, wir könnten …«, sagte sie gereizt.

»Gleich, Frau Hensler, gleich. Ich möchte Ihnen nur ganz kurz ein Foto zeigen.«

Dabei hielt er ihr das Foto mit der Stocherkahnszene auf Augenhöhe hin.

»Sagten Sie nicht neulich, dass Sie diesen Herrn nicht kennen?«

»Ach so, der! Der Ferdi! Ich habe gar nicht gewusst, wie er weiter heißt.«

»Aber Sie wissen, dass Sie gerade sein Kind auf dem Arm haben.«

Ihre gesunde Gesichtsfarbe verlor schlagartig etwas Sättigung.

»Dazu sage ich jetzt nichts.«

»Müssen Sie auch nicht. Sie würden sich ja vielleicht dadurch belasten. Ich zeige Ihnen dieses Foto auch nur, damit Sie unsere Anstrengungen in Ihrer Wohnung besser verstehen können. Kochen Sie ruhig weiter.«

Dass die Küchentür laut ins Schloss fiel, nahm Kupfer nicht persönlich. Schließlich hatte die Frau beide Hände voll gehabt und die Tür deswegen mit einem vielleicht zu energischen Hüftschwung zugestoßen.

Seiler schob im Wohnzimmerregal Bücher hin und her, fand aber nichts dahinter, und keines der Bücher war so groß, dass darin eine Festplatte oder gar ein Notebook hätte versteckt sein können.

»Hier drin bin ich schnell fertig«, sagte er zu Kupfer.

Aberle hatte nebenan in Laura Henslers Schlafzimmer das Bett auseinandergenommen, tastete die Matratze ab, drückte auf die Kopfkissen und schüttelte den Kopf, als wollte er sagen, dass er hier eigentlich auch nichts erwartet hatte.

»Schau dir den Kleiderschrank genau an, vor allem den Boden«, wies Kupfer ihn an. Aber auch das war unnütz. Es handelte sich um einen Einbauschrank, der gar keinen eigenen Boden hatte, und dass zwischen den Kleidungsstücken nichts verborgen war, ließ sich mit wenigen Handgriffen herausfinden. Auch das Zimmer von Andrea Lorenz war schnell durchsucht. Ergebnis null.

Wie ein verschworenes Trio standen sich die drei Beamten zusammen auf dem Gang gegenüber.

»Hast du schon einmal einen solchen Haushalt ohne PC gesehen?«, fragte Seiler.

Die beiden anderen schüttelten den Kopf.

»Du machst das Kinderzimmer, dann siehst du auch gleich, was bei dir daheim vielleicht noch fehlt«, sagte Kupfer zu Seiler, dessen Frau in den nächsten Wochen ein Kind erwartete. Seiler grinste. Es freute ihn, dass er von seinen Kollegen als werdender Vater wahrgenommen wurde. Aberle und Kupfer ließen sich die Schlüssel für die Waschküche und den Kellerraum geben und stiegen die Treppe hinab.

Als Seiler anklopfte, öffnete Andrea Lorenz wortlos die Tür und trat an das Bügelbrett zurück, das sie der Tür gegenüber aufgestellt hatte. Die kleine Mia saß inzwischen hier auf dem Boden zwischen konischen Plastikbechern verschiedener Farbe und Größe, die sie ziellos über den Parkettboden hin- und herschob und von einer Seite auf die andere drehte. Man hatte ihr wohl gezeigt, dass man diese Becher ineinanderstecken konnte, aber wie sie zusammengehörten, hatte sie noch nicht begriffen, weshalb sie sie durcheinanderwarf. Einen Moment sah sie mit großen Augen zu Seiler auf, dann nahm sie einen blauen Becher und streckte ihn ihm entgegen.

»Du willst mit mir spielen?«, sagte er. »Aber ich habe leider keine Zeit für dich.«

Er ging in die Hocke und legte den Becher in Reichweite des Kinds auf den Boden. Ein unangenehmer Geruch stieg ihm in die Nase. Das Kind hatte die Windel voll. Die Frau am

Bügelbrett würdigte ihn keines Blickes. Sie tat, als sei er gar nicht da. Er richtete sich auf und überlegte, wo er mit seiner Suche beginnen sollte. Er konnte sich nicht vorstellen, in diesem Babyzimmer fündig zu werden, und befürchtete, sich vor der jungen Frau lächerlich zu machen. In der Ecke hinter der Tür stand das kleine Kinderbett. Die Bettdecke war zurückgeschlagen, ein Schlafsack und ein kleines Kissen lagen darin. Wie beiläufig hob Seiler die Bettdecke hoch, drückte überall auf die Matratze und warf dann einen Blick unter das Bettchen.

»Man kann ja nie wissen«, sagte er laut, als müsse er sich für diese schlichte Suchaktion rechtfertigen. Die Frau ignorierte ihn weiterhin. Dann wandte er sich der Wickelkommode zu, einem etwas mehr als hüfthohen Schubladenschrank mit weiß lackiertem Wickelaufsatz. Darüber hing ein Wandbehang aus Großmutters Zeiten, ein blau umrandetes Viereck aus grobem hellem Leinen mit dem bunt gestickten Schriftzug »Kinder sind der Sonnenschein unseres Lebens«. So etwas ja nicht, nicht mal als Gag, dachte Seiler, auch wenn es zehnmal ein Erbstück sein sollte. Links darunter war die halbe Wickelauflage mit Wäsche belegt, die aufs Bügeln wartete.

Als Seiler die Schubladen aufzog und sich durch Hosen, Hemdchen, Mützchen, Mäntelchen, Schuhchen, Strümpfchen, Babykosmetik und Feuchttücher wühlte, fing Mia an zu quengeln. Sie sah ihre Mutter an, stand auf, ging zu ihr hin und umklammerte ihr Bein. Seiler zog gerade die unterste Schublade auf und wollte sich durch die verschiedenen Windelpakete arbeiten, da stand plötzlich Andrea Lorenz mit dem Kind auf dem Arm hinter ihm.

»Entschuldigung, ich muss die Kleine wickeln. Sie stinkt.«

Schikane, dachte Seiler, damit könnte sie noch ein paar Minuten warten. Aber er schob freundlich lächelnd die Schublade wieder zu und trat zwei Schritte zurück, blickte aber der jungen Frau interessiert über die Schulter.

»Haben Sie Kinder?« Die Frage kam sehr plötzlich.

»Noch nicht. Aber bald.«

»Dann schauen Sie mal zu, was Sie erwartet.«

Sie zog dem Kind die Latzhose aus und löste die Windel von dem kleinen Körper. Seiler verzog das Gesicht. Der säuerliche Geruch war ihm zu viel. Er wäre jetzt gerne hinausgegangen.

»Ooooch, mein Schätzchen hat Durchfall«, flötete die junge Mutter, hielt das Kind mit einer Hand an den Beinchen fest und faltete mit der anderen die volle Windel zusammen.

»Das war aber nötig. Du hast dich ja überall vollgemacht.«

Das Kind war wund und jammerte etwas, als es saubergemacht wurde.

»Und jetzt wird alles gut«, sagte die Mutter schließlich und griff nach der Babycreme. Das Kind schien sich beruhigt zu haben.

»Brave, süße, kleine, liebe Miamein«, säuselte die Mutter und beugte sich über ihr Kind, das sich offensichtlich nun sehr wohl fühlte. Sobald seine Mutter sich wieder aufrichtete und es losließ, zog es seine Beinchen an und rollte mit einer blitzartigen Bewegung nach links auf den Haufen Bügelwäsche zu. Dabei streckte es sich wieder ruckartig und kickte den halben Wäscheberg vom Tisch. Ein metallischer Ton erklang. Seiler bückte sich. Die Festplatte lag unter einer ungebügelten Bluse.

»Da schau her«, sagte er nur und verließ mit seinem Fund das Kinderzimmer.

Ein Blick in die Waschküche im Untergeschoss hatte Kupfer genügt. Hier konnte nichts versteckt sein. Sie konzentrierten sich also auf das mit rohen Latten abgetrennte Kellerabteil der beiden Frauen. Es war fast leer. Ein Regal mit ein paar Konservendosen, zwei Fahrräder, ein paar alte Skier, ein Schrank mit abgelegter Kleidung. Aberle schloss eben den Schrank wieder ab, als Seiler in den Keller kam.

»Ich hab sie. Kinder sind der Sonnenschein unseres Lebens.«

Dann erzählte er zur Erheiterung seiner Kollegen, wie ihm das Kind bei seiner Suche zu Hilfe gekommen war.

»Hättest du sonst unter die Bügelwäsche geguckt?«, fragte ihn Aberle.

»Keine Ahnung. Aber es hat sich ja erübrigt. Und hier?«

»Nichts.«

Aberle und Kupfer standen noch in dem Kellerabteil, Seiler davor auf dem Gang.

»Mehr als das bisschen Zeug haben die nicht?«

»Was meinst du?«

»Ich vermisse etwas Praktisches, Werkzeug. Einen Hammer und einen Schraubenzieher gibt es auch in einem Weiberhaushalt. Habt ihr so etwas oben gesehen?«

Kopfschütteln. Seiler schaute sich um und entdeckte eine Kiste, die etwas abgerückt vom Kellerabteil der beiden Frauen auf dem Boden stand.

»Und wem gehört diese Kiste? Komisch, gell? Sonst steht hier draußen ja nichts herum.«

Damit machte er sich über die Kiste her. Sie war schwer. Obenauf in einem besonderen Karton befand sich eine Bohrmaschine mit zwei Bohrersätzen und einem Bohrfutterschlüssel, darunter ein ganzer Satz Gabel- und Ringmutterschlüssel. Auch ein Satz Schraubenzieher fehlte nicht.

»Wenn das den beiden gehört, dann sind sie ganz gut sortiert«, bemerkte Aberle.

Seiler nahm alles Werkzeug heraus.

»Aber unten bin ich noch immer nicht.«

Er klopfte mit dem Knöchel auf den Boden der Kiste. Es klang hohl. Unter dem doppelten Boden, den Seiler mit einem Schraubenzieher heraushebeln konnte, lag eine Juteeinkaufstasche mit dem Reklameaufdruck einer Bioladen-Kette. Sie enthielt ein Notebook und Lipps dickes rotes Notizbuch mit dem übersichtlichen Register.

33

Kupfer übergab die Festplatte den Kollegen von der EFV-Abteilung mit der Bitte, sie ihm zugänglich zu machen. Währenddessen konnte er sich dank der peniblen Einträge in Lipps Notizbuch mit dem Notebook beschäftigen. Jedes Passwort war säuberlich ins alphabetische Register eingetragen. Am meisten interessierte ihn Lipps E-Mail-Verkehr. Lipp hatte ihn sehr übersichtlich organisiert, Privates von Beruflichem getrennt und allen Ordnern einen verständlichen Namen gegeben. Ein Ordnername stach ihm ins Auge, weil er als einziger nicht deutsch war: ›selftrade‹ Was konnte das heißen? Kupfer spürte eine Erregung in sich aufsteigen, es kribbelte ihn in den Fingern, als er auf den Ordner klickte, und es hielt ihn fast nicht in seinem Bürosessel, als er die Adresse des E-Mail-Partners las: hey_jude@gmail.com.

Kupfer grinste und summte vor sich hin: »Hey Jude, don't make it bad …« Dann ging er zu den ältesten Mails der Korrespondenz zurück und arbeitete sich durch, indem er Notizen machte und ab und zu eine Mail herauskopierte. Bis er im September 2011 angekommen war. Von da an kopierte er jede Mail.

Dann rief er Feinäugle hinzu.

»Wir haben es. Das musst du dir ansehen.«

»Was haben wir?«

»Das Motiv, endlich haben wir das Motiv. Unser Judithle ist seit eineinhalb Jahren in den USA, so wie es aussieht. Aber sie forscht dort nicht nur, sondern spekuliert auch, und zwar mit Lipps Geld. Wahrscheinlich wollten sie sich den Profit teilen. Und bei diesem Run nach dem großen Geld ist Theo Krumm ihr in die Quere geraten.« Er legte Feinäugle die ausgedruckten E-Mails hin.

»Da, schau, hier geht es für uns richtig los, unmittelbar nach Lipps Unfall. Davon hat sie gar nichts erfahren und wundert sich, weil sie ihn nicht erreicht.«

09.09. Hi ferdi. was ist eigentlich los? warum skypst du nicht mehr? ich rufe dich laufend an, aber dein handy ist tot. Dann nimm doch wenigstens ab, wenn ich dich daheim anrufe, oder hör dein anrufbeantworter ab. Wieso funkstille? Es ist dringend! Wir brauchen eine neue strategie.
love jude

»Was denn für eine Strategie? Beim Zocken?«
»Ja, schau dir mal die Webseiten von Brokerfirmen an, da findest du verschiedene Anlegerstrategien angeboten, Trend Plus, Dynamic RSI, Open Trade und wie sie alle heißen.«
»Seit wann kennst du dich in solchen Sachen aus?«
»Seit einer halben Stunde«, lachte Kupfer, »ich musste doch ungefähr verstehen, was 's Judithle mit seinen Vorschlägen gemeint hat. Lipp hat übrigens meistens auch nicht immer auf Anhieb verstanden, was sie gemeint hat. Aber er hat sie machen lassen, und offensichtlich ist das ganz gut gelaufen, bis Theo Krumm da hineingegrätscht ist. Wenn der nicht so gierig gewesen wäre und vorsichtiger operiert hätte, hätte er vielleicht auch sein Teil abbekommen und würde noch leben. Da, lies mal weiter.«

10.09. Ferdi, lass endlich was von dir hören. Wenn das mit den währungen etwas werden soll, müssen wir genau jetzt etwas tun. Wir müssen über den einsatz reden. Diesmal will ich das nicht wieder allein auf meine kappe nehmen. Also melde dich.
Love jude
11.09. Heißgeliebter ferdi!!! Wo immer du alter gauner dich gerade herumtreibst: Ich hab es jetzt doch allein gemacht. Du sagst ja ohnehin, dass ich mehr davon verstehe als du. Aber fang bloß nicht wieder an zu meckern, wenn es vielleicht nicht sofort das ganz große geld bringt. Jetzt musste unbedingt etwas getan werden. wundere dich also nicht über den großen abfluss vom konto. Es wäre aber gut, wenn du es für alle fälle auffüllen würdest. Es könnten ja größere Nachzahlungen anfallen, was ich eigentlich nicht glaube. Aber ganz steckt man ja

nie drin. Bitte erledige das sofort. Oder soll ich in der klinik anrufen? Das willst du doch sicher nicht.

Love jude

»Der Herr Doktor wollte also nicht in der Klinik angerufen werden. Wahrscheinlich hatte er wieder mal nichts anbrennen lassen. Das passt ins Bild!«

13.09. Ferdi, bist du denn völlig verrückt geworden? Wieso ziehst du geld ab? Das ist gegen jede abmachung. In einer woche ist eine größere zahlung fällig. Soll ich jetzt noch raus aus der position?

j.

»Und jetzt muss sie in der Klinik angerufen und von dem Unfall erfahren haben. Zu dem Zeitpunkt lag Lipp noch im Koma.«

15.09. Hacker, räuber, dreckige ratte! Dass du meine mails bekommen hast, weiß ich. (Schon mal was von automatischer lesebestätigung gehört?) Und du hast nicht nur sein notebook!!! Lass die finger von dem geld. Du kriegst sonst großen ärger.
20.09. Letzte warnung: lass die finger weg, oder ich sorge dafür, dass du damit sehr unglücklich wirst.
22.09. Mach sofort eine Rücküberweisung von 500 000, du siehst ja, wohin. Über den rest können wir reden.

»Da lenkt sie aber schnell ein«, meinte Feinäugle.

»Das musste sie wohl. Ihr stand das Wasser am Hals. Mir sieht das nach einem Termingeschäft aus, wahrscheinlich mit Futures. Sie musste einen Kaufvertrag einhalten und wusste nicht, wo sie das Geld hernehmen sollte.«

»Aber wenn sie seit mehr als einem Jahr spekuliert hat, dann hätte sie doch etwas verkaufen können und wäre aus dem Schneider gewesen.«

»Natürlich. Aber genau das wollte sie nicht. Sie wollte behalten, was sie hatte. Und jetzt gibt es über zwei Wochen keine Mail mehr. Lipp ist um diese Zeit gestorben. Das hat sie erfahren und ist nach Deutschland gekommen, aber nicht nur wegen der Beisetzung. Sie hat ihre Nachforschungen betrieben, und sie muss auch in der Schweiz gewesen sein.« Damit deutete er mit dem Finger auf die erste Mail vom Oktober.

10.10. Theo, du mieses kleines scheinheiliges schwein! reiss ruhig deine augen auf, du liest schon richtig. Wenn du gemeint hast, ich würde den inhaber eines schweizer nummernkontos nicht herausbringen, dann hast du dich geschnitten!!! Als frau kriegt man das schneller raus, als es so ein naivling wie du begreifen kann. Du scheinheiliges arschloch! Auf dem friedhof hast du so geknickt getan, als wäre dein bester freund gestorben. Pure show! Es muss ja eine unangenehme überraschung gewesen sein, mich dort zu treffen. Ich weiß genau, wie du dir f.s vermögen unter den nagel gerissen hast, und weiß auch, wer an der unfallstelle war. Und ich kann eins und eins zusammenzählen. Was passiert mit einem rettungsassistenten, der ein unfallopfer bestiehlt? Sieh dich vor. Ein zweites Mal lasse ich mich nicht von dir »schädigen«. Die alte Rechnung steht noch offen.

j.

»Ob Theo Krumm von Anfang an gewusst hat, mit wem er es da zu tun hat?«

»Schwer zu sagen, aber ich glaube eher nicht. Und schau dir die letzten beiden Sätze an. Da war also irgendwas zwischen den beiden, was von seiner Seite nicht sehr edel war. Seine Mutter hat auch so etwas angedeutet. Aber sie wusste nichts Genaues. Und jetzt wird's dramatisch.«

17.10. Gerade von diesem konto hättest du die finger lassen sollen. Du machst mir ärger! Füll das konto sofort wieder auf, sonst vergesse ich meine diskretion.

j.

»Und jetzt brauchst du bloß weiterzulesen, und dann weißt du, wie 's Judithle ihren Jugendfreund in den Schönbuch gelockt hat, mit der Aussicht auf eine Teilhaberschaft, wenn ich das mal kaufmännisch ausdrücken will.«

19.10. Judith, mach dich nicht lächerlich. Deine lage begreift sogar ein naivling wie ich. Mindestens die hälfte von dem, was du für dein vermögen hältst, wärst du los. Das kannst du eigentlich gar nicht wollen. Also schön stillhalten. Vielleicht wäscht dann eine hand die andere. T.

20.10. Deine Dreckpfote wasche ich nicht. Überweise das geld, sonst passiert was. J.

20.10 Na was denn? Sei doch nicht so verbohrt. Wir sitzen doch im selben Boot. Da sollten wir uns doch den braten teilen. Groß genug ist er doch, oder? T.

21.10. Okay. Vielleicht sollten wir einmal in aller ruhe darüber reden. Ich komme anfang nov. ohnehin nach b. dann treffen wir uns, wenn du anständig bist. Aber nicht bei dir. Und keine dummheiten! Mail mir deine handynummer. Ich melde mich dann. j.

21.10. Wo solls denn sein? Was stellst du dir vor? T.

22.10. Am besten irgendwo, wo sich fuchs und has … j.

22.10. Okay. Melde dich, wenn du hier bist. 0163 75924583. T.

»Mein lieber Mann, der Junge war wirklich naiv«, meinte Feinäugle.

»Einerseits ja, andererseits aber hatte er sie auch in der Hand. Sie hatte wahrscheinlich Angst, dass er den Behörden, dem Notar oder sonst irgendwem diese Börsenaktivitäten meldet, und dann wäre sie mindestens die Hälfte von ihrem

Vermögen los gewesen. Und das wollte sie unbedingt behalten. Sie wollte eben ihren Freund Lipp ganz allein beerben.«

»Und deswegen organisiert sie den Anschlag auf Andrea Lorenz und ihr Kind? Passt das?«

»Gute Frage! Wenn ich mir ein Foto von ihr anschaue, will ich es eigentlich gar nicht glauben.«

Die Auswertung der Festplatte lieferte die Hintergründe. Judith und Lipp hatten vor zwei Jahren bei einer Luxemburger Brokerfirma namens ›selftrade‹ ein Konto eröffnet und über diese Firma mit Hilfe verschiedener Broker an den internationalen Börsen spekuliert. Sie hatten mit Beträgen in der Größenordnung von 10 000 Euro angefangen und waren sehr erfolgreich gewesen. Lipp hatte darauf gesetzt, dass Judith ein Händchen für diese Geschäfte hatte, und so hatten mit seinem Einverständnis sich die eingesetzten Beträge schnell erhöht. Die gehandelten Einheiten waren nun nicht mehr fünf-, sondern sechsstellig. Lipp hatte seine Mietkonten und Wertpapier-Portfolios teilweise geplündert, zum Entsetzen seines Vermögensverwalters Dr. Klarwasser, wie Kupfer ja schon erfahren hatte. Inzwischen hatte allerdings Theo Krumms Zugriff so wenig flüssiges Geld übriggelassen, dass Judith Schwenk unter starken Druck gekommen war. Sie war vor einem halben Jahr mit einer horrenden Summe in ein Devisengeschäft eingestiegen, das gerade in der Woche, in der Lipp verunglückte, sich als Fehlgriff entpuppte. Es waren große Nachzahlungen zu leisten gewesen, für die sie nun nicht mehr auf Lipps Kapital hatte zurückgreifen können. Sie musste ihre eigene Hälfte des gewonnen Vermögens anzapfen.

»Dumm gelaufen«, kommentierte Feinäugle diese Neuigkeiten. »Vielleicht war sie doch nicht so clever. Selbst ein guter Trader macht zu vierzig Prozent Verlustgeschäfte. Und wenn man mit Währungen spekuliert, dann sollte man sowieso nicht mehr als die Hälfte des Gewinns, den man erwarten kann, riskieren. Wenn du einen Tausender gewinnen willst, darfst du höchstens fünfhundert riskieren. Alles darüber ist sträflicher Leichtsinn.«

»He, arbeite ich mit einem Zocker zusammen, ohne dass ich es mitgekriegt habe?«, wunderte sich Kupfer.

»Nein, mangels Manövriermasse zocke ich bedauerlicherweise nicht. Aber ich habe auf der Homepage von dieser Firma nachgelesen.«

»Und wie schlau bist du geworden?«

»Jedenfalls schlauer als vorher. Finanztechnisch ausgedrückt, hat Theo Krumm der Firma Judith Schwenk, ehemals Schwenk und Lipp, die Kapitaldecke entzogen. 's Judithle konnte munter spekulieren, solange sie dabei ihren Gewinn nicht riskieren musste und Lipp für die Kapitaldecke sorgte. Jetzt sah es aber anders aus. Jetzt ging es an ihr Eingemachtes. Und das war der Grund, warum sie so tat, als wollte sie sich mit Krumm auf einen Deal einlassen.«

»Klingt einleuchtend«, sagte Kupfer zögerlich.

»Aber du glaubst es trotzdem nicht?«

»Doch. So weit schon. Mir reicht es nur noch nicht ganz als Motiv.«

Mit diesen Ergebnissen hatte sich Kupfer dem Staatsanwalt gegenüber völlig rehabilitiert. Mehr noch sogar: Dr. Klöppner konnte sich sogar ein Lob abringen und ließ sofort nach Judith Schwenk fahnden. Spuren von ihr ließen sich finden. Sie war als Stipendiatin der VW-Stiftung in Harvard eingeschrieben und hatte in Cambridge, Massachusetts, ein Ein-Zimmer-Appartement gemietet. Dort war sie allerdings seit Wochen nicht mehr angetroffen worden. Nachforschungen bei den Fluglinien, die in Frage kamen, hatten ergeben, dass sie in der ersten Novemberwoche von New York nach Stuttgart geflogen war. Eine Woche später nahm sie einen Flug von Stuttgart nach Zürich. Noch ein paar Tage später war sie das letzte Mal in Cambridge, Massachusetts, gesehen worden und seither verschwunden.

»Seltsam. Wie vom Erdboden verschluckt«, kommentierte Kupfer dieses Ergebnis.

»Na ja, wer über Geld verfügt, kann sich falsche Papiere machen lassen«, mutmaßte Feinäugle.

»Gut möglich. Ausreisen ist bei den Amis bestimmt einfacher als Einreisen. Und bei uns hier haben sie vielleicht nicht gut aufgepasst.«

»Wenn sie überhaupt nach Deutschland gekommen ist.«

»Tja, wenn man das wüsste.«

Im Handgranatenfall tat sich nichts Entscheidendes. Alle Indizien sprachen gegen Lemgruber und Drescher. Da waren zunächst die zahlreichen Anrufe auf Krajics Handy, die Krajics Aussagen glaubhaft erscheinen ließen. An den Waffenlieferungen gab es also keinen Zweifel. Die chemische Analyse des KTU hatte ergeben, dass der Kupferdraht aus Lemgrubers Garage von derselben Zusammensetzung war wie der, der bei dem Anschlag benutzt worden war.

»Solchen Draht können Sie in tausend anderen Garagen auch finden«, verteidigte sich Lemgruber, als Kupfer ihm dieses Indiz vorhielt.

»Stimmt schon«, versuchte Kupfer ihn zu verunsichern, »aber es könnte trotzdem sein, dass sich dieses Drahtstückchen als kleines Glied in eine längere Beweiskette einfügen lässt. Wenn es eine andere Zusammensetzung hätte, würde es für Sie sprechen. So aber spricht es gegen Sie.«

»Wenn Sie sowieso schon alles wissen, brauche ich Ihnen nichts mehr zu sagen«, antwortete Lemgruber verstockt und schwieg von da an.

Drescher seinerseits bestand darauf, dass er nichts anderes getan habe als Krajic für jeweils zehn Euro einen kleinen Gefallen zu erweisen, über dessen Sinn und Zweck er nie nachgedacht habe. Er wurde aus der U-Haft entlassen und nahm seine Arbeit an der Kaffeetheke wieder auf.

So ging das Jahr seinem Ende entgegen.

»Ich befürchte, wir nehmen diesen Fall mit ins neue Jahr hinüber«, sagte Kupfer etwas resigniert, und so war es auch.

Dritter Teil

1

Das neue Jahr begann trüb und mild. Der Winter ließ noch immer auf sich warten, wenn er überhaupt kommen würde. Statt einer Sonne, die vom klaren Himmel auf eine frostige Schneelandschaft schien, zeigten sich nur dicke graue Wolken. Schmutziges Graubraun überzog die Landschaft, und mancher Mittag war so düster wie ein Nebelabend im November.

Das Wetter drückte auf OWs Stimmung. Gegen seine sonstige Gewohnheit ging er kaum aus dem Haus. Sein neues Fahrrad stand im Keller, und er fragte sich manchmal, warum er es überhaupt gekauft hatte. Eigentlich hatte er sich vorgenommen, es auch im Winter zu benutzen, vorausgesetzt, dass es nicht glatt war. Und nun war von Glätte nichts zu sehen, und trotzdem verstaubte das neue Rad im Keller. Zum Einkaufen fuhr er mit dem Auto, obwohl er es anders geplant hatte. Es zog ihn einfach nicht hinaus. Wenn die Tage so trüb waren, setzte er sich lieber neben seine Leselampe und schmökerte.

Dann aber, Mitte Januar, noch dazu an einem Tag, an dem man endlich wieder ein Stück blauen Himmel sehen konnte, las er einen Zeitungsartikel, der ihn aufrüttelte. *Lockruf der Bucheckern. Masseninvasion von Bergfinken aus Nordeuropa im Goldersbachtal* hieß es da. Millionen von Bergfinken aus Skandinavien und der Taiga seien in den Schönbuch eingefallen und ernährten sich von den Bucheckern, die im Herbst reichlich von den Buchen abgefallen waren und mangels Schnee offen auf dem Laub lagen, stellenweise wie ein rotbrauner Teppich. Die Vögel verteilten sich tagsüber, sammelten sich aber vor Einbruch der Dunkelheit, wenn sie zu ihren

Schlafplätzen zurückkehrten, zu riesigen Schwärmen, deren Flügelschlag sich wie Windböen, ja geradezu wie das Rauschen eines Wasserfalls anhöre, hieß es da. Der Anflug eines solchen Millionenschwarms komme fast einem Schneesturm gleich, kurz: ein seltenes Naturschauspiel.

OW sah von seiner Zeitung auf.

»Was machst du heute Nachmittag?«

»Ich muss einkaufen gehen. Warum?«

»Ich möchte ins Goldersbachtal fahren, mit dem Rad.«

»Leichen suchen?«

OW lachte und zeigte Emma den Zeitungsartikel.

»Nein. Da soll es einen Schwarm von fünf Millionen Bergfinken geben. Das muss ich mir ansehen.«

»Wer hat die gezählt?«

»Ein Spezialist, ein Ornithologe hat das geschätzt.«

»Und du findest die Vögel gleich?«

»Die Schwärme fallen bei Einbruch der Dunkelheit zwischen dem Soldatengrab und dem Ziegelweiher ein, steht in der Zeitung.«

»Und einen Moment später stehst du nachts allein im Wald und frierst.«

»Na und? Ich fahr dann über Breitenholz zurück, wie das letzte Mal.«

»Gut. Du musst wissen, was du dir zutrauen kannst. Aber mach dich nicht wieder so fertig.«

»Nöö. Diesmal drängt mich ja nichts.«

Der Ausflug ins Goldersbachtal ließ sich ganz gut an. OW hatte sich wieder eine kleine Wegzehrung eingepackt, hatte sein Rad wieder die Hildrizhauser Steige hochgeschoben und war, allerdings nicht ganz so fröhlich und geschwind wie das letzte Mal, ins Tal hinuntergefahren. Denn es war kalt. In den schattigen Tälern lag Reif und am Wegrand waren die Pfützen gefroren. Er war froh, als er die Neue Brücke passiert hatte und sein Rücken hie und da von den letzten schräg einfallenden Sonnenstrahlen wenigstens ein bisschen aufgewärmt wurde. Nur zwei oder höchstens drei Grad in der Sonne. Das war wenigstens etwas.

Als er kurz vor vier am Ziegelweiher ankam, hatte sich dort bereits eine kleine Gruppe von Beobachtern gesammelt. Mit Ferngläsern suchten sie den Himmel ab und machten einander darauf aufmerksam, wenn sich ein Vogelschwarm über dem Horizont der noch sonnenbeschienenen Baumkronen zeigte. Anfangs waren es nur kleine Schwärme, und sie flogen noch so hoch, dass man sie mit bloßem Auge kaum wahrnehmen konnte.

OW entschied sich für einen Standort etwas weiter talabwärts. Dort stand er im Zwielicht auf einer schattigen gefrorenen Wiese und beobachtete, wie die Schwärme sich zu Vogelwolken vereinigten. Über den Buchenkronen am Horizont, die im Abendlicht ein warmes Rotbraun annahmen, flatterte eine Wolke nach der anderen heran. Im Flug gegen die Sonne leuchteten die Vögel in hellem Orange, schwenkten nach der Seite, wurden grau und verschwanden dann im Sturzflug als schwarzer Schwarm hinterm Baumhorizont. Immer wieder dasselbe Schauspiel, hie und da abgewandelt, wenn ein Sperber in den Schwarm flog. Dann änderte sich die Flugrichtung von Tausenden von Vögeln schlagartig, für einen Moment entstand ein flatterndes Chaos, dann wurde aus Orange wieder Grau, ehe der Schwarm neu geordnet hinterm Horizont verschwand.

Die ersten Beobachter stiegen auf ihre Räder und fuhren weg. Aber OW war mit dem, was er gesehen hatte, noch nicht ganz zufrieden und wollte sich noch nicht auf den Heimweg machen. So stand er bald allein auf der gefrorenen Wiese und beobachtete den leeren östlichen Himmel. Da rauschte es plötzlich von hinten über ihn weg wie eine große Welle, die am Strand ausläuft, so dass er instinktiv den Kopf einzog, und ein Schwarm fegte über die Lichtung und verschwand in Sekundenschnelle vor dem Hintergrund einer schwarzen Fichtenwand. Das ganze Tal lag nun im Schatten. Das wirklich dramatische Schauspiel schien jetzt erst zu beginnen. Mit einfallender Dunkelheit wurde das Gezwitscher lauter und lauter. OW stieg auf sein Rad und fuhr langsam ein Sträßchen entlang, das aus der Talsohle heraus auf die bewaldeten Höhen im Westen führte. Nach ein paar hundert Metern, an einer Wegkreuzung, befand er sich mitten im Schwarm. Es sah aus, als trügen die jungen Birken und Buchen schwarzes Laub, aber das schwarze Laub lebte, die kleinen Silhouetten flatterten hin und her, entfernten sich und kamen wieder, und über ihnen, von Westen her, rauschte ein unaufhörlicher Strom von Vögeln heran. Lautes Gezwitscher, als stritten sich die Vögel um die Schlafplätze, und Böen von Flügelschlägen.

OW bockte sein Rad auf und ging ein paar Schritte bergauf, weil sich dort die jungen Bäume deutlicher vom grauen Himmel abhoben. Er zückte seine Kamera und versuchte, ein Video aufzunehmen. Erst richtete er das Objektiv auf die Baumkronen am Wegesrand, in denen die Bergfinken um Schlafplätze stritten, heranflogen, gegeneinanderflatterten, sitzen blieben oder weiterflogen. Gute zwei Minuten fing er dieses zwitschernde Chaos ein. Dann schwenkte er seine Kamera langsam auf den heranrasenden Schwarm zu. Unzählige schwarze Pfeile schwirrten über den westlichen Abendhimmel heran. Es war fantastisch! Plötzlich sah er eine Gestalt auf seinem Display.

»Unverschämtheit! Wie können Sie es wagen«, zischte es ihm entgegen. Ein harter Schlag riss ihm seine Kamera aus der Hand, und auch seine Brille flog ihm in hohem Bogen aus dem Gesicht.

»Was soll das? Ich habe doch nur … ich wollte bloß …«

Eine schlanke Frau – so viel erkannte er auch ohne Brille – rannte zu seinem Fahrrad hin, schwang sich darauf und fuhr talwärts.

»He, das ist mein …« Sein Ruf blieb ihm im Hals stecken.

Für einen Moment stand OW wie benommen da. Er konnte nicht glauben, was ihm geschehen war. Er griff sich an den Kopf. Die Brille war weg. Er sah seine Umgebung nur noch verschwommen. Das Gezwitscher nahm er kaum mehr wahr. Stöhnend ging er auf die Knie und tastete im gefrorenen Gras des Wegrands nach Brille und Kamera. Er glaubte sich zu erinnern, dass beide nach derselben Seite geflogen waren. Er zog die Handschuhe aus und tastete einen Halbkreis um sich ab, den er Stück um Stück erweiterte. Seine Finger wurden klamm und er spürte die Kälte an den Knien. Der schwarzweißgraue Teppich gefrorener Pflanzenleichen verschwamm ihm zu einer graumelierten Fläche. Verbissen suchte er ihn ab. Handbreite um Handbreite. Er fror.

Da hörte er ein Auto kommen. Es war ein Jeep. OW stand auf, stellte sich mitten auf den Weg und breitete die Arme aus. Das Auto stoppte.

»Was ist? Brauchen Sie Hilfe?«, fragte der Fahrer.

»Ja, vielleicht haben Sie eine Taschenlampe dabei. Ich suche meine Brille und meine Kamera.«

»Moment.«

Als der Fahrer die Tür öffnete, sprang zuerst ein Hund heraus, kam schwanzwedelnd auf OW zu und strich um seine Beine.

»Arno, ins Auto«, befahl sein Herrchen, und der Hund ging zurück. »Nicht dass mein Hund Ihre Brille besprenkelt.«

Dann leuchtete er mit einer Stablampe die Stelle ab, die ihm OW zeigte. Die Kamera war schnell gefunden.

»Keine Angst, die Brille finden wir auch noch. Wieso haben Sie denn Ihre Brille verloren?«

»Ich habe sie nicht verloren. Jemand hat sie mir aus dem Gesicht geschlagen«, sagte OW und erzählte seinem Helfer von der seltsamen Begegnung. »Und ist dann noch mit meinem Fahrrad abgehauen.«

»Krass. Das war eine heftige Reaktion. Frauen darf man nie ungefragt aufnehmen, das ist schon klar. Aber gleich so brutal zu reagieren? Das ist schon merkwürdig.«

Er leuchtete weiter den Boden ab.

»Hier ist nichts«, sagte er nach einer Weile. »Suchen wir mal eine Etage höher.«

Der Lichtstrahl tastete das niedere Buschwerk ab, vier, fünf Schritte weiter vom Weg entfernt. Und da war sie. Sie hing in Kniehöhe an einem Ästchen.

»Und sie ist noch ganz, glaub ich«, sagte der Mann aufmunternd und gab sie OW zurück.

»Herzlichen Dank. Ohne Sie wäre ich jetzt aufgeschmissen gewesen. Ich habe mich noch gar nicht vorgestellt. Otto Wolf, ich bin aus Herrenberg.«

»Angenehm. Gerd Schroeder. Ich bin Revierförster. Ich bin gerade da oben in dem Seitental gewesen, weil ich sehen wollte, wie weit sich die Vögel verteilen. Bei so etwas Einmaligem bleibt man schon mal länger im Wald.«

Dann dachte er einen Moment nach.

»Ihren Namen habe ich schon einmal gehört. Waren nicht Sie derjenige, der im November an der Neuen Brücke den Toten gefunden hat?«

»Ja. Das war ich. Aber jetzt will ich sehen, ob das Video etwas geworden ist. Vielleicht sieht man ja die Frau für einen Moment. Leuchten Sie bitte mal.«

Im Schein der Taschenlampe fand OW die richtigen Knöpfchen an seiner Kamera und spielte das Video ab.

»Ich hatte auf maximale Empfindlichkeit eingestellt«, erklärte er.

Und da, ganz am Ende, tauchte auf dem Hintergrund des grauen Abendhimmels die Silhouette der Frau auf, wurde schnell größer, verdunkelte das ganze Display, und dann sah man nur noch schwarz. Der Schlag und der Aufprall der Kamera waren deutlich zu hören.

»So ein gewalttätiges Weibsbild«, schimpfte Schroeder und fügte dann ganz unvermittelt hinzu: »Der Tote an der Neuen Brücke soll ja von einer Frau umgebracht worden sein.«

»Daran denke ich auch gerade. Der Tote und seine Mörderin kannten sich aus der Schulzeit. Damals waren sie öfters im Schönbuch, Vögel beobachten.«

»Woher weiß man das?«

»Von der Mutter des Toten.«

»Man sieht ja nicht viel auf Ihrem Video. Aber so schlank wie die damals ist die hier auch. Wir fahren ihr sofort nach.«

»Aber zuerst rufen wir die Polizei an«, sagte OW.

»Wir sind hier im Funkloch«, sagte der Förster kopfschüttelnd.

»Richtig, ich erinnere mich. Aber weiter talabwärts bekommen wir ein Netz, oder?«

Sie starteten. OW rief Kupfer an, sobald es möglich war. So schnell es ging, fuhren sie in Richtung Bebenhausen bis zur Teufelsbrücke. Weiter konnte die Frau nicht gekommen sein. Sie drehten um, fuhren das Tal hoch Richtung Herrenberg, machten einen Abstecher Richtung Hildrizhausen, fuhren die Steige Richtung Breitenholz hoch – aber die Frau war nirgends zu sehen.

»Wir haben schlechte Karten«, sagte Schroeder, »wenn sie uns von weitem kommen hört, schlägt sie sich in die Büsche.«

»Aber wenn sie es wirklich wäre, dann würde man wenigstens wissen, dass sie in der Gegend ist.«

»Sie müssen das Video unbedingt der Polizei zeigen. Das muss ausgewertet werden. Wo darf ich Sie hinbringen?«

»Wollen Sie wirklich ...?«

»Natürlich. Also: Wohin soll es gehen?«

»Das Nächste wäre der Entringer Bahnhof.«

»Kein Problem.«

Als Emma Wolf kurz nach neun von ihrer Gymnastikgruppe heimkam, sah sie schon von der Straße aus, dass sowohl das Wohnzimmer als auch OWs Arbeitszimmer dunkel waren. Dafür aber sah sie einen schwachen Lichtschein, der durch die nicht perfekt schließenden Rollläden des Schlafzimmers schimmerten. Das stimmte sie etwas besorgt.

»Otto?«, rief sie, als sie ins Haus trat.

»Ja.«

»Bist du schon ins Bett gegangen?«

»Eigentlich nicht.«

Dabei hatte OW sich tatsächlich ins Bett gepackt. Er trug einen Pullover und hielt einen Becher in der Hand.

»Trinkst du jetzt noch Kaffee?«

»Ja, brauch ich jetzt.«

Der Dampf, der der Tasse entstieg, roch aber auch ein bisschen nach Cognac.

»Es war also doch kalt.«

»Ja.«

»Und sonst?«

»Das erzähle ich dir gleich.«

2

Sie trat in die Pedale. Splitt knirschte unter den Reifen, das Bergfinkengezwitscher hielt an. Aber sie hörte nichts davon, auch nicht den empörten Ruf des Mannes. Ihre Hände umklammerten krampfhaft den Lenker. Sie blickte so angestrengt auf den Weg, dass ihre Augen zu tränen begannen. Oder war es der Ärger über sich selbst, der ihr die Tränen in die Augen trieb? Warum hatte sie so heftig reagiert, als sie die Kamera des Mannes in ihre Richtung geschwenkt sah? Bei dem schwachen Licht wäre sie doch auf dem Video gar nicht zu erkennen gewesen. Aber sie hatte die letzten paar Tage sehr angespannt zugebracht. Auch mit der langhaarigen honigblonden Perücke und der Brille hatte sie sich bis zur Unerträglichkeit unsicher gefühlt. Nun waren ihr schließlich die Nerven durchgegangen.

Als sie die Talsohle erreicht hatte und der Weg nicht mehr unmittelbar von Bäumen gesäumt war, atmete sie auf. Im letzten Abendlicht war die Fahrspur noch deutlich genug zu erkennen, auch wenn sie ohne Licht fuhr. Sie schätzte, dass sie in höchstens einer halben Stunde in ihr Auto steigen könnte. Das Fahrrad würde sie zuvor im Gebüsch verschwinden lassen. Und dann würde sie alles hinter sich lassen, ihre Freundschaften, ihre ehrgeizige Doktorarbeit, ihre Heimat, ihr ganzes bisheriges Leben.

Aber sie war noch nicht einmal bis zur Teufelsbrücke gekommen, als sie ein Auto hinter sich kommen hörte. Schnell bremste sie ab und schob das Rad über den schmalen Wiesenstreifen zum Waldrand. In der Dunkelheit der Fichten legte sie es auf den Boden, sich selbst auf den Bauch daneben. Die Spur, die sie im Reif der Wiese zurückgelassen hatte, erschreckte sie für einen Moment. Dann aber sagte sie sich, dass man sie im Vorbeifahren vielleicht gar nicht wahrnehmen konnte. Das Auto kam näher, der Lichtkegel der Scheinwerfer erfasste das Stück Weg, das sie überblickte. Vor Spannung hielt sie die Luft an und atmete erst wieder, als das Auto ihr Versteck mit unverminderter Geschwindigkeit passiert hatte. Sie konnte den kastenförmigen Umriss eines Jeeps erkennen. Suchte ein Forstbeamter nach ihr? Sie hielt es für besser, eine gewisse Zeit verstreichen zu lassen, ehe sie sich aus ihrer Deckung hervorwagte. Sie richtete sich auf. Je langsamer ihr Atem wurde, umso schneller wirbelten die Gedanken durch ihren Kopf.

Sie hätte nicht hierher kommen dürfen, nie und nimmer! Sie hätte es doch gar nicht nötig gehabt, sie war doch mit all dem Geld, das sie in den letzten zwei Jahren auf die Seite gebracht hatte, auf Jahre hinaus versorgt. Die paar Schmuckstücke von ihrer Mutter, an denen sie so hing, hätte sie einfach bei der Freundin lassen sollen, wo sie all die Zeit gut aufgehoben gewesen waren. Einfach ganz auf Andenken und derartige Sentimentalitäten zu verzichten, das wäre klüger gewesen. Aber das hatte sie nicht auch noch geschafft. Das nicht! Wieso war sie nicht von Massachusetts aus nach Los Angeles und von dort über den Pazifik geflogen? Heute schon könnte sie in Singapur oder Sydney sein und sich dort ein neues Leben einrichten. Stattdessen hockte sie im Schönbuch hinter einem Busch und fror.

Das Gezwitscher der Bergfinken war schon längst abgeflaut. Es war so still, als ob es keine Vögel mehr gäbe. Das bewegende Schauspiel am Himmel, das sie angelockt hatte, war vorbei. Als sie davon gelesen hatte, hatte sie dem Reiz nicht widerstehen können. Das kleine Hotelzimmer in Stuttgart, aus dessen Fenster nur Hauswände zu sehen waren, war ihr ohnehin schon zu eng geworden. Sie hatte nichts sehen können als die Brandmauer des Nachbargebäudes und das Gefühl gehabt, darin ersticken zu müssen. Und nun hatte der Zeitungsartikel über diese Vogelinvasion vor ihrem inneren Auge Vorstellungen heraufbeschworen, die sie unwiderstehlich anzogen. Sie liebte dieses Tal mit seinen weichen Formen. Es war mit vielen Erinnerungen verbunden. Aber sooft sie auch früher auf vogelkundlichen Exkursionen hier gewesen war, hatte sie doch noch nie das Glück gehabt, den Einfall solcher Riesenschwärme beobachten zu können. Ihre frühere Liebe zur Natur, die sie über ihrem Studium der Wirtschaftswelt völlig vergessen hatte, war mächtig aufgelebt, und da sie ohnehin nicht gewusst hatte, wo sie die letzten vierundzwanzig Stunden vor ihrem Abflug zubringen sollte, hatte sie sich zu einem allerletzten Ausflug in den Schönbuch aufgemacht. Abschied nehmen für immer. Und jetzt im Winter wäre das Goldersbachtal für den letzten Nachmittag und Abend ein idealer Aufenthaltsort, hatte sie gedacht. Niemand würde sie dort vermuten, sie könnte sich frei bewegen. Und wer dort unten wäre, würde sich so auf das Naturschauspiel konzentrieren, dass sie sich gefahrlos bewegen könnte. Darauf, dass jemand eine Kamera auf sie richten könnte, war sie nicht gefasst gewesen.

Sie stand auf, hüpfte auf der Stelle, um warm zu werden, und rieb sich Schenkel, Oberarme und Seiten. Eine Erkältung hätte ihr jetzt gerade noch gefehlt. Sie nahm das Fahrrad auf und wollte es auf den Weg zurückschieben. Da hörte sie den Jeep zurückkommen. Sie hastete in ihr Versteck zurück. Der Jeep kam schnell näher. Man suchte nach ihr, da gab es keinen Zweifel.

Mit angezogenen Knien kauerte sie zwischen den Fichten. Wenigstens eine Stunde wollte sie abwarten und dann, wenn alles still war, sich wieder auf den Weg machen.

Es war absolut ruhig. Sie hörte nur noch ihren Atem. Bitterer Ärger stieg in ihr hoch. Über ihre verdammte Gefühlsduselei, die ihr schon einmal geschadet hatte und die sie in letzter Zeit so konsequent unterdrückt hatte. »Manchmal bist du kalt wie eine Hundeschnauze«, hatte Flipp mehrmals zu ihr gesagt, und obwohl es kritisch gemeint war, hatte es ihr gefallen.

Denn so wollte sie sein: zielstrebig, rational denkend, beherrscht. Welchen Schmerz man ihr zufügen konnte, wenn sie ihren Gefühlen nachgab, hatte sie schon mehrmals spüren müssen. Daher wollte sie sich nur von ihrem Verstand leiten lassen. Und trotzdem saß sie jetzt in einer Falle, die sie sich mit ihrer Gefühlsduselei und Unbeherrschtheit selbst gestellt hatte.

Der Tübinger Kriminalkommissar Schnaidt hatte seinen Schreibtisch aufgeräumt, seinen Mantel angezogen und war im Begriff, es für heute gut sein zu lassen. Die paar Telefonate, die vielleicht noch angestanden hätten, würden sich morgen am Spätvormittag, wenn alle Welt wieder am Arbeitsplatz war, zügiger erledigen lassen. Aber wie er nach der Türklinke griff, klingelte ein Telefon. Es war zweifellos seins, und da konnte es sich doch um einen Rückruf handeln. Er musste abnehmen, ob er wollte oder nicht.

»Kripo Tübingen, Schnaidt.«

»Hallo, lieber Kollege, hier ist Siggi Kupfer.«

»Siggi? Du willst aber jetzt nicht von etwas reden, was nicht bis morgen aufgeschoben werden kann? Ich bin schon auf dem Sprung«, fragte er halb im Spaß.

»Tut mir leid. Springen sollst du schon, aber nicht nach Hause. Du musst in den Wald, mein Lieber. Waldesluft im romantischen Goldersbachtal.«

»Das ist dein Fall, Siggi.«

»Gewesen. Sie ist bei dir.«

Er erzählte seinem Kollegen von OWs aufgeregtem Anruf, den er vor nicht einmal zehn Minuten bekommen hatte.

»Vom Kollegen Zufall habe wir ja schon oft geredet, aber dass es auch den Kollegen Naturphänomen gibt, ist neu. Von den Bergfinken habe ich auch gehört. Aber dass diese Invasion jemand von unserer Kundschaft anziehen würde, hätte ich nicht im Traum angenommen.«

»Allem Anschein nach ist aber genau das passiert. Die Beschreibung passt, und nach allem, was die Mutter des Mordopfers erzählt hat, kann ich mir gut vorstellen, dass die Täterin diese Vogelschwärme einfach sehen musste. Sie muss früher ein richtiger Naturfreak gewesen sein. Also, Schnaidt, lass uns zusammen den Schönbuch dicht machen.«

»Mit einem elektrischen Zaun drum herum?«, spottete Schnaidt.

»Und Stacheldraht. Nein, im Ernst, ich meine, wir sollten in den nächsten paar Stunden die Wanderparkplätze kontrollieren: Entringen, Roseck, Heuberger Tor, Bebenhausen, Weil im Schönbuch, Hildrizhausen. Viele Autos dürften da nicht mehr herumstehen. Die meisten Leute, die dort unten waren, sind garantiert schon wieder daheim.«

»Und sie nicht?«

»Keinesfalls. Die sind ihr doch mit dem Jeep hinterhergefahren und haben sie nicht gesehen. Sie muss sich für eine Weile versteckt haben, und das ist unsere Chance. Ein paar Leute in Zivil müssen an den Parkplätzen alle Leute überprüfen, die wegfahren wollen. Und mein Bauchgefühl sagt mir, dass ihr Tübinger die beste Aussicht auf Erfolg habt.«

»Tolle Motivation«, sagte Schnaidt mit einem ironischen Lachen.

»Und außerdem wird der Einsatz nicht lange dauern.«

»Warum?«

»Na, weil es kalt ist.«

»Dein Wort in Gottes Ohr.«

So spät hatte sie nicht mehr im Wald sein wollen. Sie war zu dünn angezogen und zitterte vor Kälte. Sie musste es riskieren. Sie schob das Rad auf das Sträßchen zurück, saß auf und trat mit aller Kraft, sie wollte sich warm fahren. Aber sie traute sich nicht ganz. Immer wieder hielt sie kurz an und lauschte. Doch da war nichts mehr, kein Auto, niemand. Bis zur Teufelsbrücke, das wusste sie, war das Sträßchen links fast überall von Bäumen gesäumt, hinter denen sie sich im letzten Moment verstecken konnte, falls doch überraschenderweise ein Auto auftauchen sollte. Doch es kam keines. Wald und Wiesen waren totenstill.

An der Teufelsbrücke stieg sie ab. Ohne Handschuhe waren ihre Finger vor Kälte gefühllos geworden. Sie hauchte sie an, rieb sie an ihrer Jacke und steckte sie in die Taschen. Sie überlegte. Weiterfahren konnte sie von hier aus ohnehin nicht mehr. Es war zu gefährlich. Das Sträßchen verlief von der Teufelsbrücke bis zum Geschlossenen Brunnen zwischen dem Bachbett rechts und einem steilen Hang links. Wenn sie hier überrascht würde, hätte sie keine Chance, schnell auszuweichen. Sie legte das Fahrrad unterhalb des Sträßchens am Bach ab. Niemand würde es hier entdecken, solange es dunkel war.

Sie nahm den Weg den Hang hinauf und ging dann im Schutz der Bäume einen Parallelweg lang, der auf halber Höhe nach Bebenhausen führte. Es war inzwischen so dunkel geworden, dass sie ihren Pfad nur noch als dunkelgrauen Streifen auf einem schwarzen Hintergrund wahrnahm. Drei Kilometer durch die Dunkelheit. Es kam ihr viel länger vor. Ihr Tritt wurde unsicher. Schließlich wurde es ein bisschen heller vor ihr, und sie atmete auf. Sie hatte den Jordan-Traufweg erreicht, stand am Waldrand und schaute auf Bebenhausen hinunter.

Die Nachtluft trübte sich ein. Die Lichter der wenigen Straßenlaternen zeichneten milchige Kreise in die Dunkelheit. Die großen Dachflächen des Klosters ließen sich nur erahnen. Nur der angestrahlte Dachreiter hob sich wie eine weiße Flamme vom schwarzgrauen Hintergrund der bewaldeten Hügel ab. Links davon bewegten sich die Scheinwerfer der Autos, die von der Kälberstelle her nach Lustnau fuhren, wie eine Kette von gelben Punkten. Es konnte noch nicht sehr spät sein. Das war noch der Berufsverkehr.

Sie hörte jemand kommen und trat zwischen die Bäume zurück. Aber es war nur ein Mädchen, das zwei große Hunde ausführte. Sie durfte nicht stehenbleiben. Sie nahm sich zusammen und ging an dem Mädchen vorbei. Ein paar hundert Meter folgte sie dem Weg am Waldrand entlang und ging dann senkrecht eine Streuobstwiese hinunter. Sie überquerte die schmale Straße, die aus dem Dorf heraufkam, und erreichte mit wenigen Schritten das niedrige Mäuerchen, das den Prälatengarten begrenzte. Sie kletterte hinüber und rannte dann quer über die freie Fläche hinunter, bis sie den befestigten Weg unter den Füßen hatte, der sie zu der kleinen Pforte am Rand der Straße führte. Auf dem Fußweg rechts der Straße ging sie auf die Kreuzung beim Waldhorn zu.

Als sie das erste Haus passiert hatte, schaute sie nach rechts auf den Parkplatz hinüber, wo sie ihr Auto abgestellt hatte. Unter ihr lag tief eingeschnitten das dunkle Bachbett des Seebachs, dahinter der große Parkplatz, den die Laternen in ein warmes gelbes Licht tauchten. Der Parkplatz war fast leer. Außer ihrem Fahrzeug, das sie direkt an der Klostermauer abgestellt hatte, waren drei, vier weitere Autos da, die sich über die ganze Fläche verteilten, als wären ihre Besitzer die letzten, die noch da waren, während die große Menge schon längst abgefahren war. Mit aller Konzentration fixierte sie die Autos, konnte aber nicht erkennen, ob jemand darin saß. Der Schein der Laternen spiegelte sich in ihren Fenstern.

Es war ihr nicht wohl in ihrer Haut. Am liebsten wäre sie zu Fuß bis nach Lustnau weitergegangen. Aber was hätte sie dort tun sollen? Außerdem fror sie ganz erbärmlich und musste nach Stuttgart zurück. Morgen früh startete ihr Flug nach Übersee.

Langsam durch Bebenhausen fahrend, konzentrierte sich Schnaidt auf die am Straßenrand geparkten Fahrzeuge. Die meisten hatten Tübinger Kennzeichen. Nur auf dem Parkplatz des Landgasthofs Hirsch standen ein paar Autos, die aus anderen Kreisen stammten.

Er beauftragte einen Polizisten, dort im Auto auf verdächtige Personen zu achten. Dann fuhr er auf den großen Parkplatz, der am Ortseingang an der Klostermauer lag. Er war wenig besetzt. Außer ein paar Tübinger Autos stand nur ein weißer Golf mit Stuttgarter Nummer dort, direkt an der Klostermauer. Schnaidt rief die Polizeidirektion in Tübingen an und ließ den Eigentümer des Fahrzeugs bestimmen. Binnen Minuten erhielt er die Antwort. Es gehörte einer Autovermietung und war vor zehn

Tagen am Stuttgarter Flughafen von einer jungen Frau namens Claudia Kreuzberger gemietet worden.

Sofort zog Schnaidt den Beamten vom Parkplatz am Hirsch ab und postierte ihn zwischen dem weißen Golf und der Ausfahrt des Parkplatzes, bereit zu schnellem Start. Dann forderte er in Tübingen Verstärkung an.

Sein Kollege Merz und ein weiterer Beamter kamen zum Einsatz, jeder in seinem eigenen Fahrzeug, und bezogen Position. Merz stellte sein Auto als drittes Fahrzeug auf den Parkplatz selbst, der andere parkte auf der Straße in unmittelbarer Nähe der Parkplatzzufahrt. Als es sechs Uhr schlug, hatten alle Kräfte Position bezogen. Das Warten begann.

Zwei Männer kamen, verabschiedeten sich voneinander und fuhren weg. Ein älteres Paar stieg in einen Mercedes und verließ die Szenerie. Ein junger Mann holte einen Polo weg, und dann rührte sich nichts mehr. Ohne den Verkehr auf der Straße nach Lustnau wäre es absolut still gewesen.

Schnaidt hatte es schließlich satt, ständig auf die Einfahrt zum Parkplatz zu starren, die er im Streulicht der Parkplatzbeleuchtung nur schemenhaft erkennen konnte. Was er wahrnahm, beschränkte sich auf eine graue Lücke in der schwarzen Wand der Bäume, eine Art Tunnel, an dessen Ende er ein kleines Stück Querstraße sah. Das konnte er aber nur als solches erkennen, weil er wusste, dass dort die Straße aus dem Ort herausführte. Er spürte, wie seine Augen ermüdeten, traute sich aber nicht, sie auch nur einen Moment zu schließen. Angestrengt blinzelte er und schaute auf die Uhr. Es ging auf sieben zu. In einem musste er Kupfer jetzt schon Recht geben: Es war kalt. Von der Ankündigung, dass der Einsatz nicht lange dauern würde, war er allerdings noch nicht überzeugt. Er zog seinen Schal etwas fester und schlug den Mantelkragen hoch. Dann griff er nach seiner Thermosflasche, um sich einen Schluck zu gönnen. Unwillkürlich streifte sein Blick nach links über die erleuchteten Fenster des Waldhorns, die durch die kahlen Bäume herüberleuchteten. Da blieben seine Augen an einer zierlichen Gestalt hängen, die zwischen dem Waldhorn und dem letzten Haus des Orts auf dem beleuchteten Bürgersteig stand und zu ihm herübersah. Sie war keine fünfzig Meter von ihm entfernt. Bei ihm war es ebenso hell wie bei ihr. Zwischen ihnen lagen nur das Bett des Seebachs, ein kleiner privater Stellplatz und die Dunkelheit der Bäume. Er wagte sich nicht zu rühren. Ob sie ihn sehen konnte? Er wusste es nicht. Sie machte ein paar Schritte und war hinter der Silhouette des Waldhorns verschwunden.

»Achtung. Ich glaube, sie kommt«, gab Schnaidt seinen Kollegen durch.

Er legte seine Thermosflasche weg und saß gespannt da. Er verlor jedes Zeitgefühl und meinte schon, dass er nur eine Angestellte des Restaurants gesehen hätte, die dort nur kurz gestanden hatte, um Luft zu schnappen. Er hatte sie ja nicht kommen sehen. Und der Weg von dort zum Parkplatz, das waren doch höchstens hundertfünfzig Meter. Wo blieb sie also? Schnaidt biss auf seine Unterlippe und heftete seinen Blick auf den grauen Tunnel, durch den sie kommen musste. Und da erblickte er sie endlich. Eine mädchenhafte Gestalt schritt zielstrebig auf den Parkplatz zu. Ohne sich umzusehen, stieg sie in den weißen Golf, ließ den Motor an, schaltete das Licht ein und stieß zurück. Schnaidt ließ seine Scheinwerfer aufblitzen, sprang aus seinem Wagen und lief auf den Golf zu. Gleichzeitig sah er, wie Merz auf die Ausfahrt zufuhr und sein anderer Kollege mit einem VW-Bus die Ausfahrt blockierte. Der Golf blieb stehen. Schnaidt riss die Fahrertür auf und sagte: »Frau Schwenk, Sie sind verhaftet.«

Kupfer hatte doch recht gehabt. Der Einsatz hatte keine zwei Stunden gedauert.

3

Bernd Lemgruber hatte bisher jede Aussage verweigert. Nicht einmal einem Anwalt wollte er sich anvertrauen. Nach der Verhaftung seiner Halbschwester hoffte Kupfer, ihn zum

Sprechen zu bringen, und ließ ihn ins Verhörzimmer bringen. Lemgruber grüßte nicht, gab sich verstockt und fläzte sich auf den Stuhl, ohne Kupfer anzuschauen. Kupfer nahm sich Zeit. Er setzte sich Lemgruber gegenüber und schaltete den Recorder ein. Dann lehnte er sich mit verschränkten Armen etwas zurück und musterte wortlos sein Gegenüber, indem er in Gedanken langsam auf hundert zählte. Schließlich räusperte er sich und sagte trocken: »Wir haben Ihre Schwester festgenommen.«

Lemgruber versuchte, weiterhin den Unbeteiligten zu spielen, indem er wie gelangweilt auf die Wand starrte. Aber er hatte sich nicht ganz in der Hand. Seine Nasenflügel blähten sich und seine Backenmuskeln strafften die Gesichtshaut.

»Ist schon interessant, was sie aussagt«, fügte Kupfer in einem Plauderton hinzu, als erzählte er zu Hause beim Abendbrot von seiner Arbeit. »Sehr aufschlussreich. Wir hätten nicht gedacht, dass sich alles so schnell aufdecken lässt.« Und dann gab er den väterlichen Freund. »Das Einzige, womit Sie sich noch helfen können, ist ein umfangreiches Geständnis. Dazu würde ich Ihnen schon raten.«

Gereizt umklammerte Lemgruber mit beiden Händen die Tischkante, zog die Backen ein und biss darauf. Er blinzelte, sein Blick wurde unruhig.

»Sie beide sehen Ihrem Vater ja wie aus dem Gesicht geschnitten ähnlich, zwei jüngere Variationen desselben Gesichts, eine männlich, eine weiblich.« Kupfer redete wie einer, der gerührt in einen Zwillingskinderwagen hineinschaut. Er machte eine lange Pause und ließ seinen Blick auf Lemgruber ruhen. Plötzlich beugte er sich vor und fragte mit ironischem Unterton: »Wie fühlt man sich eigentlich, wenn man sich ohne Ausbildung gerade mal so über Wasser halten kann und eine so erfolgreiche Schwester hat?«

»Halbschwester. Mit der hatte ich nie etwas zu tun«, knurrte Lemgruber.

Der Knoten war gerissen. Lemgruber fing an zu reden.

»Und trotzdem hat Sie Ihnen viel Geld gegeben. Dafür muss es doch eine Gegenleistung gegeben haben. Wissen Sie, so wie wir Ihre Halbschwester kennengelernt haben, ist sie nicht der Mensch, der sich aus schwesterlicher Liebe von vierzig- oder fünfzigtausend Euro trennt, nicht einmal dann, wenn ihr das Geld einfach so in den Schoß gefallen ist.«

»Ich habe von ihr kein Geld bekommen.«

»Aber Ihr Freund Drescher hat von Ihnen einen dicken Batzen gekriegt, obwohl Sie es in letzter Zeit wirklich nicht dicke hatten.«

Mit diesen Worten legte Kupfer ein paar kopierte Bankauszüge auf den Tisch.

»Schwarze Zahlen schreiben Sie schon lange nicht mehr. Sie wären doch ganz froh, wenn Sie endlich wieder einmal auf Null wären. Und da feststeht, dass Drescher von Ihnen einen großen Betrag erhalten hat, gibt es nicht viele Möglichkeiten, diesen plötzlichen Geldsegen zu erklären. Entweder haben Sie das Geld, das er von Ihnen bekommen hat, für Schwarzarbeit sozusagen bar auf die Kralle gekriegt. Dann kriegen wir Sie wegen Steuerhinterziehung und Unterschlagung von Sozialversicherungsbeträgen dran. Dreschers Gegenleistung müsste dann übrigens auch noch geklärt werden. Oder das Geld kommt von anderer Seite, vom illegalen Waffenhandel oder dem Anschlag, mit dem Sie Ihre Schwester beauftragt hat. Wie man es auch dreht und wendet, es sieht nicht gut für Sie aus, gar nicht gut. Und wenn Sie kein Geständnis ablegen, wird das den Richtern gar nicht gefallen.«

In diesem Moment klopfte es an der Tür und Feinäugle rief Kupfer heraus. Lemgruber fing an, an seinen Fingernägeln herumzunagen, und wippte nervös mit den Knien. Als er Kupfer mit einem kleinen Karton hereinkommen sah, verlor er die Fassung und fuhr hoch, als wollte er weglaufen.

»Bleiben Sie ruhig sitzen, Herr Lemgruber, hier kommen Sie nicht raus, das wissen Sie doch.«

Kupfer stellte den Karton auf den Tisch und blieb dahinter stehen.

»Können Sie sich denken, was ich hier mitgebracht habe?«

Lemgruber schaute weg und antwortete nicht.

»Dann machen wir das Päckchen halt einmal auf. Aber ganz vorsichtig, damit nicht doch noch etwas passiert.«

Kupfer entnahm dem Karton einen durchsichtigen Beweismittelbeutel, der eine Handgranate enthielt.

»Die war nicht sehr leicht zu finden«, plauderte Kupfer, anscheinend gut gelaunt. »Meine Kollegen waren kurz davor, einen Spürhund zu holen, da hat einer mit Ihrem großen Hammer den Boden der Montagegrube abgeklopft. Und den Hohlraum, den Sie ja kennen, den hat man deutlich gehört. Haben Sie eigentlich nie Angst gehabt, dass so ein Ding unter Ihnen losgeht, wenn Sie direkt daraufstehen? Mutig, mutig, oder soll ich leichtsinnig sagen? Egal, jedenfalls haben wir jetzt beide Handgranaten, die Ihnen Krajic geliefert hat. Und jetzt wäre es an der Zeit, dass Sie mir etwas erzählen.«

»Ich lass mich von Ihnen nicht verarschen. Na gut, Sie haben die Granate gefunden. Aber sonst glaube ich Ihnen kein Wort. Meine Schwester ist in Amerika. Und die andere Granate, die habe ich übrigens verkauft. Von dieser Bastelei an einem Auto weiß ich nichts.«

Ohne erkennbare Reaktion öffnete Kupfer in aller Ruhe einen Ordner und nahm eine Klarsichthülle heraus.

»Schauen Sie, ein Flugticket, Stuttgart – Atlanta, ausgestellt auf den Namen Claudia Kreuzberger, und hier können Sie sehen, wer sich neuerdings so nennt. Das ist die Kopie von einem gefälschten Pass.«

Mit dem letzten Satz reicht er ihm eine zweite Klarsichthülle.

»Glauben Sie immer noch, dass ich Ihnen etwas vormache? Kommen Sie, Herr Lemgruber, machen Sie es kurz. Erzählen Sie mir doch, wie das Ding gelaufen ist. Ich fange schon mal mit der Geschichte an. Also: Sie sind ein fleißiger Mann. Sie haben sich eine kleine Werkstatt und einen schwunghaften Handel mit gebrauchten Ersatzteilen aufgebaut. An eine geregelte Arbeitszeit haben Sie nie gedacht, sondern wahrscheinlich immer weit mehr als fünfzig Stunden in der Woche gearbeitet. Bewundernswert, das muss man Ihnen lassen. Aber dann ging etwas schief, nämlich die Sache mit dem defekten Lenkgetriebe. Das war natürlich keine Absicht. Wie hätten Sie denn wissen sollen, dass ausgerechnet dieses Getriebe nicht mehr verkehrssicher war. Da steckt man doch nicht drin, oder? Und trotzdem kauft Ihnen wegen diesem Missgeschick in der Schrauberszene keiner mehr etwas ab. Ihr Ruf ist ruiniert, und deshalb sind Sie als Ersatzteilhändler am Ende. Nicht nur das. Es kommt auch kaum noch einer zu Ihnen, um sein Fahrzeug von Ihnen reparieren oder aufmotzen zu lassen. Also Ebbe in der Kasse und ein Stapel unbezahlter Rechnungen. Und da fiel Ihnen Ihre erfolgreiche Schwester ein, die Ihnen aushelfen könnte, und Sie haben Sie um Hilfe gebeten.«

»Nein, habe ich nicht«, begehrte Lemgruber auf. »Sie ist zu mir gekommen. So war das. Glauben Sie ja nicht, dass ich betteln gegangen bin. Sie ist zu mir gekommen, das schwör ich Ihnen. Ich hatte doch gar keinen Kontakt mit ihr. Ich war Luft für sie. So jemand wie die denkt bloß an den kleinen Bruder, wenn sie ihn dringend braucht.«

Er verstummte und schaute verbittert vor sich hin. Kupfer sah ihn fragend an und wartete.

»Wann kam sie zu Ihnen?«, hakte er nach einer Weile nach.

»Irgendwann im November. So genau weiß ich es nicht mehr.«

»Und wie sah der Deal aus?«

»Sie hat verlangt, dass ich das Auto von der Frau manipuliere, aber so, dass auch richtig was passiert.«

»Hat sie dabei von einem tödlichen Unfall geredet?«

Lemgruber nickte.

»Mutter und Kind?«

Lemgruber regte sich nicht.

»Und da kamen Sie auf die Idee mit der Handgranate, weil das das Einfachste war?«

Keine Reaktion.

»Haben Sie eigentlich eine Vorstellung davon, was wirklich passiert, wenn so eine Handgranate in einem eng bebauten Wohnviertel explodiert? Da, schauen Sie sich dieses Foto genau an.« Er schob ihm das Foto vom Experiment des Kriminaltechnischen Untersuchungsamt zu. »Wir haben es ausprobiert. Sie haben ja keine Ahnung davon, wie viele Menschenleben Sie gefährdet haben. Wussten Sie eigentlich, dass so eine Splitterhandgranate dreitausendfünfhundert kleine Kügelchen enthält, die mit siebentausend Meter pro Sekunde herausgeschossen werden? Stellen Sie sich einmal vor, wie diese Frau morgens in ihr Auto steigt, ihr Kind auf dem Kindersitz anschnallt, vielleicht noch mit jemandem redet, der eben vorbeikommt. Kinder sind auf dem Schulweg, ein alter Herr führt seinen Hund aus, die Post wird zugestellt, und dann BUMM!« Das letzte Wort schrie Kupfer hinaus.

Lemgruber fuhr zusammen. Seine Hände zitterten. Seine Augen wurden feucht.

»Wer hat die Handgranate angebracht?«

»Drescher.«

»Drescher sagt aber, dass er nur Schmiere gestanden ist. Sie sollen zu ihm sogar gesagt haben, dass er nicht geschickt genug ist, um das Ding zu fixen. Wer lügt denn nun? Er oder Sie?«

Lemgruber klemmte seine Hände zwischen die Oberschenkel und zitterte am ganzen Leib.

»Ich sag Ihnen mal, wie ich das sehe. Diesen Job hat der Mechaniker erledigt und nicht der Kaffeeausschenker. Ich habe mir Dreschers weiche Hände angesehen. Die sehen nicht so aus, als könnte er geschickt mit Bohrer und Zange umgehen, und schon gar nicht bei Nacht in gebückter Haltung. Der kann gerade mal Tassen abwaschen. Diesen Handwerkerjob haben Sie erledigt. Da gibt es gar keinen Zweifel. Wann haben Sie das Ding angebracht?«

»Zwischen drei und vier.«

»Stand da vor Frau Lorenz' Auto schon ein Cabrio?«

Lemgruber zuckte mit den Achseln.

»Ist eigentlich auch egal. Aber jedenfalls hat das Cabrio dafür gesorgt, dass aus dem geplanten Doppelmord nur ein Mordversuch in zwei Fällen geworden ist. Ein günstiger Zufall für Sie, dass Frau Lorenz erst einmal zurückstoßen musste. Dadurch hat Ihre Mechanik nicht funktioniert. Da hat sie Glück gehabt, aber Sie auch, Herr Lemgruber, Sie auch.«

Lemgruber wurde etwas ruhiger.

»Und jetzt erzählen Sie mir doch einfach, was Ihre Schwester Ihnen versprochen hat.«

Lemgruber heftete seinen Blick auf den falschen Pass, der noch aufgeschlagen in der Klarsichthülle auf dem Tisch lag, und begann langsam zu reden. Seine Stimme klang heiser.

»Sie sagte, dass sie durch so etwas wie eine Erbschaft an sehr viel Geld kommt, das ihr sowieso schon irgendwie gehört. Ich habe das nicht verstanden, aber es war mir auch egal. Und sie wollte mir aushelfen, damit ich aus der Scheiße herauskomme. Wenn ich von ihr Geld bekommen hätte, hätte ich vielleicht noch eine Ausbildung machen können. Umschulen oder so was.«

»Das haben Sie ihr geglaubt? Sie hatte sich doch noch nie um sie gekümmert.«

»Sie hat gleich Geld auf den Tisch gelegt, eine Anzahlung, vierzigtausend Euro. Geld wäre gar kein Problem, wenn …«

»Wenn die rechtmäßigen Erben beseitigt wären. War es so?«

Lemgruber nickte.

»Und wieviel wollte sie als Erfolgsprämie nachschieben?«

»Sechzig.«

»Gut. Dann fassen wir mal zusammen. Sie geben also Folgendes zu: Für vierzigtausend Euro sofort und das Versprechen auf sechzigtausend danach haben Sie im Auftrag Ihrer Schwester Andrea Lorenz und ihre Tochter umbringen wollen, indem Sie an ihrem Auto eine Handgranate befestigt haben, die beim Anfahren explodieren sollte. Der Auftrag, den Sie bekamen, ließ offen, wie Sie den tödlichen Unfall herbeiführen sollten. Stimmt das?«

Lemgruber sah vor sich hinunter und nickte schwach.

»Würden Sie vielleicht so laut ja sagen, dass es auf das Band kommt?«

»Ja«, klang es leise und heiser.

»Ich lasse das Protokoll vom Band schreiben. Das müssen Sie dann noch unterschreiben.«

Lemgruber wurde abgeführt.

4

Es ging auf elf zu. Kupfer war schon im Bett, aber schlief noch nicht. Er lag auf dem Rücken und starrte an die Decke. Das Buch in seiner Hand, mit dem er sich hatte ablenken wollen, war ihm auf die Brust gekippt, als wäre er darüber eingeschlafen. Doch er war hellwach.

»Du schläfst noch nicht?«, fragte Marie, die mit einer Tasse warmer Milch ins Schlafzimmer kam.

»Nein, ich kann nicht.«

Kupfer war am Abend abgespannt vom Dienst nach Hause gekommen, hatte beim Abendessen sehr wenig geredet und auf Maries Fragen nur einsilbig geantwortet. Sie kannte ihren Mann gut genug, um seine Schweigsamkeit nicht auf sich zu beziehen. Sie wartete ruhig ab, bis er sich öffnete und aussprach, was ihn bedrückte. Dass sie dabei oft nicht alles erfuhr, was ihm das Leben schwer machte, wusste sie wohl. Aber sie musste auch nicht alles wissen. Es genügte ihr, wenn sie seine Verstimmung einordnen konnte. Sie zu vertreiben, gelang ihr selten, so oft sie es auch versuchte.

»Der Fall mit der jungen Frau?«

»Hmm.«

»Du hast sie heute verhört?«

»Ja.«

»Kein Geständnis?«

»Doch. Aber ich persönlich kann damit nicht viel anfangen. Vielleicht kann es ein Richter. Ich nicht.«

Marie setzte sich aufrecht in ihr Bett und nahm einen Schluck Milch.

»Hast du nicht gesagt, dass die Beweislage für dich absolut klar sei?«

»Ja, ist sie auch. Und nicht nur für mich, ebenso für sie selbst. Wir haben ihr die ganzen Fakten vorgelegt, ihre Wege nachgezeichnet, ihr zum Beispiel bewiesen, dass sie in Lipps Wohnung war, ihr die Aussage ihres Halbbruders vorgelegt, und alles, was von ihr kam, war eine völlig emotionslose Reaktion. Sie hat alles zugegeben, aber nur ja gesagt oder genickt. Sie hat alles gestanden und doch jede Aussage verweigert. Mein größtes Problem ist, dass ich ihre Psyche nicht verstehe. Stell dir doch einmal vor, was für ein Gegenüber du erwarten würdest, wenn du in einem Fall von kaltblütigem Mord und Anstiftung zum Doppelmord ermitteln würdest? Eine Bestie, einen abscheulichen Menschen, so dass es dir schwerfallen würde, negative Emotionen zu unterdrücken. Und hier sitzt mir nun eine zarte junge Frau gegenüber, hübsch, sehr intelligent, mit guten Manieren. Eine junge Frau, die früher zu den Naturschützern gehörte und die heute noch aussieht, als könnte sie keiner Fliege etwas antun. Was muss so einer Person zugestoßen sein, dass sie einen ehemaligen Freund, der dazu noch wahrscheinlich ihre erste Liebe war, kaltblütig umbringt? Und in diesem Punkt schweigt sie sich aus. Hier kann es nicht nur um Geld gehen, hier steckt noch etwas anderes dahinter, und an das komme ich nicht ran. Da gibt es eine Barriere, und ich weiß nicht, wie ich sie durchbrechen soll.«

»Der Ermordete war ihr ehemaliger Freund, sagst du?«

»Ja, stell dir vor.«

»Dann, würde ich sagen, muss sich zwischen den beiden etwas ganz Furchtbares abgespielt haben. Ich meine nicht den Mord.«

»Sondern?«

»Etwas anderes. Eine Vorgeschichte, die ihr noch nicht aufgedeckt habt und …«

»Was und?«

»Die nur sie allein aufdecken kann.«

»Siehst du? Genau das ist mein Problem. Aber jetzt versuche ich zu schlafen.«

Bis Marie einschlief, hörte sie, wie sich Kupfer in seinem Bett von einer Seite auf die andere wälzte. Sie hatte nicht den Eindruck, dass er zur Ruhe kam.

Auch beim nächsten Verhör bot Judith Schwenk zunächst kein anderes Bild. Mit untadeliger Höflichkeit, aber immer so knapp wie möglich, beantwortete sie Kupfers Fragen. Ja, sie habe Theo Krumm mit Mordabsicht zu dieser Herbstwanderung überredet. Ja, das sei leicht gewesen, weil er sich erpressbar gemacht hatte. Ja, sie habe ihren Bruder – das Wort Halbbruder verwendete sie nie – zu dem Anschlag auf Andrea Lorenz' Auto angestiftet. Das Verhör schien in dieselben Bahnen einzubiegen, in denen das vorhergehende abgelaufen war.

»Feinäugle, übernimmst du bitte?«, fragte Kupfer deshalb seinen Kollegen, lehnte sich etwas zurück und blätterte in seinen Akten. Plötzlich schaute er auf und legte seine Hand auf den Arm seines Kollegen. Feinäugle nahm sich sofort zurück. Kupfer rückte seinen Stuhl zurecht und zeigte durch seine aufrechte Haltung, dass er im Begriff war, eine neue Strategie ins Spiel zu bringen.

»Mir stellt sich eine ganz andere Frage, Frau Schwenk. Was suchten Sie eigentlich in Lipps Wohnung, wo sie doch bereits annehmen mussten, dass Krumm alle finanziellen Unterlagen an sich gebracht hatte? Nach unseren Erkenntnissen haben Sie die Wohnung sehr gründlich durchsucht. In jeder Ecke hat man die Abdrücke ihrer Schuhe gefunden. Hinter was waren Sie her? Sagen Sie es mir.«

Judith Schwenk zuckte mit den Achseln, als wüsste sie es nicht mehr.

»Sie wissen es nicht mehr? Das glaube ich Ihnen nicht. Frau Schwenk, Sie machen mir nicht nur Kopfzerbrechen, Sie bringen mich geradezu um den Schlaf. Und wissen Sie, warum? Weil ich Sie verstehen möchte. Was Sie getan haben, haben Sie gestanden. Das mag einem Gericht vielleicht genügen, mir aber genügt es nicht. Ich möchte Sie verstehen. Ich möchte verstehen, warum eine sympathische, kultivierte junge Frau wie Sie einen ehemaligen Freund ermordet hat, eine junge Frau samt ihrem Kind umbringen lassen wollte und nun vor dem Scherbenhaufen ihres Lebens sitzt. Ich kann das nicht fassen. Ich zweifle an allem, was für mich verlässlich war. Sagen Sie mir, warum Sie das alles getan haben. Geldgier allein war nicht der Grund, das können Sie mir nicht erzählen, das nicht! So wenig, wie Sie wegen irgendwelcher finanzieller Angelegenheiten Lipps Wohnung durchstöbert haben. Bitte sagen Sie es mir, retten Sie mein Weltbild. Sie nützen sich auch selbst damit, obwohl Ihnen das, wie mir scheint, momentan gleichgültig ist.«

Judith Schwenk hob langsam den Blick und schaute Kupfer ernst in die Augen.

»Einen Vaterschaftstest«, sagte sie leise.

»Einen Vaterschaftstest? Um wen ging es dabei? Um Lipp?«

»Nein. Um Krumm.«

Kupfer und Feinäugle schauten sie verständnislos an.

»Weiter?«

Judith Schwenk schaute eine Weile vor sich hin und atmete mit offenem Mund. Man sah ihr an, dass sie ihre Aussage besondere Kraft kostete.

»Der Vater von Andrea Lorenz' Kind war nicht Lipp, sondern Krumm. Andrea Lorenz hat das Kind Lipp untergeschoben, weil er sozusagen der sozial Stärkere war. Geschlafen hatte sie in der fraglichen Zeit mit beiden. So war das halt. Lipp hat die Vaterschaft akzeptiert, weil er jeder Auseinandersetzung wie immer aus dem Weg ging, und hat regelmäßig Alimente bezahlt. Geld spielte bei ihm ja keine Rolle. Andrea hat er gemieden und sich nie um das Kind gekümmert. Bis er es letzten Sommer zufällig gesehen hat. Und da ist es ihm wie Schuppen von den Augen gefallen. Er erkannte eine gewisse Ähnlichkeit mit Krumm. Da hat er von einem Freund einen Vaterschaftstest machen lassen. Ein ausgetauschter Schnuller von dem Kind und ein Weinglas von Krumm, und schon konnte der Test gemacht werden. Eindeutiger hätte er nicht ausgehen können. Mia Lorenz ist Krumms Tochter. Das war die letzte wichtige Neuigkeit, die Lipp kurz vor seinem Tod erfahren hat. Würden Sie mich bitte jetzt in meine Zelle bringen lassen?«

Kupfer und Feinäugle verständigten sich mit einem kurzen Blick. Dann nickten sie.

»Allerdings hätte ich dann noch eine Bitte«, sagte Kupfer und schob Judith Schwenk einen Schreibblock mit Kugelschreiber zu. »Vielleicht fällt es Ihnen leichter, was noch zu sagen bleibt, aufzuschreiben.«

Sie griff nach dem Schreibzeug, stand sofort auf und sagte leise: »Danke.«

Kupfer sah ihr nach, wie sie von einer Polizistin aus dem Raum geführt wurde, und hatte den Eindruck, sie bewege sich ein klein wenig unbeschwerter und freier als zuvor.

5

Ich will mich nicht rechtfertigen. Darum geht es nicht. Ich kann mich höchstens verständlich machen, wobei vielleicht nicht einmal das möglich ist. Wenn ich trotzdem etwas aufschreibe, dann tue ich es für mich, um mir klar zu werden, warum alles so gekommen ist.

Im Nachhinein bin ich froh, dass dem Kind und seiner Mutter nichts passiert ist. Ich muss außer mir gewesen sein, als ich zu Bernd ging und ihm Geld anbot. Aber es war einfach zu viel für mich gewesen, den Beweis dafür in der Hand zu halten, dass Krumm der Vater des Kindes war, für das Ferdinand leichtfertig Unterhalt gezahlt hatte. Und der Gedanke, dass seine Mutter überdies für das Kind nun Ansprüche stellen könnte, hat mich mit einer unbändigen Wut erfüllt. Das Vermögen, das ich für Ferdinand und mich erworben hatte, durfte einfach nicht mit einem untergeschobenen Kind geteilt werden. Ich wollte nicht gezwungen werden, alle unsere Gewinne offenlegen zu müssen, um dann mit einer Betrügerin um mein eigenes Vermögen zu feilschen. Auf diesem Weg wäre mir Krumm sogar noch nach seinem Tod in die Quere gekommen und hätte ein zweites Mal meine Träume zerstört. Dass sie aus Angst vor einem Vaterschaftstest keine Ansprüche stellen würde, hielt ich für ausgeschlossen.

Ich hasste Krumm und hasse ihn immer noch. Mein Jugendtraum war eine heile Familie mit Kindern gewesen, ein Familienleben, das völlig anders hätte sein sollen als das, was ich als Kind durchleben musste. Ich wollte einen Beruf, aber auch einen Mann und Kinder. Aber dieser Traum platzte, als Krumm bei mir angekrochen kam. Wir hatten uns bei der Examensparty zufällig getroffen. Da kam er mit Laura und Andrea an. Aber zwei Wochen später hat eine der beiden, Laura oder Andrea, oder vielleicht beide, ihm den Laufpass gegeben. Da hat er sich an mich erinnert. Angetrunken und vor Selbstmitleid triefend kam er zu mir, und ich war dumm genug, ihn hereinzulassen und mit ihm etwas zu trinken. Er wurde zudringlich und ich wies ihn zurück. Da hätte ich ihn sofort rausschmeißen müssen, habe es aber nicht gemacht, weil er so tat, als würde er vernünftig. Und irgendwie tat er mir ja auch leid. Wir saßen schon beim zweiten Glas Wein, als ich kurz in die Küche ging, um etwas zu essen zu holen. Und da muss er mir K.-o.-Tropfen in mein Glas getan haben. Als ich wieder zu mir gekommen bin, war er weg. Ich wurde schwanger, und die Abtreibung ging schief. Der Traum von der heilen Familie war geplatzt. Ich bin keine Frau mehr. Dass ich mich damals zu sehr geschämt habe, um ihn anzuzeigen, kann ich mir heute nicht verzeihen. Dieser Selbstvorwurf wird immer an mir nagen.

Was mir blieb, war die Karriere und das Geld. Ferdinand war der richtige Partner. Er wollte keine Kinder, wie er immer wieder sagte. Er wollte gut leben, ohne an Geld denken zu müssen. Und dieses Leben schwebte mir nun auch vor. Wenn nicht eine glückliche Familie, dann ein großzügiges Leben im Wohlstand. Und dann, nach Ferdinands Unfall, versuchte ausgerechnet Krumm, unser Vermögen an sich zu bringen, und drohte mir noch, dafür zu sorgen, dass mein Teil an Andreas Tochter geht. Es sei doch leicht nachzuweisen, dass ich zwar die Börsengeschäfte organisiert hätte, aber ohne eigenes Kapital. Und daher hätte ich keinen Anspruch auf dieses Geld. Ich müsste also mit ihm teilen, oder er würde mir Schwierigkeiten machen. Ich wusste damals von Ferdinands Verdacht, dass er von Andrea betrogen worden war, und war überzeugt davon, dass sich der Verdacht bestätigen würde. Den Beweis habe ich ja später auch gefunden.

Krumm in den Wald zu locken, war leichter, als ich gedacht hatte. Anscheinend war er naiv genug, um anzunehmen, dass ich ihm die Sache von damals verziehen hätte. Er wollte unbedingt das Geld behalten, das er sich schon überwiesen hatte, und außerdem musste er nach meiner Pfeife tanzen, weil ich ihn erpressen konnte. Ein Wort von mir, und er wäre im Gefängnis gesessen.

Was man mit K.-o.-Tropfen erreichen kann, habe ich ja von ihm gelernt. Und der Rest war sehr einfach. Krumm sollte nicht ein zweites Mal meinen Lebensplan durchkreuzen, und er hat es auch nicht geschafft.

Nur nützt es mir nichts. Gar nichts.

Kupfer nahm sonst keine Schriftstücke oder Dokumente mit nach Hause. Für das Aktenstudium waren die Bürostunden da, sagte er sich, und er hielt sich immer daran. Nun aber machte er eine Ausnahme. Er kopierte Judith Schwenks Erklärung, weil er sie Marie zeigen wollte.

»Du hattest recht«, sagte er und reichte ihr die Kopie. »Es gibt da eine Vorgeschichte, die nur sie aufdecken konnte. Sie hat alles aufgeschrieben.«

»Sagen konnte sie es nicht?«

»Nein, das war ihr nicht möglich. Aber allem Anschein nach ist es gut für sie, dass es heraus ist. Sie hat es übrigens bereitwillig aufgeschrieben.«

Marie las das erweiterte Geständnis schweigend durch. Dann ließ sie das Blatt sinken und sagte: »Furchtbar! – Und damit ist nun der Fall ganz gelöst?«

»Für mich als Ermittler schon. Aber seit ich das gelesen habe, werde ich den Gedanken an Krumms Mutter nicht los. Sie tut mir unendlich leid. Zuerst muss sie damit fertigwerden, dass ihr Sohn ermordet worden ist, und jetzt muss sie auch noch diese üble Geschichte erfahren. Denk doch mal, diese Judith Schwenk ist früher bei ihr ein- und ausgegangen. Sie mochte sie und sah sie vielleicht schon als künftige Schwiegertochter. Und dann das! Ich möchte nicht in ihrer Haut stecken.«

»Aber du musst ihr doch nichts sagen?«

»Natürlich nicht. Aber sie wird den Prozess verfolgen, und da sehe ich sie wieder. Das reicht mir schon.«

Dann schaute Kupfer mit steinernem Gesicht vor sich hin. Marie wusste aus Erfahrung, dass sie ihn jetzt nicht aufheitern konnte. Aber sie konnte darauf hoffen, dass er in ein paar Tagen mit den düsteren Gedanken, die ihn gerade bewegten, zurechtkommen würde.